找到

家乡
第一个党支部

何 灵 ★ 著

江西人民出版社
Jiangxi People's Publishing House
全国百佳出版社

图书在版编目（CIP）数据

找到家乡第一个党支部 / 何灵著 . —南昌：江西人民
出版社，2021.6（2022.12 重印）
ISBN 978-7-210-13275-2

Ⅰ . ①找… Ⅱ . ①何… Ⅲ . ①新闻报道—作品集—中
国—当代 Ⅳ . ① I253

中国版本图书馆 CIP 数据核字（2021）第 116140 号

找到家乡第一个党支部
ZHAODAO JIAXIANG DI-YI GE DANGZHIBU

何灵　著

责任编辑：王珊珊
出版发行：江西人民出版社
经　　销：当地新华书店
地　　址：江西省南昌市三经路 47 号附 1 号
编辑部电话：0791-88677352
发行部电话：0791-86898801
邮　　编：330006
网　　址：www.jxpph.com
E-mail：gjzx999@126.com
版　　次：2021 年 6 月第 1 版
印　　次：2022 年 12 月第 3 次印刷
开　　本：787 毫米 ×1092 毫米 1/16
印　　张：22.5
字　　数：300 千字
ISBN 978-7-210-13275-2
赣版权登字—01—2021—309
版权所有 侵权必究
定　　价：45.00 元
承 印 厂：南昌市红星印刷有限公司

我的感动说给您听

"一寸山河一寸血，一抔热土一抔魂。"

2021 年，在寻找家乡第一个党支部的路上，我们听到了许多令人感动的好故事。现在我们把它们说给您听。

当了 32 年的记者，看多了风风雨雨、起起伏伏，我以为自己早已不会轻易地被感动。可这次马不停蹄地行走在江西各地，寻访家乡第一个党支部，我真的被这些江西最早的一批优秀共产党人"圈粉"了。

他们的信仰至上、义无反顾让我们感动。

以前的老电影里常说，穷人吃不饱肚子才闹革命。其实，我们这次采访的江西一百个第一个党支部中，有不少的党组织创始人和支部成员都出生于富裕家庭。像"江西革命三杰"之一、万安县党组织创始人曾天宇，他的父亲就是县商会会长，家有百亩良田。他 21 岁赴日留学，1918 年回国，之后参加了五四运动，1925 年成为一名坚定的共产党员。兴国县第一任党支部书记胡灿，是黄埔三期毕业的军官，当时年薪 300 块大洋，但他毅然脱去军装、穿上土褂闹革命。永修县第一个党支部成员张朝燮，他的岳父，也就是王经燕（与向警予同赴苏联莫斯科中山大学学习，回国后担任中共永修县委书记、中共江西省委组织部代理部长）

的父亲，当时号称"永修首富"，家中良田千余亩、家丁40多人，在省城南昌拥有多处店铺；等等。这些早期的共产党人出身优渥，接受过良好的教育，他们本可以过着衣食无忧、安逸自在的生活，可是他们却选择了出生入死、开天辟地。因为在他们的心中，马克思列宁主义、共产主义比荣华富贵更有吸引力。

他们那一张张永远年轻俊朗的面孔让人心痛和感动。

贵溪市第一个牺牲的共产党员江宗海，牺牲时25岁，他的幼子才刚刚出生四天；永新县第一任支部书记欧阳洛，他是贺氏三兄妹的革命领路人，被捕时任中共湖北省委书记，走上刑场时才30岁。欧阳洛家一门三烈士，兄弟三人中只留下两个后代，而且都是遗腹子，这两个堂兄弟在父辈牺牲40年后，才知晓彼此的存在。

在寻访家乡第一个党支部的过程中，我们相继"遇见"了三个19岁就担任支部书记的年轻人：上高县第一任支部书记朱用光，19岁；崇仁县第一个党支部宣传干事、继任支部书记黄凤池，19岁；莲花县第一任支部书记朱绳武，牺牲时也不到20岁，方志敏在《我从事革命斗争的略述》一文中这样评价朱绳武："他若不死，无疑的会成为我们党的一个得力干部。"

寻访中，有两张百年老照片让我们泪目。一张是赣州第一个党支部成立时七个年轻人的合影，知道姓名的只有支部书记朱由铿，支部干事陈赞贤、谢学琅；另外一张9人合影拍摄于1926年秋天北伐军攻占临川城后，三位穿军装的是北伐军中的中共党员陈奇涵等，还有三位穿长袍大褂的是许瑞芳、李干、刘景宽等省立第三师范的学生。两张老照片上近一半的年轻人是赣州和抚州第一个党支部的成员。一百年前，他们那么年轻俊朗，充满了青春的活力；一百年后，我们只能从他们留给世界最后的影像中"听听"当年的故事。

然而，有很多很多的早期共产党员们是没有留下任何照片的，今天的我们甚至都无法知晓他们真实的姓名。寻访中，我们在一些村级的革命历史陈列室和烈士后代家中看到的不少第一个党支部成员的照片都非常简单，模糊不清。经过询问才知道，原来，这些照片都是家人或村里人根据知情人描述或亲属的模样简单复原的画像，有的甚至是直接拉了个和烈士长得有点像的兄弟姐妹去照了张相片用作"烈士遗像"。在党史资料上，铅山县的第一个党支部只有一句话——"1928年铅山的第一个党支部在西畈成立"。支部书记是谁？成员有哪些人？没有任何记载。上饶广丰区的第一个党支部书记——"大老潘"，这显然不是一个真实的名字。寻访中，我们一直力图还原历史的真实，但无奈时间久远，我们已无能为力。

　　寻访第一个党支部的路上，几位英雄母亲的故事令我们动容。遂川县第一个党支部书记陈正人的母亲张龙秀，50多岁加入中国共产党，担任红军医院看护员。遂川县城失守后，张妈妈被土匪头目抓捕入狱。敌人软硬兼施，试图让她劝降儿子陈正人，被她严词拒绝。土匪残忍地割下了张妈妈的乳房，又用梭镖在她身上连刺28刀，见她还有一口气，又补上一枪。寻乌县第一个党支部书记潘叶煌被杀害后，年仅24岁，残忍的敌人将他的头颅悬挂在县城南门口的一棵大树上，三天后才允许家里人领回。潘叶煌的母亲流着泪一针针将儿子的头颅和身体掺和着稻草灰缝合在一起，安葬了刚满24岁的爱子。

这一幕幕特殊时代的生离死别，想想都让人心痛万分！

　　"敢把头颅试剑锋，他年化作杜鹃红。"

　　——这是永丰县第一个牺牲的共产党员帅开甲在走向刑场的路上高声诵读的就义诗；

　　"献出全家血，换取全国红。"

　　——这是修水县第一个党支部组织干事甘特吾就义前留给亲人的家书。

......

　　一路寻访，一路感动！

　　将近百年过去，当年这些县区的第一个党支部旧址很多都已难寻踪迹，当年的支部故事和支部成员名字太多都散落在岁月的风雨中，很少有人知晓。

　　这次寻访家乡第一个党支部，我们采访组全体成员尽了最大的努力走进历史深处。踏破铁鞋"挖"到的这些尘封的故事，深深感动了我们，希望也能让你们的心颤动一下。

　　习近平总书记在瞻仰上海中共一大会址时曾饱含深情地说："建党时的每件文物都十分珍贵、每个情景都耐人寻味，我们要经常回忆，深入思索，从中解读我们党的初心。""唯有不忘初心，方可告慰历史、告慰先辈，方可赢得民心、赢得时代，方可善作善成、一往无前。"

　　值此中国共产党成立100周年之际，仅以《找到家乡第一个党支部》一书向那些默默无名但值得铭记的中国最早期最基层的共产党员致以崇高的敬意！

2021 年 6 月 1 日

找到家乡第一个党支部

目录
CONTENTS

万安县第一个党支部成立于1926年7月，当时全县党员不到10人。一年后的冬天，万安县的党员迅速发展到2300多人，占当时江西省党员总数的半数以上。第一任支部书记张世熙曾出席中共六大，在共产国际六大会议上发表演讲，轰动世界。

寻访第 1 站：江西万安县

寻 访 人：何 灵 康美权 肖小德

寻访时间：2020 年 12 月 18 日

◆ 在中共万安县支部干事会书记张世熙故居前采访合影

（左二为地方党史专家耿艳鹏）

惶恐滩头　英雄走过

第一次坐着高铁去万安，我们感觉处处欣欣向荣。这个国家级贫困县于 2018 年正式脱贫"摘帽"，退出了贫困县序列。

万安县地盘不大，但历史很悠久。

文天祥曾经以"万安县"为题作诗一首：

青山曲折水天平，不是南征是北征。

举世更无巡远死，当年谁道甫申生。

遥知岭外相思处，不见滩头惶恐声。

传语故园猿鹤好，梦回江路月风清。

后来，文天祥被俘后写下了《过零丁洋》，里面又一次提到了万安县的惶恐滩，并喊出了"人生自古谁无死，留取丹心照汗青"的传世佳句。

在我眼里，万安一直是一个弥漫着英雄和革命气息的地方。朱德同志的夫人、无产阶级革命家康克清，还有与方志敏、袁玉冰并称为"江西革命三杰"的曾天宇都是万安人。

在《中共万安县地方史》一书中，我们看到了一张曾天宇的照片：身穿西装，系着领结、戴着金丝边眼镜，梳着当时最流行的发型，文质彬彬，清秀俊朗。

曾天宇出身富庶家庭，父亲当过万安县商会会长，家有田地百亩。他 16 岁考入南昌心远中学，后赴日本留学，回国后在北京上大学，

◆ 曾天宇

参加了五四运动。1922年在北京参加社会主义青年团，1924年6月被组织派回江西，进行马克思主义宣传和革命活动。1925年11月，29岁的曾天宇加入中国共产党，成为江西最早的中共党员之一。

那么，作为第一个在万安传播马克思列宁主义的曾天宇，会是万安县第一任党支部书记吗？

地方党史专家、万安县政协原副主席耿艳鹏给出了明确的答案："那个时候不叫党支部，叫作支部干事会。1926年7月成立，张世熙担任支部书记。"

张世熙比曾天宇大两岁，两人志同道合，常有书信来往，交流思想。曾天宇赴日留学那年，张世熙从南昌二中退学考入了饶州省立甲种工业窑业学校，寻求实业救国。毕业后，张世熙回到万安县城当了一名小学教师，宣传新文化，传播新思想。

耿艳鹏说："曾天宇在北京读书的时候，经常给张世熙寄一些马克思列宁主义思想的革命书籍。"

◆ 张世熙

1926年春，曾天宇奉党组织委派介绍张世熙加入中国共产党；同年7月，中共万安县支部干事会在上宏自强小学正式成立，张世熙任支部书记，彭令为宣传委员。当时全县党员不到10人。

1927年6月，中共万安县第一次党代表大会在县城大成殿内秘密召开，15人出席会议，代表全县50多名党员。会议推选张世熙为县委书记，刘冠军为组织部部长，文章为宣传部部长，中共万安县委员会正式成立。会议对今后的任务提出了三点决议：

一、继续加强党的宣传工作，深入开展农民运动，积极发展农民协会，把劳动农民组织起来；

二、加强对敌斗争，发动农民"抗租、抗债、抗粮、抗税"，实行工人"罢工"、学生"罢课"的斗争；

三、发展新党员，不断壮大党的队伍。

到 1927 年冬天，万安县的党组织迅速壮大，全县党员发展到 2300 多人，当时江西省有 4000 名党员，万安县占半数以上，成立了 8 个区委。

紧接着，曾天宇、张世熙紧锣密鼓地组织发动了震惊全国的万安暴动，建立了江西省第一个县级苏维埃政权，这也是全国建立最早的五个苏维埃政权之一。

万安暴动后，张世熙被选为江西省三个党代表之一前往苏联参加在莫斯科召开的中共第六次全国代表大会。

出席党的六大的正式代表（有表决权的代表）84 人，以五届中央委员身份出席者 4 人，特约代表 1 人，指定参加的代表 52 人，共计 142 人，代表全国 4 万多名党员。张世熙是正式代表，其所填登记表为：张世熙（知识分子，县委委员），代表编号 93 号。

◆ 中共万安县委会旧址

作为一个县的革命领导人，张世熙有幸来到全世界无产阶级革命的中心，与共产国际和党中央的领导人以及全国各地代表共商革命大事，心里充满了幸福和自豪。他认真听取大会的各项报告和发言，积极参与委员会的讨论，作了两次发言，受到党中央领导人和与会各省代表的重视。

"在中央档案馆里面现在保留了张世熙两次发言的记录，内容主要是讨论土地革命。"

大会闭幕后，张世熙又应共产国际的邀请，向共产国际代表大会作了题为"万安工农斗争及1927年10月到1928年3月大暴动经过情形"的报告，受到共产国际及与会者的赞扬。

"向共产国际汇报了中国农村革命的现状，介绍我们发动农民开展武装暴动的经验。报告将近1万字，这个报告也很完整地保存在共产国际的档案里面。"

党的中共六大召开期间，江西省委遭到敌人破坏，多名领导人被捕。回国后的张世熙被确定为新的省委常委。在不久后召开的中共江西省第二次代表大会上，张世熙当选为省委书记。

一年后，张世熙在景德镇被捕，随即被押解往南昌。面对敌人的威胁利诱，张世熙始终横眉怒斥。1929年底，张世熙在南昌英勇就义，时年35岁。他的妻子严秋香和18岁的儿子张理景也在万安被杀害。

◆ 张世熙手书

"这是中塘自然村，全部姓张。总共7个小组，39位烈士……"

在张世熙的故乡——万安县窑头乡中塘村，烈士的故居静立村中。村委会在村头建了一座"红色记忆馆"，里面摆放着张世熙等中塘39名烈士的画像和故事。

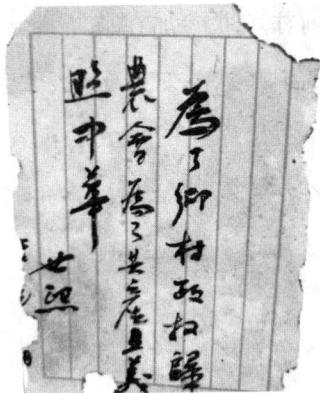

◆ 张世瞻

张世熙最亲爱的弟弟张世瞻，1925年在江西省立第七师范学校加入中国共产主义青年团；同年12月，加入中国共产党。1926年2月，任共青团吉安特别支部代理书记；同年3月，当选为共青团吉安地委书记。1927年5月，于省立第七师范学校毕业后，任中共赣州地委书记;同年7月，不幸被捕，英勇就义，生命定格在23岁。一年后，胞兄张世熙利用在苏联参加中共六大的空余时间，为弟弟写了一个小传，抒发了他作为烈士亲人又作为革命战友的深切怀念。

张世熙最亲密的战友曾天宇在万安暴动后，率领农军向井冈山转移。但一路与追击的敌军激战后，农军大部分牺牲了或被冲散，而去往井冈山的道路又被封锁，曾天宇只好潜回老家罗塘乡村背村，藏在同村一位孤寡老婆婆家的楼上。敌人悬赏1000块大洋捉拿曾天宇，一位抽鸦片的村民向敌军告了密。1928年3月5日晚，敌军出动一个营的兵力，将曾天宇藏身的房子团团围住，将村民赶到屋前，扬言要放火烧村，逼迫曾天宇投降。"不准伤害乡亲们，曾天宇在此！"他接连开枪击毙几个敌军。当剩下最后一颗子弹时，他连声高呼："共产主义万岁！中国共产党万岁！"最后对准自己的太阳穴扣动扳机，壮烈牺牲，年仅31岁！正在南昌娘家待产的曾天宇的妻子王宇仁，不久通过报纸得知了丈夫牺牲的消息。几天后，王宇仁生下了儿子曾王鼎。

◆ 曾天宇烈士纪念碑

土地革命时期，万安县有名有姓的烈士将近 5000 人。全县最早的八名党员全部壮烈牺牲。

曾天宇：江西省委特派员。1928 年作战牺牲，年仅 31 岁；

郭化非：中共吉安特支第一任书记，1930 年作战牺牲，年仅 31 岁；

张世熙：中共江西省委书记，1929 年在南昌就义，年仅 35 岁；

张世瞻：赣南特委书记，1927 年在赣南就义，年仅 23 岁；

谌光重：红二十军团政委，1934 年在瑞金牺牲，年仅 36 岁；

张一道：吉安县委书记，1929 年在吉安就义，年仅 26 岁；

刘兴汉：万安县苏维埃军事委员会主席，1928 年就义，年仅 28 岁；

文　章：中共万安县委宣传部部长，1928 年在赣州就义，年仅 27 岁。

…………

（执笔：何灵）

1926年10月，贵溪第一个党支部成立时，他担任组织委员。他叫江宗海，是贵溪市第一个为革命壮烈牺牲的中共党员。那年他25岁，在家乡就义时小儿子刚出生4天。

寻访第 2—3 站：江西贵溪市　月湖区

寻访人：何　灵　黄素文　江小明

寻访时间：2020 年 12 月 20 日

◆ 在贵溪寻访第一个党支部

涓涓溪音　滔滔海浪

　　从赣西南的万安县到赣东北的贵溪市，相隔 800 多里，但第一个党支部创建的历程却有几分相似。只不过主人公从曾天宇和张世熙变成了汪群和江宗海。

　　汪群比江宗海小两岁。从小两个人的家境不错，都到南昌上了中学，后来又一起去北京上大学。

　　"汪群、江宗海同时考取了北京的学校，一个是北京大学，一个是北京师范大学。在学校都入了党。"在当地党史专家、贵溪市关工委常务副主任童金生的眼里，汪群和江宗海都是那个年代了不起的青年才俊。

◆ 汪群

　　在南昌读中学时，汪群和江宗海都加入了袁玉冰创建的江西第一个青年革命团体——江西改造社。汪群还由学长方志敏介绍加入了中国社会主义青年团，担任了江西省第一中学团支部负责人。考入北京大学后，汪群课余时间喜欢"泡"图书馆，在那里他认识了当时的北大图书馆主任李大钊教授，有幸得到了先生的亲自教导。

　　在北京求学期间，汪群和江宗海结识了早一

◆ 江宗海

年考入北京师范大学的黄道、邵式平等一批江西籍进步青年，结下了深厚的革命情谊。

童金生说："放暑假寒假的时候，他们又一同回家发动群众，宣传马列主义。"

1925年，两位年轻的共产党员从北京回到家乡，创办了贵溪图书馆和贫民夜校，唤醒民众觉悟，培养革命骨干。

1926年8月，已任共青团江西区委宣传部部长的汪群受党组织派遣，回到家乡组建中共贵溪支部。当时贵溪只有江宗海和杨庸两名党员，于是尽快发展了积极向党组织靠拢的黄导入党。

"下半年，根据汪群的指示，杨庸、江宗海、黄导在贵溪老当铺开会，宣告中国共产党贵溪支部成立。杨庸任书记，江宗海为组织委员，黄导为宣传委员。"

1926年10月，中共贵溪支部成立后，迅速领导发动了轰轰烈烈的工农革命运动：成立了贵溪总工会，全县各地工会组织如雨后春笋般迅速发展，会员有3000多人；建立了农民协会，打击土豪劣绅，破除封建迷信，大闹天师府，将装神弄鬼、勾结军阀土豪欺压愚弄百姓的"张天师"赶下了神坛，没收了天师府的全部财产。

1927年4月12日，蒋介石发动反革命政变，大肆屠杀共产党员、国民党左派和革命群众。中共贵溪支部决定召开一次庞大的群众反蒋大会。5月7日，全县各地的工人、农民、学生和城里的居民、商人聚集在县城大操场上，群情激愤。江宗海在会上发表演讲，号召大家迅速行动起来，反对蒋介石叛变革命。大会通过了声讨蒋介石反革命罪行的电文。

经过连日连夜地工作，江宗海牙龈发炎，疼痛难忍。第二天上午，当他前往药店买药的时候，遇上了荷枪实弹突袭县城的国民党士兵，不幸被捕。从县城押往东门外的路上，江宗海一直振臂高呼："打倒蒋介石！"恼羞成怒的士兵举起了步枪，罪恶的子弹先击中了他的双臂，后

找到家乡第一个党支部

◆ 采访江宗海的孙女江向阳

又穿透了那颗高高昂起的不屈的头颅。那是 1927 年 5 月 8 日，江宗海 25 岁，他的妻子刚生下他们的第二个孩子仅 4 天。

"我爷爷去世时，我爸爸 7 岁。我叔叔刚出生 4 天，他连父亲是什么模样都没见过。"虽然从没有见过爷爷，但从小跟着奶奶长大的江向阳很喜欢听奶奶讲爷爷的故事。奶奶流眼泪，她也跟着哭。

"爷爷牺牲的时候，奶奶 26 岁，刚生完孩子。国民党说斩草除根，不准收尸，晚上奶奶叫人把尸体偷回去。不敢葬在离家近的地方，就葬在离我们家好远的祖坟山上。我奶奶跟我说的时候，我都好难过。"

听到江宗海牺牲的消息，他的老母亲痛不欲生。唯一的儿子不在了，母亲天天以泪洗面。哭得太多太久了，最后一双眼睛什么都看不见了。

"有目录在这里，你看到没？江姐就在我爷爷的前面。"

江向阳家里珍藏着一本 1981 年人才杂志社编辑出版的《中共党史人物简介》，书中收录了我党杰出的领导人、无产阶级革命家、部分革命烈士和党外爱国人士、国际共产主义战士等 500 多人。江宗海的名字位列其中，和江姐（江竹筠）共同排在第 66 页上。

如今江宗海牺牲的东大门外已经成为贵溪市最热闹的沿河路。每天傍晚，退休多年的江向阳会和爱人一起带着小孙子沿信江河边散步。每次经过爷爷就义的地方。她总会停下脚步，安安静静地站上一会儿。

"我也会想，这里有这么多的街，这么多的路，可不可以有一条用我爷爷的名字来命名的街道呢？我爷爷正好牺牲在这里，是贵溪第一位烈士，可以叫宗海路，对吧？"

在离县城30公里外的周坊贵溪革命烈士纪念馆里，我们意外地发现了馆内珍藏的一把江宗海烈士用过的匕首。

"是原件吗？"

"是真的原件，这个是江宗海随身携带防身用的。"

90多年过去，匕首已是锈迹斑斑。当年，那个年轻的书生，那个意气风发的青年，就是每天带着这把小小的匕首，穿过白色恐怖，勇敢地战斗着……

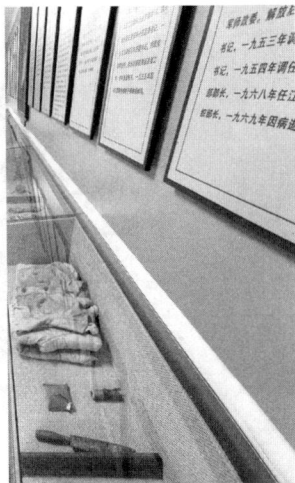

◆ 革命烈士纪念馆里陈列的江宗海用过的匕首

◆ 江宗海烈士证书

江宗海曾在日记中写道："人生斯世，岂徒温饱而已，须有彪炳之事业，焕然之文章，垂于青史，留一生之痕迹，方不负天赋之德。"

他说到做到了！

汪群曾在贵溪青年社的创刊号《溪音》上发表文章：

"不要说我们今天是山间涓涓细流的溪音，我们终归大海化作涛声。"

1928 年 4 月，受中共江西省委委派，汪群临危受命，再次偕妻子贺服丹毅然重返血腥恐怖的赣州，任中共赣南临时特委书记。他迅速指导各地党组织总结经验教训，保存革命力量，把农暴队伍开进深山进行小规模游击。逐步建立起游击队和小块根据地，形成了赣南梅花式的武装割据，为红四军挥师南下创造了条件。

1928 年 10 月 18 日，中共赣南临时特委又遭破坏，汪群和妻子贺服丹不幸被捕。国民党军对他们施加了种种惨无人道的酷刑，但他们始终坚贞不屈。站在敌人的法庭上，汪群大声地宣布："我就是共产党！共产党人是不怕死的！"

1929 年 1 月，赣州城满城萧瑟，寒风凛冽。在通往卫府里的街道上，汪群和贺服丹正被敌人押往刑场。两位年轻共产党人的手紧紧握在一起，他们高高昂起头，面向自由的天空，微笑着迎接死亡。

◆ 汪群、贺服丹

那年，汪群 24 岁，贺服丹 21 岁。

记者用汪群和贺服丹两位烈士的单人照用心拼成了一张"夫妻合影"，很美很般配！

"不求同年同月生，但求同年同月死。"人间最忠贞的爱情莫过于汪群、贺服丹！

（执笔：何灵）

近一百年前，带着中共一大"开展工人运动"的任务，毛泽东从湖南长沙到江西安源考察。一百多天后，在株萍铁路安源火车房内，留法归来的李立三和火车司机朱少连等6人举行了庄严的入党宣誓仪式，中国共产党的第一个产业工人支部——中共安源路矿支部诞生了。这是江西土地上建立的第一个党组织。安源路矿支部领导的安源工人运动创造了中共党史上的多个"第一"。

寻访第 4 站:江西萍乡安源

寻访人:何 灵 陈月珍 柳锡波

寻访时间:2021 年 1 月 5 日

◆在安源路矿工人运动纪念馆采访合影

安源惊雷　唤醒劳工

风雨苍黄百年路。如今的沪昆线上，火车风驰电掣般闪过，长沙到萍乡最快 27 分钟，最慢 126 分钟。近一百年前，株萍铁路线上，毛泽东可没有这般轻松。作为中共湖南支部书记、中国劳动组合书记部湖南分部主任，毛泽东为执行中共一大"成立产业工会"、"开展工人运动"的决议，坐火车从长沙到安源考察，使命艰巨。

在萍乡安源路矿工人运动纪念馆，陈列着中央工艺美术学院学生创作的一幅革命油画，

◆ 油画《毛主席去安源》

青年毛泽东身穿长衫，手拿油纸伞，身后是翻滚的乌云，沉降的地平线使群山显得低矮。这张油画单张彩色印刷数量累计达 9 亿多张，被认为是"世界上印数最多的一张画"，闻名中外。

"1921 年秋天，毛泽东以走亲访友的名义来到安源考察调查，这幅非常著名的油画《毛主席去安源》，就是根据毛泽东同志来安源时的情景和背景所创作的……"

安源路矿工人运动纪念馆副馆长黄洋领着我们边走边看，用柔柔的声音娓娓地讲述着那段风云往事。

安源路矿是萍乡煤矿和株萍铁路的合称，地处湘赣边境。安源煤矿是当时中国最早的钢铁联合企业——汉冶萍公司的重要组成部分，由德国和日本资本控制。株萍铁路是汉冶萍公司为运输萍乡煤矿的煤炭而修建的，区间由湖南株洲至江西萍乡。20世纪20年代初，安源路矿工人最多时达17000多人。工人们大多是来自湖南、湖北和江西等地的破产农民，其中湖南籍占70%。

"他父亲有一个朋友叫毛紫云，也是他们家的远房亲戚，是总平巷甲段段长。他平时跟工人的关系还算不错，还会治疗喉疾，免费给工人看病，所以工人都称他为毛师爷。1921年秋，毛泽东来安源时就住在他家里。毛师爷还请了在他家挑水的一个工人叫张竹林，带毛泽东下到矿井，和工人进行交谈。"

在安源煤矿总平巷的井口，运送矿石的小火车"哐当哐当"驶入巷道深处，有着120余年历史的安源煤矿依然维持正常生产。1921年，毛泽东在安源考察的第一站便是这方矿井。毛泽东钻进低矮的巷道深处，看到矿工们赤身裸体地挖着煤，问工

◆ 安源煤矿总平巷

人为什么不穿衣服？工人说，穷得没有衣服穿。他又问每天做几小时工，工资多少？工人告诉他，一天做12小时以上，工资只有8—12个毫子。路矿两局还对工人任意逮捕、审讯，滥用私刑，有的工人甚至落下终身

残疾。"少年进炭棚，老来背竹筒；病了赶你走，死了不如狗"，这是当时安源工人悲惨生活的真实写照。从1901年到1919年，安源工人先后进行了7次较大规模的自发斗争，但最终都失败了。经过一星期的调研，毛泽东意识到，安源是一座"火山"，是工人运动可能很快发动起来的地方。

"1921年冬天，毛泽东再次来到安源进行考察，这一次是带了李立三、张理全、宋友生等人一起过来的。张理全是中国劳动组合书记部湖南分部下面的一个委员，他在长沙甲种工业学校工作过，他有很多学生都在安源煤矿工作，所以利用师生关系，跟工人进行接触。"

遵照毛泽东的指示，李立三常驻安源，创办平民夜校来发动和组织工人。在安源镇老后街五福斋巷内，有一座二层四栋三间砖木结构的楼房，楼房上下对称，四周均为宽1.3米的走廊。安源路矿工人第一所夜校校舍就在这栋楼上的三间房，李立三担任教员，夜校白天给工人子弟免费上课，

◆ 木版画《入党宣誓》

晚上给工人传授知识，在宣传马克思主义的同时发现工人中的优秀分子。

1922年2月，在株萍铁路安源火车房里，李立三带领朱少连、周镜泉、李涤生、朱锦堂、蔡增准等5人，举行了庄严的入党宣誓仪式，誓词共16个字："努力革命，遵守党纪，牺牲个人，永不叛党。"仪式结束后，大家提议由李立三任支部书记。至此，中国共产党的第一个产业工人支部——中共安源路矿支部诞生，它也是江西土地上建立的第一个党组织，当时隶属中共湖南支部；同年5月，安源路矿工人俱乐部成立，李立三被推选为俱乐部主任，它类似工会组织，公开领导工人运动，700多名工人参加了俱乐部，在后来的大罢工中发挥了中坚作用。其间，毛泽东又两次到安源指导工人运动。

随着工人斗争情绪高涨，路矿两局恐慌，企图关闭工人俱乐部，还拖欠工人三个月之久的工资，矛盾更加激化。1922年9月11日，留苏回来的刘少奇临危受命，在毛泽东的指示下赶赴安源，加强罢工领导。

"罢工前夕，毛泽东同志来到了安源，在周镜泉的家里召开了党支部会议。会上，毛泽东听取了安源党组织负责人汇报的情况，他说罢工的时机已经成熟了，但是他提出了罢工要运用哀兵必胜的策略，提出'哀而动人'的罢工口号，同时他号召共产党员要站在战斗的最前列，领导广大群众进行义无反顾的斗争。"

1922年9月14日凌晨两点，轰动全国的安源路矿工人大罢工爆发。这天，铁路工人拉响汽笛，卸下机车的重要部件，停开列车；煤矿工人砍断井下电源，高举斧头、岩尖，如潮水般从矿井、工棚、街头巷尾蜂拥而出。工人们高呼罢工口号："从前是牛马，现在要做人。"工人俱乐部向路矿当局提出了17项要求，包括复工条件是保护工人俱乐部、发清欠项、增加工资等。

在安源区安源镇八方井，有一处始建于1906年的占地600平方米的两层楼房，它是砖木结构欧式楼房，前后均为拱通廊，后廊有螺旋式铁梯。

◆版画作品《威震全国的安源路矿工人大罢工》

它原来是萍乡煤矿办公大楼，矿长、高级职员和德国矿师等工程技术人员在此办公。现在它被称为谈判旧址。

1922 年 9 月 16 日，刘少奇只身深入虎穴，与路矿当局谈判。经过 5 天的斗争，路矿当局被迫承认工人罢工条件，相关条件合并后，达成了 13 条协议。刘少奇在《安源路矿工人俱乐部略史》中评价这次胜利："未伤一人，未败一事，而得到完全胜利，这实在是幼稚的中国劳动运动中绝无仅有的事。"

安源路矿工人大罢工，是中国共产党第一次独立领导并取得完全胜利的工人斗争，是中国工人运动史上的一次壮举。罢工的胜利，提高了党组织在工人群众中的威信，路矿工人俱乐部成员由 700 人发展到 1.7 万余人，中共安源支部也得到蓬勃壮大，从中共三大时期的 40 多人，到 1925 年初增加到 198 人，占全国党员人数 998 人的 1/5，成为全国最大的一个地方党支部。

"刘少奇、李立三等总结归纳，这次罢工之所以取得胜利，是安源工人的齐心、秩序、勇敢之精神，第一次提出了中国革命精神——安源精神，安源精神100年来鼓舞着安源工人，跟着共产党上井冈山，长征、抗战、解放战争一直到社会主义建设。秋收起义，安源工人有近百人跟着毛委员上井冈山，走出去的红军，最后成为共和国将军的有15位，比如说萧劲光、杨得志，包括中国的保尔——吴运铎也是在安源培养出来的，所以安源被誉为全国的将军矿。"

安源煤矿原党委副书记孙正凤退休多年，仍然坚持宣传、研究安源精神。他说，安源是中国共产党人践行初心使命的重要地方，安源工人做出了许多具有开创意义的探索尝试。

"1922年2月创建产业工人党组织，1922年7月开办党领导的经济组织，1923年开展反腐倡廉工作，1924年12月创办党校，等等。"

在安源区青山镇源头村一尊装束朴素、颔首沉思的高自立雕像挺拔在广场。家境贫寒的

◆ 安源路矿工人大罢工谈判处旧址

高自立是党领导下成长的安源工人，他于1926年10月加入中国共产党，1927年参加湘赣边界秋收起义，随部队到井冈山，直至陕北，家中留下老母、妻子，以及一生都未曾谋面的残疾女儿。高自立的亲人们忍饿挨冻，过着艰苦的生活。

"只有唯一的一个女儿，就是我妈妈。人家到处都是说，我爷爷已经被国民党杀了，不在人世了。听我妈妈说，我老奶奶天天都是以泪洗面，很多人都跟我奶奶说媒，说你可以改嫁。我奶奶不答应，独自撑起了家。"

◆ 高自立故居

高自立的外孙媳妇曾继华是青山镇源头村广场社区书记，今年64岁，每当她讲起这段家史，都忍不住哽咽落泪。1937年，延安来信，通过安源地下党转到高自立的妻子杨竞成手中，她才知道原来丈夫还活着，顿时泣不成声。在地下党的帮助下，她一路找到了延安。

那时的高自立早已是红军不小的干部。他担任过红三军政委、红五军团十五军政委兼军长，中华苏维埃共和国工农监察委员会委员等职。1935年在苏联学习时，他出席了共产国际第七次代表大会，当选为共产国际监察委员会委员。1938年，回国后的高自立任陕甘宁边区政府代主席。

"我奶奶说，家里只有一个老母亲和残疾的女儿，要不我们再生一个。我爷爷说，等到我们全中国解放，天下的儿女多的是。我奶奶很会做女红、酱油，我爷爷就带领我奶奶把工资全部往上交。我爷爷说现在我们有饭吃，留钱干吗？等到我们中国解放了，人人都有饭吃了，你还用担心女儿饿死吗？"

1950年元旦，50岁的高自立因病去世。病重期间，他嘱托妻子杨竞成回家当农民。后来，杨竞成谢绝组织的帮助，回到萍乡老家，与女儿高馥英生活在一起。20世纪50年代初，江西省省长邵式平到萍乡看望杨竞成，劝她全家搬到省城住，也被杨竞成婉言谢绝。她把当时政府发放的每个月70元的抚恤费，用来捐助校舍、帮助穷人治病，而自己一家过着清贫的劳作生活。

现在，高自立的外孙媳妇曾继华常常在高自立生平事迹陈列馆讲解外公的故事。高自立一生克己奉公、崇尚勤俭、作风清廉，而不为人所知的是，他可能是中国共产党第一个写毛泽东传记的人。1992年，中共中央文献研究室和中央档案馆共同主办的《党的文献》杂志，全文发表了1936年写于莫斯科的《毛泽东传略》，这个20页的中文稿，约12000字，叙述了毛泽东的经历，高度评价了毛泽东作为革命运动领导者的人格和功绩。这一文稿是应共产国际1936年第一季度中国工作计划所邀而写，作为当时中共驻共产国际代表团成员，又长期在毛泽东身边工作过的高自立，1935年12月曾在《共产国际》上发表了《七年来的中华苏维埃》一文，他是撰写毛泽东传记的最适合人选。如果《毛泽东传略》的作者真的是高自立，那么这又是一份安源与毛泽东的特殊缘分。

（执笔：万芳）

他是中共党史上永远不会忘却的名字——赵醒侬，江西党团组织主要创始人，团结培养了一批革命骨干。1924年5月，中共南昌支部成立，他担任书记；1926年，他被反动军阀杀害，年仅34岁。方志敏称赵醒侬为"江西为打倒军阀，争取中华民族独立解放革命运动的第一个牺牲者"。

▼

寻访第 5—6 站：江西南昌市东湖区、西湖区

寻访人：万　芳

寻访时间：2021 年 1 月 6 日

◆记者找到中共南昌支部机关旧址

血钟敲响　向光前进

◆中共江西地方组织创始人之一赵醒侬

赵醒侬的牺牲，值得铭记。

1926年9月16日凌晨，敌人将他五花大绑，秘密押到南昌德胜门外一块芝麻田里。面对敌人的枪口，他像往日一样平静，昂首挺立，从容不迫，高呼："打倒帝国主义！打倒军阀！"

"他要求写一封遗书，敌人都不让。"

震耳的枪声、烈士的鲜血，还有未诉的衷肠，每次讲起赵醒侬牺牲的情景，80多岁的曾志巩老先生，都悲愤不已。他40年前开始参与党史编写工作，接触了大量与赵醒侬共事过的同志和有关赵醒侬的一手资料，毕其一生写下《赵醒侬传》,在一次次跨越时空的"对话"中，他为这位南丰老乡深感骄傲。

"为了革命愿意做事。他能够到江西来，他就有勇气，江西还在军阀统治下，搞这些活动要杀头的，好多人不愿意来的。"

翻开《中国共产党江西历史》第一卷（1921—1949），看到的第一张图片就是中共江西地方组织主要创始人赵醒侬的画像：齐整的平头、清癯的脸庞，戴着圆框眼镜。这张画像随同赵醒侬的事迹，在江西革命烈士纪念堂永久展出。

赵醒侬原名赵从干，字性和，1892 年出生于抚州南丰一个贫苦家庭。他 20 岁考入南丰县立高等小学，后来辗转到上海谋生，在那里接受进步思想，把名字改为"醒侬"以表达自己的觉醒。1921 年，他加入中国社会主义青年团，并很快转为中国共产党党员。

在江西人民反对军阀官僚蔡成勋的声浪中，中共党团中央派赵醒侬回赣开展革命活动。1923 年 1 月 20 日，中国社会主义青年团江西地方团建立，赵醒侬、方志敏、刘拜农、赵履和等 7 名团员在南昌文化书社集会。

南丰《赵济川公支谱》载赵从干传

◆ 赵醒侬家谱（选自《赵醒侬传》）

"这个就是赵醒侬（赵从干），光绪壬辰年就是 1892 年出生，他有个弟弟。"南丰县赵氏研究会保存了一份 1912 年续修的《赵济川公支谱》，上面记载着赵醒侬有一个小他 15 岁的弟弟，叫从新，字履和。这让曾志巩等党史工作者恍然大悟。原来，江西地方团的发起人之一赵履和就是赵醒侬的亲弟弟。

"赵履和查了家谱才知道，他是第一批团员。"

赵醒侬为人谦和、稳重，有着坚定的信仰，他是江西革命青年的老大哥。1922 年，30 岁的赵醒侬与 25 岁的袁玉冰、23 岁的方志敏在上海首次相见，热烈地讨论办书店、书社、书馆，为"荒凉的江西"传播"新文化"种子。

1923 年，他们在南昌文化书社再次聚首，在炭火的温暖和茶水的热

气里，促膝长谈。后来，他们讨论江西团的工作，组织民权运动大同盟和马克思学说研究会。那时，在赣西萍乡，中共湖南的党团组织已在安源建立了党支部和团支部。

受中共中央指示，1924年4月，赵醒侬、邓鹤鸣筹建中共南昌地方组织。他们首先发展方志敏等青年团员加入共产党；同年5月，中共南昌支部成立，赵醒侬任书记兼组织干事，邓鹤鸣任宣传干事，机关驻南昌市解家厂，直属中共中央领导。中共南昌支部是继中共安源路矿支部之后，在江西建立的第二个党组织，负有领导全省革命斗争的重任。

"您采访过邓鹤鸣？"

"对，对。"

"支部还有其他人吗？"

"应该还有一个，不晓得是傅清华还是哪个，他记不起来了。三个人就可以组成一个小组，开始叫党小组嘛。"

"方志敏有没有在党支部里面？"

"第一批好像还不是，他于1924年才入党。"

"袁玉冰呢？"

"也不在，袁玉冰后来去北京了。"

建党支部的同时，赵醒侬还做了两件大事：办明星书店和黎明中学。它们成为江西传播革命思想、开展革命活动的又一个中心，中共党员、进步人士等在黎明中学讲课、活动，两年间培养了不少党的优秀干部。赵醒侬也到黎明中学上过公民课。他的演讲很有说服力，很能鼓舞人心。有一次讲到孙中山的《致苏维埃社会主义共和国书》时，整个会场秩序井然，没有一个人中途退出，大家连中饭都忘了吃。

开书店、办学校、印传单、出刊物、发电函，花费很大，赵醒侬在艰难困苦的革命工作中过活。他们一家住在破旧的民房里，除一张床、一张桌子、一具炉灶外，没有什么摆设。有一次，有人去赵醒侬家里看

◆中共南昌支部机关旧址——解家厂（对比1930年的南昌地图，解家厂东起经营巷，西至苏圃路，处在民德路和叠山路正中间，如今解家厂已不复存在。）

望他，只见他的爱人望着锅里煮沸的开水发呆，原来家里一粒米都没有了。

"老婆到学校找他，他不敢出来，从后面走了，买了几个烧饼回去。很清苦的。据和他一起工作的朱大贞回忆，赵醒侬有6块钱的生活费还要分一半给他。"

在险恶的斗争形势和艰难的生存环境下，赵醒侬不曾动摇过信仰。他组织召集江西国民会议，建立中共南昌特支，追悼孙中山先生，声援五卅运动，发动群众迎接北伐战争。1926年8月10日下午，赵醒侬去明星书店的途中，行至百花洲被捕，一个多月后，反动军阀邓如琢将其残忍杀害。

死讯传来，他的亲密战友方志敏悲愤地说："赵醒侬是江西为打倒军阀，争取中华民族独立解放的革命运动的第一个牺牲者。"

在他牺牲后的第三天，北伐军攻克南昌城。北伐胜利不久，蒋介石篡夺革命领导权，制造了残杀赣州总工会委员长陈赞贤、捣毁南昌及九江市党部等一系列反革命事件。

年轻的共产党人擦干眼泪，踏着烈士们的血迹继续前进。1927年4

◆南丰中学校园的赵醒侬雕像

月 22 日出版的《红灯》第 11 期联合发表《悼念我们死难的同志——赵醒侬、陈赞贤、曹炳元、胡遂章、张朝燮》一文，表明了共产党人的决心。

"我们要奋斗到底，革命到底！我们要决不会恐慌退让，血钟已经响了，我们只有一致地向着红光前进！"

（执笔：万芳）

他是方志敏的堂弟，是弋阳县第一个农民党员。1925年10月，赣东北第一个党支部在湖塘村成立时，方远杰任支部书记。两年后，25岁的方远杰在战斗中被土炮弹片炸伤而牺牲。方志纯曾撰文披露三哥方远杰受伤牺牲的内幕：方远杰当即被炸伤一只手，本来完全可以抢救过来的，却被国民党买通的诊所医生注射了毒药，被残忍杀害。

▼

寻访第 7 站：江西弋阳县

寻访人：何　灵　占春富

寻访时间：2021 年 1 月 8 日

◆记者何灵在弋阳县第一个党支部旧址——旭光义务小学采访

湖塘，不仅出了个方志敏

我们去过很多次弋阳县漆工镇湖塘村，因为那里是著名的共产党人方志敏的家乡。

如今又去湖塘村，是因为寻访弋阳县第一个党支部，整个赣东北地区第一个党支部也成立在漆工镇湖塘村。

退休快 30 年的弋阳县党史办老主任李松和欣然"出山"，兴致勃勃地陪同记者一起前去湖塘，寻访弋阳第一个党支部。老人家今年 88 岁，走路带风，声音如钟，说起弋阳的党史，不用看资料，出口成章。

一到湖塘村，李松和老主任直接把我们带到了村中央一栋普普通通的平房前。

"这里，既是旭光义务小学，也是贫民夜校，还是赣东北第一个党小组、第一个党支部——中共漆工临时支部成立的地方。"

"旭光义务小学"的校名是方志敏取的，他还亲自担任了这所小学的校长。

大革命之前，北洋军阀政府曾一度提倡平民教育，兴办学堂，推广白话文。但由于各地封建势力的阻力很大，乡村教育依然落后，只有零星的私塾蒙馆。当时在南昌已经加入了中国共产党、回家乡弋阳开展革命工作的方志敏希望能改变农村封建愚昧的状况，他积极倡导平民教育，宣传革命思想，发动乡村农民，联名上书，要求县署拨款，立志在乡村创办义务小学。报告获得批准后，在筹办过程中，为了解决经费不足的问题，方志敏又把青年社没收劣绅张念诚贪污选举省议员的经费 3000 银元也用在了办学上。

1925 年夏天，由方志敏直接领导筹办的、面向农民群众的旭光义务小学在家乡湖塘村办起来了。方志敏任校长，他还选聘了德才兼备、精明强干的德兴籍进步青年祝炎担任教员。年轻的祝炎老师一个人既教国文、算术，还教唱歌，并协助方志敏管理学校，方志敏的堂弟方远辉、方志纯等人负责筹集学校的课桌凳以及参与其他校务管理。

全新的旭光义务小学免费吸收附近村庄的贫困农民子弟入学。学校白天为小学生教书授课，课堂讲授的不再是《三字经》《昔时贤文》等陈旧教材，改授自行编印的《贫民千字文》等。晚上，旭光义务小学就变成贫民夜校，坐在教室上课的是清一色的农民。贫民夜校开办不到两年，先后有 80 多名农民参加了学习。不久，漆工地区秘密筹建起赣东北第一个农民协会，其中骨干分子基本上都在贫民夜校学习过。

不久，方志敏在农运骨干中吸收了黄镇中、邹琦、祝炎、方远杰等人成为中共党员。1925 年 7 月，赣东北第一个党小组——中共漆工小组宣告成立，由方志纯任组长；同年 10 月，扩大成中共漆工临时支部，支部成员有 11 人，方远杰为支部书记。

◆版画《农民在贫民夜校上课》

中共漆工临时支部

支部书记：方远杰
（1902—1927）

成员：黄镇中
（1902—1932）

成员：邬琦
（1905—1936）

成员：彭年
（1901—1932）

成员：洪坤元
（1896—1935）

成员：饶功美
（1887—1932）

成员：方远辉
（1893—1935）

成员：方荣贵
（1904—1933）

成员：方华根
（1901—1931）

成员：彭皋
（1905—1933）

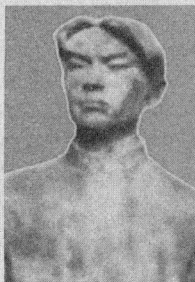

成员：祝炎
（1903—1933）

　　方远杰是方志敏的堂弟、方志纯的亲哥哥。

　　听说我们来采访，方远杰的孙子方华兵特意从县城赶回了湖塘村。方华兵说，他们这一家算起来有 7 个烈士。

　　"我家里如果我奶奶没有算进去，一共有 6 个烈士。算我奶奶是 7 个。我爷爷牺牲以后，我奶奶也在山里被抓到枪毙了，那时我爸才三岁，全

◆方远杰画像

◆方远杰烈士证

家就剩下我父亲一个人。"

方华兵回忆，爷爷方远杰很会打仗，也非常勇敢，曾经指挥了1926年秋冬之间著名的漆工暴动，也就是后来大家说的"两条半枪闹革命"。

"漆工暴动，方志敏没参加，方志纯也没参加，他们都在南昌，就是我爷爷开始的。"

1926年11月的一个夜晚，来自漆工镇周围大小村庄的200多名农民协会骨干聚集在湖塘村，由方远杰和黄镇中等人率领，举着红旗、火把开路，农友手执大刀、梭镖、鸟铳，还有的扛着锄头、扁担，冲向漆工镇警察派出所，砸毁了派出所的牌子，吓跑了横行乡里、作恶多端的巡官余麻子，农友们占据了派出所，缴获了两条半枪（一条"双套筒"，一条"汉阳造"，一条"九响毛瑟枪"。"九响毛瑟枪"因没有退子钩，又被裁去半截，故称半条）。暴动后第二天，用缴获来的武器，装备了刚成立的农民自卫军。这是大革命时期，弋阳人民在党的领导下向反动势力举行武装斗争的一次尝试。

谈话间，方华兵拿出了几本泛黄的书刊，其中有一篇是方志纯写的《一个忠贞的共产党员——怀念方远杰同志》，语言朴实、真挚。

方志纯在书中这样深情地回忆他的三哥方远杰：

"1927年'四一二'反革命政变后，中国革命处于危急的关头。方志敏、邵式平等同志都已离开，一些其他干部都在南昌的情况下，远杰作为弋阳临时负责人，挑起了全副担子，继续不屈不挠、英勇顽强地进行斗争。同年5月底，有一个国民党连队起义投奔九区农民协会。6月上旬远杰即率领该部队配合农民猛攻县城。交火不久，驻守在城内的敌人便望风而逃。在攻城过程中，远杰身先士卒，手持大刀，当城门打开时，他一眼就发现夺门而逃的伪县长，二话没说，动作麻利地挥起大刀，将其手臂砍伤。继而，入城打开监狱。释放了无辜群众，并召开群众大会。远杰在会上发表了振奋人心的讲话。远杰虽然不懂军事，但却勇敢地到国民党起义的连队去进行改编。由于当时没有红军的称号，国民革命军的名声又不好，远杰遂将这个起义的连队改为中国工农革命军第一军第一师独立大队，并自称为该大队大队长。"

就在这次战斗的第三天，即6月12日，李烈钧以增加数倍的队伍向漆工镇进攻。方远杰亲自参战，给土炮装硝填炸药。不料，他使用的那门土炮因装硝过多，加上年久失修，破旧不堪，结果引线一点，引起枪管炸裂，方远杰不幸被横飞的弹片炸伤，因伤势过重当晚牺牲，年仅25岁。

方志纯在书中详细披露了方远杰受伤牺牲的细节。他说："远杰当即被炸伤一只手，鲜血如注。由于当地缺医少药，没有医疗条件，群众便秘密把他抬到弋阳县城的一家私人诊所进行抢救。本来，完全可以抢救过来的。然而，不知怎么的，他的行踪被国民党反动派发觉，并秘密买通了这家诊所的医生。这个医生在抢救远杰的过程中，出卖医德，昧着良心，给远杰注射了一针毒药，残忍地杀害了这位共产主义的坚强战士。"

每年的清明，方华兵都会回到湖塘村给逝去的爷爷和亲人们扫墓。

他有一个心愿，希望能在爷爷的坟前立一块烈士墓碑，以纪念爷爷方远杰短暂而伟大的一生。

　　"有的时候我想通过你们呼吁一下，能不能给我爷爷安一个烈士墓碑，这样我们心里会舒服一点。这不是一点钱的事，因为我们自己是不可能擅自写方远杰烈士之墓的，只有政府才能这样，对吗？"

（执笔：何灵）

1926年10月，北京师范大学归来的黄道与好友、同学成立了横峰县第一个党支部，并担任支部书记。一年后，他与方志敏一起领导了弋横暴动，创建赣东北根据地。横峰县是闽浙皖赣根据地中，最早全县范围都为红色政权的"全红县"，也是江西召开党代会次数最多的县。支部创立时最早的八位共产党人全都壮烈牺牲。

寻访第 8 站：江西横峰县

寻访人：何 灵 王 玮 平振洲

寻访时间：2021 年 1 月 9 日

◆ 采访组在黄道家乡一面巨大的党旗下合影

一辈子　跟党走

又是一年石榴花开，每当横峰县模范苏维埃合唱团的歌声在夜色中响起，都会让人产生时空交错之感，仿佛回到了 90 多年前。一首接一首的苏区诗歌传诵，鼓舞斗志。

"我们经常唱黄道的歌。苏区时期有 100 多首歌，好多就是黄道自己写，当时他是写诗，我记得有一首叫《若不革命，永做奴隶》，这也是他的一种宣传方法，把这些通俗易懂的革命道理向群众宣传。我们现在请了老师给它谱曲，每周星期二、星期三晚上 7:00—9:00 来排练。"

横峰县委党校常务副校长、横峰县委党史办原主任姚贵木是合唱团的成员，他自嘲唱得不好听，但作为党史研究者，愿意以这种特殊的方式"接近"黄道。曾就读于北京师范大学教育系的黄道在赣东北苏区时亲自动手编写了《工农读本》和《赣东北苏区暂行刑律》。

姚贵木说：《赣东北苏区暂行刑律》试行从 1931 年到 1934 年，效果非常好，我们今天的《中华人民共和国刑法》最早的雏形之一就是黄道 1931 年编的《赣东北苏区的暂行刑律》。"

黄道是谁？他是怎样成为一个才华横溢的革命者？走进他的家乡或许能找到一些答案。

从横峰县城出发，驱车往西，很快便可看到一个风景优美的小山村——姚家垅。1900 年 5 月 21 日，黄道在这里的一个普通农家出生。黄道的祖父是清末进士，生性疾恶如仇，好为穷人打抱不平，后来家道中落，黄道的父亲黄菊在村里开了一个中药铺为生。黄家注重教育，19 岁的黄道考入了当时的省级名校——南昌二中，与同学袁玉冰等人发起建立了江西第一个革命团体——鄱阳湖社（1921年改名为江西改造社），与同学共八人号称"新的江西八大家"。

黄道人生的一次重要转折是1923年北上。他同时考取了北京大学、清华大学、北京高等师范学校（后改名为北京师范大学）三所高校。考虑到家里经济拮据，他选读了学生入学免交伙食费的北京师范大学。进入北京师范大学的第一年，即1923年秋，黄道经李大钊、陈毅介绍加入社会主义青年团，一年后转为中国共产党党员。由于他成绩优异、思想进步，具有很强的组织才能，在同学中威望很高，入党不久即在北京师范大学组建了党支部，并担任了北京师范大学的第一位党支部书记和北京学联的负责人之一。

◆ 黄道

"1925年暑假，他回到家乡横峰，把他以前的同学、好友共20多个人组织起来，成立了我们横峰的岑阳学会，这也是我们横峰第一个革命性团体，带回来一些书籍给家乡人看，传播马克思主义，发动群众搞一些革命活动。"

1926年3月18日，鲁迅先生悲愤地说这"是中华民国历史上最黑暗一天"。北京5000多名高校学生到天安门游行，反对北洋军阀段祺瑞政府签订卖国条约，被开枪镇压，刘和珍等47名青年学生不幸被害，造成震惊国人的"三一八"惨案。黄道是这次请愿斗争的领导人之一，也是幸存者之一。

"黄道没有受伤。他操办了刘和珍的葬礼，把北京师范大学的一些学生安顿好，后来身份暴露了，北京师范大学也把他开除了，不能待下去了，所以黄道就受党组织派遣，于1926年5月18日返回到江西来。"

为了发动工农群众支援即将开始的北伐战争，黄道回到了老家横峰，于 1926 年 10 月下旬秘密召集原来的岑阳学会会员和社会主义青年团员吴先民、邹秀峰、李穆、滕国荣、黄端喜、钱壁、李佐韩等人组织成立了中国共产党横峰支部。不久，姚家垅、港边、青板桥、龙门等地的党组织也相继建立。他们通过党支部成员再去各乡、村发动贫苦农民发展农民协会，提出了"一切权力归农会"的响亮口号。黄道领导横峰党支部，积极组织农民协会，建立梭镖队，为北伐军带路、送信、运送物资，成立青年团支部、妇女协会等革命群众团体，同土豪劣绅展开斗争。

于是，黄道从书斋一步步走向革命的战场，他清醒地意识到武装斗争的重要性。在南昌八一起义纪念馆，珍藏着一个"镇馆之宝"，是八一起义留存的为数不多的物证，上面写了黄道的名字。

"江西民众捐款给起义军的收条和回信，收到黄道、罗石冰两常委送来的 1 万多银元，当时整个南昌都知道起义这件事了，省委就组织了江西民众慰问革命军委员会，上街去募捐。黄道和罗石冰就把大洋送到起义军指挥部，当时黄道是江西省委常委。"

八一起义之后，南昌形势急剧变化，是随军南下还是回乡举行暴动？黄道选择了后者。1927 年 12 月，在方志敏和黄道的带领下，弋（阳）横（峰）起义爆发，弋阳、横峰两县的革命农民组成 6 路纵队，向周围村坊全面出击，他们冲进地主庄园分粮、收缴田契、焚烧债据，将恶霸地主捆送农民革命团处理。起义成功后，弋（阳）横（峰）党组织建立苏维埃政权，组建了工农革命军第二军第二师第十四团一营一连及各村的赤卫军和少先队等武装力量，武装起义开始转变为艰苦的革命游击战争，形成了以磨盘山为中心的弋横革命根据地，后来逐渐扩大为赣东北革命根据地。1928 年 6 月，中共横峰县委成立，在新中国成立之前的革命年代，当地依然坚持召开党员大会，成为江西召开党代会次数最多的县（市、区）。

"闽浙皖赣根据地最鼎盛的时候，有 58 个县委、36 个县苏维埃政府，是由共产党来执政的。全县范围都成为红色政权的就叫'全红县'。横峰是最早成为'全红县'的，1929年10月的时候我们就是'全红县'。"

1930年7月，黄道奉命调到闽北根据地任中共闽北分区区委书记，到1938年闽北红军改编为新四军为止，他在这块红色土地上战斗了7年，为闽北根据地的巩固和发展、闽北红军的发展和壮大，付出了全部心血和精力。闽北群众也永远忘不了黄道。

1939年4月，时任中共中央东南分局和新四军驻赣办事处委员的黄道动身前往皖南新四军军部，在途经上饶铅山河口时，感到身体不适，住进了大同旅社，被国民党特务盯上。5月23日，被国民党买通的医生给黄道注射毒针，将其杀害。黄道牺牲时，年仅39岁。

"国民党不准军民去吊唁他，在铅山的时候，老百姓冒着杀头的危险都去吊唁他。国民党还不允许他葬在江西，那么福建省武夷山市（原崇安县）的老百姓就把黄道的灵柩运到武夷山去，最好的一块'风水宝地'给黄道安葬，叫长涧源。武夷山那边对黄道的感情很深，沿途老百姓都是跪着烧香迎接黄道的灵柩。直到上饶解放了，才把黄道的灵柩从那里重新接出来安葬在上饶。"

黄道坚定的抗日立场和在人民群众中崇高的威望，使国民党反动派极端仇视、害怕。1941年皖南事变后，"进剿"闽北游击队的国民党军队竟然丧心病狂地挖开黄道的坟墓焚尸，并将其尸骨抛于荒野。这种惨无人道的行径，激起人民群众的无比愤慨，闽北老区群众不但把黄道的忠骸一件件收齐，重新修补坟墓，而且更加紧密地团结在党的周围。新中国成立后，黄道之死真相大白，特务承认了买通反动医生用毒针害死黄道的卑劣行径。

1950年，中央革命根据地访问团闽浙赣分团到闽北访问，长涧源的群众将黄道的骸骨装殓好，交给访问团带回上饶。他们在原有的黄道陵墓处做了墓亭，寄托着人民对黄道的永久纪念。可就在访问团到闽北农村时，发生了一个谁也想不到的插曲。

"慰问团到当地去，有一位妇女跟他们讲，'我是黄道的老婆'，人家才知道黄道的妻子吴品秀还活着，别人都认为她牺牲了，黄知真（黄道的大儿子）赶去看了，真的是他妈妈，两人抱头痛哭。"

原来黄道和妻子吴品秀携手到闽北根据地，失散后两人再也没有相见，黄道至死都不知道吴品秀还活着。老一辈革命者为了一个光明的中国，牺牲了一切，儿女情长就更难考虑了。

同样意外的一幕也发生在我们的寻访中。当记者来到黄道当初建立的中共横峰支部中的同志、战友滕国荣的孙子滕铭高家时，他的一番介绍让一同前去的当地党史专家姚贵木大吃一惊。

"我祖母叫周园香，她是闽浙赣省青妇联部长，报纸老是刊登她的事迹。"

"我还不晓得周园香是滕国荣的爱人啊！"

◆ 滕铭高（滕国荣烈士的孙子）

"连当地宣传部都不知道。我讲我的祖母是周园香，他讲怎么是你的祖母，我讲我怎么可能连自己的祖母都不知道啊。"

在滕国荣的家谱上清晰地记载着，周园香是滕国荣的第二任妻子。《横峰英烈传》上简要地登了周园香的事迹，她是优秀共产党员，闽浙赣时期的女英雄，曾任闽浙赣省青妇部长。1935年1月，国民党反动派加紧对苏区的残酷"围剿"，周园香辗转奔波而引起早产，未来得及去坐月子，敌人已经从四面八方包围了部队。在情况十分危急之下，她置个人生死

◆藤国荣烈士画像

于度外，拖着虚弱的身体，举枪迎战，把敌人的射击目标引向自己，从而掩护省委领导和其他战友安全转移。在激烈的战斗中，周园香不幸腿部中枪，终因寡不敌众而牺牲，年仅 21 岁。

失去妻子的滕国荣没有停下革命的脚步。他当时是皖浙赣省委的宣传部部长，在皖南一带打游击。

"我听爷爷的警卫员跟我讲，当时打游击好艰苦，上半年在这个山头，下半年又在那个山头，很难固定在一个地方，好苦，饭没得吃，都是吃树皮草根。但是那些人都很坚强，没有一个人投降。"

◆姚家乡烈士纪念碑

爷爷是怎么牺牲的？滕铭高一直想弄明白。他查到爷爷战友的回忆录，里面讲到，1937年国民党十几万人的部队进攻皖南，有一天敌人化装成老百姓带枪上山搜捕，包括滕国荣在内的17人转移期间可能遭遇袭击，没有抵达与战友约定的地点。后来，爷爷牺牲在哪里就成了谜。几十年过去了，滕铭高没有放弃寻找跟爷爷有关的线索。

　　横峰县有名有姓的革命烈士有5849人，其中黄道、滕国荣影响最大。安徽黟县为滕国荣修建了衣冠冢。2009年，滕铭高去安徽黟县走访，得到了当地高规格的礼遇。横峰县姚家乡组织党员到福建革命遗址参观学习，对方一听是"黄道老家来人了"便热情地敞开了大门。

　　2016年，横峰县结合秀美乡村，建设了黄道主题文化公园，有端章亭、一鸣路（黄道原名黄端章，别名一鸣），还新建了一个革命烈士纪念塔，公园内最醒目的是嵌在绿化带里的"永远跟党走"五个字，以及一个30多平方米大的党旗雕塑。

　　"黄道当年有一篇文章就提到了永远跟党走，我们就把这个作为教育题材，教育我们的干部要永远跟着党走。这面党旗是支部活动、入党宣誓的一个场所，是我们县最大的一面党旗。"

（执笔：万芳）

1926年1月，罗石冰临危受命，紧急从上海回到江西，组建家乡的党团组织。短短一年间，罗石冰亲自发展党员41个，整个赣西20个县，全部建起了党组织。1926年1月底，吉安地区第一个党支部在吉安县成立，出任延福支部书记的居然是一位40多岁的清末秀才。连国民党方面都感叹：一个前清老秀才，头脑保守，不意竟被赤化亦一奇事。

寻访第 9 站： 江西吉安县

寻访人： 何　灵　陈月珍　康美权　王　婷

寻访时间： 2021 年 3 月 10 日

◆ 在罗石冰家乡采访合影

今日中国　如您所愿

"忽然得到一个可靠的消息，说柔石和其他二十三人，已于二月七日夜或八日晨，在龙华警备司令部被枪毙了，他的身上中了十弹。

……

我沉重的感到我失掉了很好的朋友，中国失掉了很好的青年，我在悲愤中沉静下去了，然而积习却从沉静中抬起头来，凑成了这样的几句：

惯于长夜过春时，挈妇将雏鬓有丝。

梦里依稀慈母泪，城头变幻大王旗。

忍看朋辈成新鬼，怒向刀丛觅小诗。

吟罢低眉无写处，月光如水照缁衣。"

◆ 罗石冰烈士雕像

鲁迅先生的《为了忘却的纪念》，我非常喜欢。文章怀念了被国民党杀害的"左联五烈士"：柔石、殷夫（白莽）、冯铿、胡也频、李伟森。鲁迅先生在文章提到：那天，包括"左联五烈士"在内，在上海龙华公园同时被杀害的有二十四人，后来被称为"龙华二十四烈士"。

没有想到，这次在去吉

安县寻访第一个党支部，我又一次读到了鲁迅的《为了忘却的纪念》，第一次知道，原来大革命时期江西党的领导人之一、吉安地区最早的马列主义传播者与党的创始人——罗石冰，也是著名的龙华二十四烈士之一，他当时的身份是中共青岛市委负责人。

"要了解罗石冰，就先从这副对联开始。放眼求真理庐陵播火种万里风雷驱腐恶，捐躯为革命铁骨葆初心一腔热血化霓虹。"

◆ 罗石冰故居门前的对联

在吉安县万福镇罗石冰故居门口，挂着一副长长的对联，黑底金字，让人一下子对这栋有着100多年历史的老宅充满了敬仰。

1896年，罗石冰出生于庐陵县延福乡大安井头村（今吉安县万福镇井头村委会井源村）。父亲罗吉美是当地的一个商人，做棉纱生意，家中比较富裕。

罗石冰侄孙罗少华回忆："他的家庭很富裕，原本可以过很好的生活。"

罗石冰出身富裕，又天赋聪慧。1914年，18岁的他考取南昌省立第一师范。来到南昌省立第一师范学习，罗石冰开阔了眼界。面对积贫积弱的祖国，他十分关心时事，喜爱钻研历史、哲学。时任校长王寿彭，与陈独秀有旧交，经常将《新青年》等书刊交与罗石冰阅读，罗石冰逐渐树立了改造中国的远大志向。

从南昌省立第一师范毕业后，罗石冰受聘于吉安县（庐陵县1914年改为吉安县）立高等小学堂任教。4年后，他辞去教员一职，经好友刘九峰介绍，前往上海大学投考，去探索新的救国救民之道，是年仅27岁的罗石冰走上自党的马列主义革命道路一个重大选择。很快，曾延生也于同年来到上海大学。几年后，刘九峰、罗石冰、曾延生三人都成为吉安地区乃至江西省党的重要领导干部。

据当地党史专家、吉安市党史学会理事刘来兴介绍："上海大学社会学系的老师都是我们党早期的重要领导人，蔡和森、瞿秋白、恽代英、邓中夏等，这些老师对罗石冰的影响很大，坚定了他参加革命、为共产主义事业奋斗到底的决心，所以他很快在上海大学入了党，并且当选了支部委员。"

1925年12月17日，中共南昌支部书记赵醒侬等被江西军阀逮捕，方志敏等被通缉，江西党组织处于困难时期。1926年1月，受中共中央委派，罗石冰到江西巡视并主持江西地方党的工作，14日到达南昌后，他先组织力量将赵醒侬等人营救出狱；之后赶赴吉安发展和建立党、团组织；同年4月，罗石冰任中共江西地委书记，9月任中共吉安特支书记。

为配合北伐战争，罗石冰发动吉安民众，一夜之间把军阀使用的电线、电杆、通信网络破坏殆尽。9月24日，在全城一片漆黑之中，北伐军趁机顺利占领吉安城。

"罗石冰从1926年1月回到家乡，到1927年，他亲自发展党员41个，涉及8个县。他发展的这40多个党员又分派到各地，像滚雪球一样，把整个赣西南地区10个县扩大到20

中共延福支部

（1926年2月——1926年10月）

书　记：胡庭铨

成　员：郭士俊、刘秀启、
　　　　　郭家庆、罗　万

◆ 中共延福支部成员图

◆ 胡庭铨，1885年出生于庐陵县延福乡（现万福镇虎山头村），时任县立塘东第九小学校长，中共延福支部书记。1928年底，在赣东北与方志敏一道开展游击斗争。1930年任江西红军独立第一团政委、中共信江特委委员、独立师政委、中共赣东北特委常委、红十军前委书记。8月，与周建屏等率部攻打景德镇，不久，转做地方党和苏维埃政权工作，参加巩固发展赣东北、闽浙赣革命根据地的斗争。红军长征后，赴上海、浙江一带进行秘密活动。1948年，在昆明逝世。

个县，共产党的组织全部都建立起来。"

1926年1月26日，吉安的第一个党组织——中共吉安小组在吉安省立第七师范成立，受罗石冰直接领导；1月底，罗石冰在自己家乡——延福塘东义仓九小（吉安延福乡县立第九小学）建立起吉安地区第一个农村党支部——延福支部。

担任中共延福支部书记的居然是一位年过四旬的清末秀才，叫胡庭铨。消息一出，四方震惊。在一份原件存于南京第二历史档案馆的国民党文件中也记录下了这件事："共党首领罗石冰自上海回来，又带来饱和共产主义，赤化吉安延福乡县立第九小学，该校校长胡庭铨原是一个前清老秀才，头脑保守，不意竟被赤化亦一奇事。"

胡庭铨，号虎山，1885年8月28日出生于现吉安县万福镇老冈村委会虎山头村一个富裕家庭，比罗石冰年长11岁。他从小熟读"四书五经"，参加清光绪年间科举考试，考中了"秀才"，当地人誉称他为"新相公"，后在当地私塾和乡一级国民学校任教近20年，思想开明，对新事物敏感，人们尊称他"虎山师佬"。1924年，39岁的他被聘请为吉安县立第九小学校长，与当时在吉安县立高等小学教书的罗石冰成为忘年之交。在罗石冰的影响下，胡庭铨成长进步为延福地区最早的共产党员。

刘来兴说："这个人富有正义感，他目睹了穷苦农民悲惨的生活。所以一旦罗石冰把外面革命的信息传递给他，他很快就接受了。"

6年后，胡庭铨转战赣东北，出任方志敏创建的工农红军第十军前委书记。

90多年过去，延福支部旧址——当年的吉安县延福乡县立第九小学早已不见踪迹。记者在吉安市党史学会理事刘来兴老师的带领下，在附近的村子转了好几圈，询问了每一个遇见的村民，终于确定了一个大概的旧址位置。

中共延福支部成立后，共产党就在延福地区扎下了根。大革命失败后，李文林、曾山、李锦云、郭承禄等一批在外地参加了武装起义和从事地下斗争的共产党员陆续回到了延福地区，开创了延福革命根据地。中国共产党领导的延福革命根据地前后坚持长达7年之久，是中国共产党在赣西南开辟最早、面积较大的红色根据地之一，与井冈山革命根据地、东固革命根据地三足鼎立，互相配合，互相支援。

"你喊罗石冰什么？"

◆采访罗石冰的侄子罗锦泉

"伯父。"

吉安县万福镇罗石冰故居旁,是其 98 岁的侄子罗锦泉的家。斑驳的老房子门前,一块"光荣烈属"的牌匾引人瞩目。当年老人的父亲罗恺元跟随罗石冰一起革命,不幸牺牲。罗石冰一家在土地革命时期有 5 位亲人牺牲,可谓满门忠烈:

罗坤元,中共党员,生于 1892 年,1926 年追随胞弟庆元(罗石冰)参加革命,1930 年,在方志敏等率领下攻打景德镇,于作战中光荣牺牲,年仅 38 岁。

罗恺元,中共党员,生于 1898 年,五兄弟中排行老四,1926 年随胞兄坤元、庆元(罗石冰)一同参加革命。曾任峡江县苏维埃政府主席、分宜县委书记,1931 年不幸被捕,遭国民党反动派杀害,年仅 32 岁。

罗道,罗石冰大哥罗乾元的长子,生于 1913 年,1928 年仅 15 岁的他追随三个叔叔参加革命入了团,由于有文化,被任命为湘赣省红军学校教官。1933 年在随部队作战中英勇牺牲,年仅 20 岁。

罗秋英,罗石冰大哥罗乾元的长女,中共党员,生于 1909 年。1927 年追随三个叔叔参加革命,任吉安县丁田区苏维埃政府妇女主任。1931 年被国民党反动派杀害,年仅 22 岁。

寻访中,罗石冰的侄孙罗卓华告诉我们,1926 年罗石冰从上海回到吉安后,只在老家待了一年,1927 年离开吉安参加南昌起义,直到 1931 年牺牲,再未回来过:

"当年回来的时候,他妈妈抱着他的腿不让他出去。他妈妈说,兵荒马乱,仔啊,你不怕啊?他说,没办法。就这样毅然决然走掉了,再也没回来。"

随军南下的罗石冰在 1927 年底任中共福州市委书记,1930 年秋任中共青岛市委书记。1931 年 1 月,罗石冰在上海被捕入狱,在狱中顽强斗争,坚贞不屈;同年 2 月初,他托人从狱中带出小纸条,上面写道:"经党营救失败，生命已无希望，决心在最后的时刻坚持斗争。"短短 24 个字，表现了一个共产党员信念坚定、视死如归的英雄气概。

1931 年 2 月 7 日，罗石冰在龙华壮烈牺牲。

早在 1925 年 "五卅" 惨案发生后，罗石冰因保卫上海总工会被报复打成重伤。在医院住院的时候，他曾经写下一首 "言志诗"：

> "非求荣华非书痴，
>
> 为求解放甘吃苦。
>
> 革命总有胜利日，
>
> 祖国处处黄金屋。"

"还在 1925 年，距今 90 多年前的时候，他就坚信我们中国共产党的革命一定有胜利的那一天。在中国共产党的领导下，我们祖国处处是黄金屋。今天我们 14 亿人民奔小康，就已经是黄金屋了。罗石冰的遗愿实现了。"

（执笔：陈月珍）

"不畏敌人凶，怕死不革命。献出全家血，换取全国红。"这是中共修水县委书记甘特吾36岁牺牲前在家书上写下的一首就义诗。1926年7月，中共修水县支部干事会在县城青云门楼上秘密成立，甘特吾担任组织干事。

寻访第 10 站：江西修水县

寻访人：吴小俊　程玉香

寻访时间：2021 年 3 月 12 日

◆ 在中共修水支部干事会旧址合影〔修水县史志办主任龚九森（左二）、胡思先之子胡勇（左三）、甘特吾之孙甘小平（右二）〕

青云门上青云志

修水是北宋"诗书双绝"黄庭坚、近现代"陈门五杰"(陈宝箴、陈三立、陈寅恪、陈衡恪、陈封怀)的故里。七百里修河,激情扬波,润泽着赣西北的苍茫大地。

一个春光灿烂的上午,修水县城沿江路中段,修水大桥北端桥下,两位老人看完了一块刻有"中国共产党修水支部干事会旧址"的水泥碑后,若有所思地望着修江水。年纪略大的叫胡勇,是胡思先(又名胡越一)的儿子;年纪略小的叫甘小平,是甘特吾的孙子。

73岁的胡勇说:"我父亲1901年出生,1991年去世,满了90岁。"

◆ 中共修水支部干事会旧址纪念碑

59岁的甘小平说:"我爷爷是修水县早期的共产党员,他于1926年加入中国共产党。"

其实,胡思先入党的时间比甘特吾更早,是在1924年3月;同年冬,他还去了莫斯科东方共产主义劳动大学读过书。当时甘特吾从省立第一师范毕业后,任教于修水县立高级小学。1926年,学成归来的胡思先根据中共江西地委和共青团南昌地委联席会议精神,奉命回修水秘密建党。他与刚从广州农民运动讲习所学习回县的共产党员樊策安一道,考察发展对象。不久后，吸收徐光华、陈继凤（女）、甘特吾、王希圣等人入党。

修水县史志办主任龚九森介绍："我们修水古城有一座城门叫青云门，后来拆掉了。1926年7月底，中共修水支部干事会就在修水青云门的城楼成立。当时我们修水最早的一批党员，就是在这里召开党员会议。推选出三位支部委员，胡思先当支部书记，甘特吾当组织委员（干事），王希圣当宣传委员（干事）。"

之后，支部又吸收了樊废级等24人入党。为了便于领导，支部下设3个党小组，由徐光华、陈继凤等人任小组长。

中共修水支部干事会成立后，根据上级指示，协助建立了国民党修水县党部，以配合北伐军进入江西。干事会的主要负责同志均以个人名义加入国民党。

1926年8月，国民革命军第六军一部在军长程潜、党代表林伯渠、政治部主任李世璋的指挥下，向鄂赣边界进军。中共修水支部干事会和国共合作的县党部为了迎接北伐军进军修水，一面派胡思先等赴湖北，为北伐军当向导；一面动员修水人民群众筹集粮草，运送军火，传递情报。胡思先等后来与军长程潜接上关系，代表修水各界民众热烈欢迎北伐军进入修水，并将敌人驻修水的兵力等情报及攻敌建议书面呈给程潜军长。

"北伐军一路顺利地攻打到修水县城，占领了修水县城。"

北伐军光复县城后，支部干事会乘胜将党员派往农村开展革命活动，组织农民协会。1927年4月初，受党组织派遣，陈瑞仁回家乡西隐组织农民协会，矛头直指欺压百姓的大地主、大恶霸、长沙候补知县陈醉六。

在乡里，当时流传着这样一首歌谣："醉六一支笔，蚀掉人家一千七；醉六一把嘴，哇得穷人生卖妻。"在群众大会上，西隐农会委员长陈瑞仁公布了陈醉六的罪行，说他横行乡里，无恶不作，陈醉六恨得咬牙切齿；4月21日，陈醉六指使暴徒趁陈瑞仁熟睡之机，将其杀害。后来，副委员长吴冰清带西隐农会把凶手捉拿归案，并抓了陈醉六；4月

23 日,西隐农会召开数千人大会,把陈瑞仁烈士的遗体放在陈醉六的堂前,愤怒的群众用鞋子将陈醉六打得鼻青脸肿。会后,农会应群众要求将陈醉六处死,并将其全部财产没收,分给贫苦农民。

支部干事会也积极指导总工会争取工人正当权益,县城工人还建立了自己的武装——工人纠察队,接着又在西摆 12 家茶庄店员和工人中,发起了"以改善劳动条件、改 12 小时工作制为 8 小时工作制、增加工资三成"为目的的斗争。经过十多天的斗争,取得胜利。

1927 年,大革命失败后,修水也发生了血腥的"六七"事件。当时,修水反动分子黄聿人等趁党部和农会负责人赴省城出席全省农代会之机,组织大批流氓打手,袭击县党部。驻留县党部的共产党员陈志铁、杨向荣、卢守谦撤退时被截击,遭乱拳打死,工会和农协也被捣毁;同年 7 月,黄聿人等又密令大地主曹庆丰纠集百余暴徒袭击全丰党部,共产党员沈木堂、余明典被杀害。

说起这段往事,甘特吾的孙子甘小平十分感慨:"为了全民族的解放,为了全民族人民的幸福,不惜牺牲自己,这种精神是共产党员的精神!"

1927 年 7 月下旬,出席中共江西地方委员会第一次代表大会和全省农民运动扩大会议的代表先后返回修水,重整党的组织。

经过一段时间的紧张工作,一些被打散和转入地下活动的基层组织重新得到恢复。当月,中共修水支部干事会在马坳北山甘特吾住所召开紧急会议,总结"六七"事件的经验教训,经研究决定将修水党的工作中心立即转入农村,并以党组织力量较强和群众基础较好的仁乡和西乡作为党的重点工作区。还分别派胡思先到西乡,樊策安、徐光华到仁乡,甘特吾到崇乡,王希圣到奉乡开展工作。同时决定将仁、西两乡农军统一组建为修水县农民自卫军。

1927 年八一南昌起义后,赴南昌起义的国民革命军第四集团军第二方面军总指挥部警卫团和平江工农义勇队、浏阳工农义勇队未能赶上八一起义大军，辗转到达修水、铜鼓一带；8月底，毛泽东根据党的"八七会议"精神和湖南省委关于秋收暴动计划，奔走于湘赣边界，并在安源张家湾召开军事会议，决定以国民革命第二方面军总指挥部警卫团、平江工农义勇队、浏阳工农义勇队、安源工人矿井队为基础，分三路围攻长沙，举行秋收起义；9月初，建军编师大会在修水山口镇召开，会上正式组建工农革命军第一军第一师。会后，师长余洒度指令陈树华、何长工、杨立三等设计军旗。经过反复修改，"工农革命军"军旗设制成功。旗的样式是：旗底为红色，象征革命；旗中央的五星代表中国共产党；五星内有镰刀斧头，代表工农；旗面左侧靠旗杆的一条白布写着"工农革命军第一军第一师"；9月9日，全体官兵颈系红领带，肩佩红袖章，高举这面鲜艳的红旗，浩浩荡荡奔向平江。

"秋收起义，同一个起义，三个时间，三个地点，是世界军事史上罕见的。修水农民自卫军有200多人支持参加秋收起义部队，进入了工农革命军第一军第一师第一团。修水党组织给秋收起义部队筹粮、筹款、招募兵员、协助他们训练，跟外面沟通，宣传发动革命，做了很多工作，了不起的！"

◆秋收起义修水纪念馆

1927年12月，中共修水临时县委在靖林曹厩七弯路张德生家成立，甘特吾任临时县委书记。会议决定在农村进一步组织暴动，制造农村武装割据局面。

1928年1月，40多名共产党员在黄荆坑成立了修水一区暴动委员会，首战直指靖林的大土豪平阜安。当时，平阜安除了大肆向农民敲诈勒索，派捐索款，还笼络当地大小豪绅建立了民团局，搜罗地方流氓恶棍，胁迫不明真相的群众参加靖卫队，杀害农会积极分子。机会来了！平阜安娶媳妇准备大摆酒宴。当日，其房前屋后张灯结彩，平家人迎亲接友，好不热闹。暴委会负责人朱世禄等10多人身藏匕首，抬着猪羊酒肉假装送礼的，混入平宅。暴委会成员平应奎、姜其中等则带领多地的工农自卫队100多人，手持鸟铳、梭镖、大刀，埋伏在平阜安住宅附近。正当平阜安一伙人花天酒地之际，朱世禄等人里应外合，生俘土豪17名，缴获武器十余件，一网打尽靖林地区的反动分子。

同年4月，中共修水临时县委改建为县委，甘特吾任县委书记；8月6日，彭德怀率领红五军攻克修水县城。次日，修水县工农兵苏维埃政府正式成立；8月14日，红五军离开修水向铜鼓方向转移；8月中旬，国民党陈光中部用2个团的兵力"进剿"平（江）、修（水）边界；8月21日，国民党开始了反革命的大屠杀。他们按照预定计划包围所有的村庄，封锁大小通道，像疯狗一样见人就杀，杀了就抢，抢了就烧。在平（江）、修（水）边界，被杀害的群众共1300多人，仅修水西隐上桥头边一块不大的田里就杀害了52人。

"这一暴行反而更加激起修水老区人民对国民党反动派的痛恨，一定要推翻这种残暴的统治，更加支持共产党的革命。"

1929年1月27日，中共修水县委扩大会议在朱家庄召开，改组县委并成立修水县暴动委员会。在中共修水县委、县暴动委员会的领导下，1930年修水的革命斗争不断取得新成绩；同年1月初，全县组织了年关斗争；3月18日，开展纪念巴黎公社成立59周年"三一八"武装大示威活动，全县有近十万人参加；5月，全县各苏区开展土地分配运动，没收地主土地18.8万亩，受益农户51240户，占全县总农户的53.4%。当时还流传着这样一首《分田歌》："工人农民暴动起，豪绅地主莫欢喜，打土豪瓜分田地，哎哟，哎哟，打土豪瓜分田地。"

翻身农民为了保卫苏区，掀起了参加红军的热潮，在当时的《十送情郎哥》中这样唱道："一送情郎哥，当红军哟嗬，郎当红军最光荣，妹在家中多生产哟嗬，郎在前方杀敌人，哥哟，妹呀，莫把小妹挂在心。"

为了巩固、发展苏区，1930 年 6 月下旬，县苏维埃建立肃反委员会和裁判委员会；7 月下旬，在全县苏区开展"红色清乡"运动，狠狠地打击了敌人的嚣张气焰。

1930 年 10 月下旬，中共修水中心县委成立。到了 1932 年 3 月，全县已有党支部近 200 个，党员 5100 多名，达到修水苏区时期的鼎盛阶段。

◆甘特吾烈士使用过的铁质大刀

第五次反"围剿"斗争失败后，整个苏区形势急剧恶化。1934 年 6 月，甘特吾不幸被捕。9 月 1 日，甘特吾在修水县城宁红大桥北桥头的原鲁家墩英勇就义，年仅 36 岁。

"他就义前留了一封家书，家书是这么说的：'不畏敌人凶，怕死不革命。献出全家血，换取全国红。'"

修河水悠悠，滚滚向东流。为有牺牲多壮志，敢教日月换新天。

如今的修水古城和青云门虽已不在，但每天路过"中国共产党修水支部干事会旧址"水泥碑的修水人民步伐从容。回转思绪的胡勇老人淡然地告诉记者："我父亲比较正直，讲究人生的追求，往高的目标走。我家几乎都是共产党员。我父亲说，共产党发展起来很不容易，他总是教育我们子女要跟着共产党走。"

（执笔：吴小俊）

在赣南寻访第一个党支部，我们不断看到同一张百年老照片。7个年轻人的合影中有3人是中共赣州支部干事会的成员：支部书记朱由铿，支部干事陈赞贤、谢学琅。1926年8月，他们在赣州大新开路黄家祠成立中国共产党在赣南的第一个地方组织。

寻访第 11 站：江西章贡区、南康区

寻访人：何 灵 陈石红 廖培宇 彭良清

寻访时间：2021 年 3 月 15 日—16 日

◆ 在中共赣州支部干事会成立旧址（原大新开路黄家祠，今赣区大新开路利达小区）合影

耀眼明灯　照亮赣南

在《中国共产党赣州市章贡区历史》第一卷（1926—1949）和《中国共产党赣县历史》第一卷（1926—1949）中，同一张7人合影的照片被放在显著位置。照片附文字说明：1926年8月，中共赣南第一个组织——中共赣州支

◆赣南第一个党支部创建人合影

部干事会在赣州城成立，图为党组织创建人朱由铿、陈赞贤等人合影。

在南康区东山街道坪塘村下朱屋组村民朱和生家里，至今也保存着这张珍贵的历史照片。今年70岁的朱和生是朱由铿的亲侄子，也是他的过继子。

"他是大哥？"

"大哥。"

"你的父亲是老三？"

"嗯。"

"等于过继给了他一个儿子？"

"嗯。"

◆采访朱由铿烈士的继子朱和生

朱和生没有见过是大伯也是父亲的朱由铿，不过他听说朱由铿人高马大，1921年考入江西省立第一师范学校，1922年加入中国社会主义青年团，1926年5月转为中国共产党正式党员。

1926年6月，中共江西地委和团地委为迎接广东的北伐军进军江西，派出一批党团员到各地建立共产党和共青团组织，同时帮助建立国民党组织。

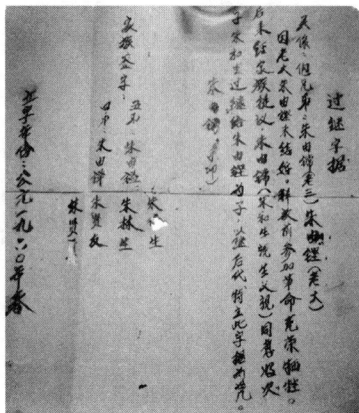

◆ 朱和生过继给朱由铿的字据

派到赣南的是曾天宇和朱由铿两人，他们的公开身份是国民党江西省党部特派员。1926年7月，两人到赣州后，先筹组国民党赣县党部，反对军阀向商界勒捐，被军阀邓如琢发觉。后来，曾天宇被捕入狱，朱由铿则避往广东南雄。

◆ 朱由铿烈士

此时，朱由铿的老师——共产党员陈赞贤在广东南雄担任县总工会委员长。两人随即商定，重返赣州，创建党组织。

1926年8月初，朱由铿、陈赞贤回到赣州，以陈赞贤的老师丘恩华办的律师事务所为掩护，秘密开展活动。不久，两人与从上海工专大学入党、返回赣县原籍的谢学琅接上关系，正式成立了中国共产党在赣州也是赣南的第一个党支部——中共赣州支部干事会，朱由铿任支部书记，陈赞贤、谢学琅任支部干事，隶属中共江西地委领导。机关设在大新开路黄家祠。

赣州市章贡区委党史办主任明经槐介绍："支部成立以后，主要做了两个方面的工作，第一项工作就是迎接北伐军的到来，当时刚好北伐军经过赣州；第二项工作是继续发展党的组织，到 1926 年 10 月，整个赣南就有 20 多名党员。"

中共赣州支部的成立，犹如茫茫的黑夜中，在赣南亮起一盏耀眼的明灯。

为了加强党对赣州革命运动的领导，迅速打开整个赣南的工作局面，1926 年 10 月，中共江西地委决定，在中共赣州支部的基础上，成立中共赣州特别支部干事会。这是赣南第一个全区性的党的领导机构。陈赞贤任特别支部书记。

在特别支部的领导下，赣南各县相继建立了党的组织，发展党员，宣传革命道理，推动工农运动，声援北伐战争。1926 年 11 月，赣州总工会成立，陈赞贤当选为委员长，领导工人开展了以保障职业、改善待遇等为内容的斗争，并组织发动了赣州工人运动史上第一次党领导的全市钱业工人大罢工。

赣州的工人运动开展得轰轰烈烈，素有"一广州、二赣州"之称。到 1926 年底，整个赣南有 7 个县建立了中共支部，2 个县建立了中共小组，中共党员共有 211 人。

陈赞贤与朱由铿亦师亦友，两人仅相差 7 岁，还是远亲。

不幸的是，1927 年 3 月 6 日晚，陈赞贤被国民党新右派的爪牙绑架，逼他签字解散赣州总工会。陈赞贤铁骨铮铮，义正词严地怒斥，当场身中十八弹，倒在殷红的血泊中，壮烈牺牲。

1927 年 5 月，蒋介石派钱大钧部入赣州"清党"，朱由铿被捕。1928 年 2 月，在赣州卫府里被国民党反动派杀害，年仅 25 岁。

陈赞贤、朱由铿用年轻的生命为革命洒尽了最后一滴血，也更激励了其他同志继续抗争。很快，在党组织的领导下，赣南各地相继爆发了南康潭口、赣县大埠等地农民武装暴动，建立了多支纵队，开辟了于都桥头、信（丰）安（远）定（南）及寻乌阳天嶂等红色割据区域，揭开

◆中共赣州支部旧址大新开路社区利达小区

◆朱和生自费建的朱由铿故居指示牌

了赣南革命武装斗争的序幕。一大批共产党员、革命骨干，犹如星星火种撒遍赣南各地。

如今，赣州城区的大新开路没有了往日的繁华，黄家祠也不见踪影，不过黄家祠旧址在大新开路社区利达小区，社区党总支书记陈逸菲说，他们打算在小区设立一块纪念碑。

"我们认为读万卷书不如行万里路，现场教学肯定是最具有冲击力的。我觉得这个是最好的党史教育。"

在南康区东山公园的陈赞贤烈士墓，每逢清明都有群众前来瞻仰缅怀。

朱由铿的继子朱和生在20年前就自费在南康区东山街道坪塘村建了一个"革命烈士朱由铿故居"指示碑，方便人们前来参观。

（执笔：陈石红）

1931年冬，许瑞芳委托朋友把孕中的妻子和11个月大的儿子送回了家乡抚州，从此再没相见。新中国成立后的第一个元旦后，亲人们才从时任江西省军区司令员的陈奇涵那里确认，许瑞芳于1934年随红军长征时，在石城战斗中壮烈牺牲，那年他还不到30岁。

▼

寻访第 12 站：江西抚州临川区

寻访人：万　芳　章登高　范闰平

寻访时间：2021 年 3 月 16 日

◆记者万芳在临川区连城乡大桥村许瑞芳故居采访其家人〔许瑞芳儿子许福林（右三），许瑞芳孙女许广英（左二）〕

待到胜利　鲜血花开

在战火纷飞的年代，瞬间即是永恒，一声"再见"不知道还能不能再相见。

所幸，历史留下的吉光片羽，让我们重闻英雄的气息。

抚州市党史资料中有一张珍贵的合影，照片中9个男青年以古亭和大树为背景，一字排开，他们有的穿军装，有的穿长袍和大褂，面容清癯，望向前方。

"3个穿军装的是参加了北伐革命军的，其他这5个同学有我父亲许

◆1926年秋，临川支部干事会干事在省立第三师范（现在抚州一中）金枳亭合影〔陈奇涵（左四）、曾燕堂（右四）、许瑞芳（右五）、章应昌（右三）、李干（右二）、刘景宽（右一）、郭忠仁（左二）〕

瑞芳、章应昌、李干、刘景宽、郭忠仁。还有一个人，不清楚叫什么名字。"

91 岁的许福林一遍又一遍地翻看着照片，怀念这些远去的父辈。这张照片于 1926 年秋拍摄于省立第三师范（现在抚州一中）金枙亭，有 7 个可以确定身份，2 个穿军装的是北伐军中的中共党员陈奇涵、曾燕堂，另外 5 人为许瑞芳、章应昌、李干、刘景宽、郭忠仁，都是省立第三师范的学生。

他们的相会应该是在 1926 年 10 月 20 日前后。10 月 20 日，北伐军攻打抚州，守敌紧闭城门，受五四进步思想影响的章应昌、许瑞芳等青年学生宣传动员群众烧茶送水，组织担架和运输队，还借来 100 多条长梯，趁夜搭在城墙上，帮助北伐军攻克临川城。

他们的英勇机智早就被陈奇涵、曾燕堂注意到，此时这两人受命在抚州宣传国民革命，秘密组建中共地方组织。1926 年 11 月，许瑞芳、章应昌、李干、刘景宽、郭忠仁通过考察，加入了中国共产党。同时，他们成立了抚州第一个党组织——中共临川支部干事会。其中，刘景宽任支部书记，章应昌任组织干事，许瑞芳为宣传干事，李干、郭忠仁分别是青运、农运干事。

"当时是确定他们为建党对象，但是半个月以后陈奇涵又调到南昌协助朱德创办国民革命军第三军军官教育团，钟赤心就做了进一步的考察，11 月觉得时机成熟了，就批准了他们入党。"

抚州临川区党史办主任魏会华说，临川支部干事会成立后，在抚州城内开设了"临川书店"，传播马列主义思想，吸收大批思想进步的工农群众、优秀青年学生加入党组织，积极建立党小组。到 1927 年 1 月，短短两个多月，中共临川支部干事会成立了 15 个党小组，有党员 100 多名。其间，许瑞芳、章应昌还分别领导过工人运动、农民运动，揭批民愤极大的劣绅，处决地主恶霸。

"四一二"反革命政变后，革命进入低潮。1927 年 8 月 7 日，八一南昌起义军途经临川，许瑞芳、章应昌、李干都加入了起义军，随军南征。经潮汕一战，起义军被冲散，许、章两人与部队失去联系，又回到临川。

在临川连城乡大桥村，至今还保留着许瑞芳家的老屋。1927年农历十一月二十三，他在这里被国民党便衣警察逮捕。

"当时我母亲很着急很害怕，就叫我外公请了些人来保我的父亲，说这是很好的青年，读书很好，千万要放他一马。请他们喝酒吃肉和鸦片花了60多银元，最终保下来了。国民党还明确地讲，瑞芳先生，今天我们放你，以后还会有人来抓你，我们就不管了。"

1928年，白色恐怖加剧。挚友章应昌因被叛徒出卖被捕，他在狱中坚贞不屈，保守党的秘密，后来被杀害于临川县城清风门外，年仅20岁。此时许瑞芳尚不知18岁的李干已参加广州起义，在突围中牺牲。愤懑中，他写了一首诗《哭应昌同志》（1928年4月），表明自己的斗争决心：

> "你为了无产阶级而牺牲了，
> 你的精神永远留在脑海中，
> 使我的热血更加沸腾，
> 使我的心灵越发燃烧。
> 我不愿作儿女情般的哭泣，
> 因为哭泣也是无用。
> 只有将你未完成的志加在我肩上来，
> 从此应如何的加倍努力，
> 继着你的精神，踏着你的血迹，
> 将敌人杀得片甲不留，
> 把旧社会打个落花流水！
> 这样才是为你去报仇，
> 这样才不是我的耻羞。"

他还拿出 9 人合影，在背面题字：

"想当日是明争，现在深入暗斗期。章哥（章应昌）死，李弟（李干）没消息。余者尚不知，损失我多少同志，政权夺到日，烈士鲜血开花时！"

革命注定要流血，但绝不能白白牺牲。1928 年 8 月，许瑞芳化名植民，扮成邮差到达曾经客居过的福建永安（现三明市），在那里以中学老师的身份，建立读书会、办农民夜校，秘密开展工农运动。在永安期间，他的妻子前去团聚，生下儿子许福林。直到 1931 年农历十月，许瑞芳委托朋友把孕中的妻子和 11 个月大的儿子送回抚州，自己前去寻找附近的红军队伍。

"他雇了顶轿子，自己送了 5 天，他不可能送到家里来，到了第 6 天，我父母亲就分开了，后来我父亲委托他最好的朋友邓炎辉送回我母亲。我父母亲以后再没有见面。"

1933 年 1 月，许瑞芳担任红四军第 10 师宣传科科长，随部队攻克抚州金溪浒湾，这是他参军后离家最近的一次，他却没有回家相聚。直到 1949 年 6 月，抚州解放了一个月后，期盼着父亲胜利归来的许福林，给时任江西省军区司令员的陈奇涵写信，辗转得到口信称"许瑞芳牺牲了！"

◆ 许瑞芳烈士证明书

而后，许福林收到烈士证明书，确认了父亲许瑞芳1934年随红军长征时，在石城战斗中牺牲。

"1949年抚州解放后，我们还认为人可能在，也有可能不在，我母亲希望他还活着。结果问了陈司令员，他就把烈士证明书寄到我，我母亲就可以享受烈士家属待遇。"

许瑞芳在苏区时发表过很多文章，写了好多诗，他的诗作曾经多次出版，并在江西省革命烈士纪念堂展出。许瑞芳的孙女许广英时常会读读爷爷当年写的诗，希望能从一字一行间触摸到爷爷的初心和壮志。

"我爷爷是一个非常纯粹的共产党人，他那个时候就看那么多书，有60多本马列主义书籍。他写的诗拿到现在都不过时，不知道他怎么有那么高的境界，看得那么远。"

关于许瑞芳的牺牲，许家人只知道是"在石城战斗中"牺牲的。生命的最后一刻，父亲许瑞芳有没有留下只言片语？许福林曾经写信问过父亲的战友、校友，同在红四军的陈奇涵、舒同、李井泉，但都没有找到答案。

"您跟您的家人去过石城吗？"

"没有，现在我们很后悔。我应该在上班的时候或者是刚刚退休的时候，趁着年轻去访问一下，也可能会了解到一些情况。那个时候我们也没有想到啊……"

（执笔：万芳）

1925年12月，中共铜鼓支部在县城柳林街"公有号"裱画铺秘密成立，这也是宜春境内成立的第一个党支部。新生的党支部曾遭密令捕剿，思想开明的铜鼓县知事郭沈毅声东击西巧化解。5位支部成员，4位成了烈士，最年轻的陈逸群牺牲时年仅23岁。

寻访第 13 站：江西铜鼓县

寻访人：吴小俊　程　俊　张志良

寻访时间：2021 年 3 月 18 日

◆记者在奎光书院前与赖怀恺的侄孙女赖红霞（左一）合影

"公有号"裱画铺里的秘密

"风声雨声读书声声声入耳，家事国事天下事事事关心"，这是无锡东林书院里的一副名联。

千里之外的江西宜春铜鼓县，县城南路也有一所奎光书院（废科举办学堂后，改为"奎光高等小学"），虽无名联扬名，但在20世纪二三十年代，却有一群学子践行了名联中蕴含的"天下兴亡、匹夫有责"的精神。

铜鼓史志办主任王现国向记者介绍："当时铜鼓有一个进步青年李秀在南昌读书，参加了南昌声援北京五四游行示威活动，被学校开除了，回到铜鼓之后，就在奎光书院教书。李秀通过教书传播马列主义思想。当时有很多进步青年，像陈葆元、陈逸群、樊任民都在这所书院读书。这些人从这所学校毕业之后，就分别到了南昌、九江等地进一步求学，接触到了方志敏、赵醒侬这些人物，纷纷加入社会主义青年团组织，后又纷纷加入了共产党。"

1925年夏，共产党员陈葆元、樊任民分别从南昌省立甲种工业学校和九江省立第六师范学校毕业后，奉中共南昌特别支部指示，回铜鼓从事革命活动。回到铜鼓后，陈葆元进入奎光高等小学任教，樊任民则在温泉至诚学校任教。

利用合法的教师身份做掩护，他们一边教书，一边在校内外秘密宣传马克思主义和共产党主张，并物色建党对象。首先被陈葆元发展为中共党员的就是在书院任教的李秀，接着，他又将出身贫苦的三都镇西向村同乡、时在县城柳林街以刊刻图章谋生的赖怀恺发展为中共党员。

赖怀恺的侄孙女赖红霞说："我伯爷爷赖怀恺，读了一点私塾，很聪明，领悟性比较强。十三岁以后，就跟着师傅学习篆刻技术，成了篆刻能手。他对贫苦农民非常同情，很乐意帮助穷人，经常接济一些贫困百姓。他觉得共产党是为贫苦人民求解放嘛，所以毅然加入了中国共产党，并且把家里的祖屋卖了一百大洋，用以支持铜鼓的革命事业。"

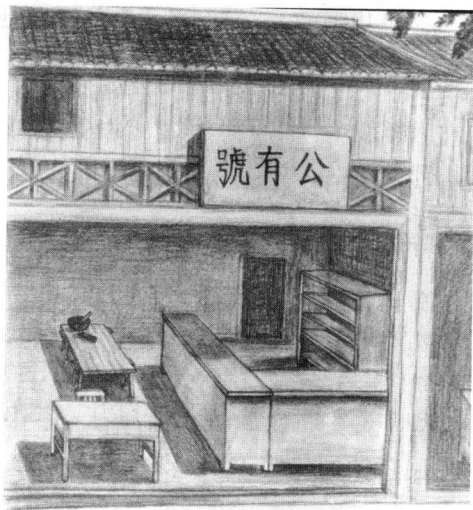

◆ "公有号" 裱画铺素描

为了便于与社会上的工人、农民和其他各界民众接触，加快建党步伐，同年10月，陈葆元毅然辞去奎光小学教师的职务，卖掉西向老家的住宅，与赖怀恺合资在柳林街开了一间裱画铺，并引申"共产"二字的含义，取店名"公有号"。陈葆元从此以"公有号"老板的身份做掩护进行革命活动。

同年冬，时在南昌省立第一师范读书的中共党员陈逸群回家度寒假，他根据中共南昌特别支部的指示立即投入了"公有号"的活动，与陈葆元、赖怀恺、樊任民等秘密筹划铜鼓建党事宜。12月，通过一段时间的酝酿、准备，根据中共中央1925年1月作出的《关于组织问题决议案》"有三人以上即可组织支部"的规定和铜鼓发展党员的实际情况，陈葆元、樊任民、陈逸群等人聚集在"公有号"秘密召开会议，正式成立中共铜鼓支部，隶属中共南昌特别支部。

"当时支部共有党员5人，分别为陈葆元、陈逸群、赖怀恺、樊任民、李秀。会议推选陈葆元任党支部书记、赖怀恺为组织委员、樊任民为宣传委员。中共铜鼓支部是宜春市境内诞生的第一个党组织。"

中共铜鼓支部成立后，立刻在县城刘家祠、冯家祠创办职工夜校。陈葆元与赖怀恺一面经营"公有号"的生意，一面以职工夜校为阵地，在教授职工读书识字的过程中，向工人群众灌输马克思主义的基础知识，宣传孙中山"联俄、联共、扶助农工"三大政策，启发工人的阶级觉悟，引导群众投身反帝反封建、反对北洋军阀黑暗统治的阶级斗争，迎接大革命运动的到来。同时，派樊任民赴上庄、竹山考察纸业工人斗争情况，积极支持建立纸工会，并发动纸工开展罢工斗争。1926年初，樊任民又到高桥、棋坪、幽居、港口开展党的活动。在幽居一年多的时间里，樊任民还领导建立了当地农民协会组织，并亲自率领农会会员开展了轰轰烈烈的打土豪运动。

据王现国主任介绍，"公有号"的诞生和陈葆元、赖怀恺等人的频繁活动，引起了地方劣绅的关注，新生的党支部遭遇了一次"危机"。

1926年4月间，县商民协会会长王辅臣、副会长钟月舫向省军政当局密报："陈葆元、赖怀恺在县城柳林街借开'公有号'为名，组织同志宣传赤化，愚民蠢蠢欲动，请速派队捕剿以正国法。"省北洋军阀督军公署接报后，立即密令铜鼓县知事郭沈毅查办。

"郭沈毅是江西德安人，毕业于日本早稻田大学政治科，性格刚毅、思想进步、治政开明，怀有努力振兴中华之志。目睹北洋军阀的黑暗统治，他对国家的前途命运心存疑虑，而大革命运动的到来使郭沈毅看到了中国的希望。中共铜鼓支部成立后，'公有号'的革命活动其实他早有洞察，心照不宣而已。"

接到密令后，郭沈毅亲自带领警员故意兴师动众到"公有号"搜索证据。抵达"公有号"后，他命令警务人员在外站立，自己一个人入店"搜查"，果真在抽屉内发现了大量鼓动工农革命的宣传品。为掩人耳目，郭沈毅故意高声质问道："好好一个裱画铺，为何要取名'公有'？"陈葆元立即解释："本店是合伙经营，店中资本财产全是公共所有，顾名思义

◆ 中共铜鼓县委旧址——三都镇西向村羊牯坦陈家大屋

取名'公有'，有何为奇？"郭沈毅转身离店时，对陈葆元、赖怀恺轻声嘱咐："此等事情不应该弄到县城来，应秘密进行工作。"郭沈毅例行公务后便带着警员扬长而去，遂向省电复"查无证据"，交差了事。中共铜鼓支部就此躲过一劫，转危为安。

到了1926年12月，中共铜鼓支部扩建为中共铜鼓党团中心支部，隶属中共江西区委领导，由陈逸群担任中心支部书记。1927年初，全县10个行政区绝大多数都建立了中共党团组织；同年6月，中共铜鼓党团中心支部升格为中共铜鼓县委，陈逸群任县委书记，隶属中共江西省委领导，下辖城区、上庄、胆坑、幽居、西向支部。

"铜鼓党组织在大革命运动中不断发展壮大，并引导一大批深受剥削压迫的工人农民走上了革命道路，进一步扩大了中国共产党在人民群众中的影响，使广大劳苦民众在谋求自由解放的抗争中看到了曙光。"

到了1929年8月，彭德怀率领红五军从井冈山重返湘鄂赣，开始"以铜鼓为中心"创建湘鄂赣革命根据地的斗争；同年8月14日，红五军进驻铜鼓县城，在奎光书院颁布了《中国共产党土地政纲》。1930年9月，中共铜鼓县委和县苏维埃政府在苏区重新平均分配土地，三年后全县共分配土地 55800 多亩。1931 年，第一、二、三次反"围剿"斗争胜利后，铜鼓县境内红色区域进入全盛时期，红色区域占全县土地总面积的 86%，人口占全县总人口的 80%。

成就的背后是无数仁人志士洒下的鲜血。王现国主任告诉记者，在第一次、第二次国内革命战争时期，铜鼓全县有七八万革命群众惨遭国民党反动派杀害，有 1.8 万英雄儿女成了烈士。比如柏树的廖思吾一家，1927 年至 1937 年间，祖孙三代竟有 8 人成为烈士。

"铜鼓当时成立的第一个党支部里面，有 5 个党员，其中 4 个都是铜鼓的著名烈士。"

最先牺牲的是赖怀恺。1927 年 8 月中旬，中共铜鼓县委派县总工会委员长赖怀恺出县迎接未赶上八一南昌起义的浏阳工农义勇队（时称国民革命军第二十军独立团）到铜鼓，不幸在宜丰县城被反动当局逮捕。次年 2 月 22 日，被国民党反动派杀害于南昌德胜门外，年仅 37 岁。

◆ 赖怀恺

1927 年 11 月底，中共铜鼓县委书记陈逸群在西向羊牯坦秘密召开县委扩大会议。会议刚结束，即因当地反动分子告密，被敌抓捕入狱。次年 4 月 13 日，也是在南昌德胜门外刑场，陈逸群英勇就义，年仅 23 岁。

1932 年 7 月中旬，樊任民从湘鄂赣省苏维埃政府驻地万载小源开会结束返回途中，在铜鼓梁塅杉木坑与靖卫团遭遇，不幸被捕；10 月 9 日在铜鼓县城被国民党杀害，年仅 34 岁。

1928 年，红五军到铜鼓后，陈葆元参加了红军。1931 年，他在吉安的一次战斗中负伤，后

◆ 陈逸群

调任红三军团独立师政治委员、军团后方留守处政委。1932年春，陈葆元被派往中共河西道委（1934年4月，军团将上犹、崇义、遂川及湖南桂东等县的西河特委改为河西道委）工作；同年6月，接任道委书记兼地方红军独立九师政委。10月中旬的一天，陈葆元率领一支40余人的队伍，在上犹与遂川交界处的高坪地区与国民党军遭遇，突围时身中数弹，壮烈牺牲。

回首向来萧瑟处，斯须改变如苍狗。

王现国主任说："我们铜鼓是一个典型的客家县，全县80%是客家人，客家人敢为人先可能是源于他们的传统！"

赖怀恺的侄孙女赖红霞说："革命党人为什么能够前赴后继，不惜牺牲自己的性命，来换取我们今天的美好生活？我觉得他们就是有坚定的理想信念。社会现在不断在前进，但是我们不应忘记这些英烈！"

是的，不能忘记！

最后，让我们重新聆听烈士们在这个世界留下的最后的话语。

樊任民的遗言："我只有一党，没有二党！""你们杀了我，十八年后又是一条好汉！"

赖怀恺的遗书："我致力党务、工运，不幸被本县土劣所陷害。凡我共产党同志，而今而后，应自勉自觉，百折不回，以继承前人之志。"

陈逸群的"遗嘱"："同志们！我死诚不足惜，唯望凡我同志，一心一德，群策群力，在一条坚固的革命战线上完成我未竟之业。切勿观望徘徊，犹豫不决；要在困难创痛中找出路、求光明，最后胜利定属我们！如此而后，则我虽死犹生也。……"

（执笔：吴小俊）

◆ 樊任民

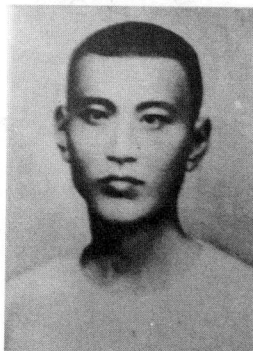

◆ 陈葆元

他做过21天的南康县县长，禁烟、禁赌、禁娼，被民誉为"铁面县长"；他秘密在家乡成立了第一个中共南康支部，担任支部书记。1927年3月6日，中国共产党早期工人运动领袖、中共赣南地方组织的创建人之一陈赞贤，身中十八弹，他是蒋介石屠刀下牺牲的第一位中国共产党党员，年仅31岁。

寻访第 14 站：江西南康区

寻访人：何　灵　陈石红　彭良清

寻访时间：2021 年 3 月 19 日

◆记者在赞贤小学陈赞贤雕像前合影

"解散工会的字　我宁死不签"

记者们走进南康区赞贤小学时正是课间时分，学生们跳绳、打球、嬉闹，校园里充满了欢乐的笑声。这所以"传承红色基因，培育时代新人"为己任的学校历经百年沧桑，历史文化底蕴厚重，是革命烈士陈赞贤于1918年创办的，前身为东山高等小学。

1896年，陈赞贤出生于南康东山乡坨圳村，他从小刻苦好学、品学兼优，他创办的东山高等小学培养了一批具有反帝、反封建思想的进步学生。1921年春，朱由铿等进步学生在陈赞贤的带领下到南昌求学，后顺利考入江西省立第一师范学校。

南康区委党史办副主任王义桂说："朱由铿和陈赞贤的家境在当时来看都是不错的，他们两人都受过良好的教育，陈赞贤是朱由铿的老师，他们还有些亲戚关系。"

在那个烽火连天的年代，陈赞贤、朱由铿在校园里结下了深厚的友谊。他们阅读进步刊物，努力探索革命真理，对时局有着一针见血的独到见解：武夫专横，列强侵略，非革命不可。不久，陈赞贤得知孙中山在广州就任中华民国非常大总统，准备北伐，

◆赞贤小学校园

便决然投笔从戎，于1921年5月赴广西参加了孙中山领导的国民革命军。1922年5月，陈赞贤随军北伐，军至泰和，因病回乡。养病期间，他阅读了《新青年》《新江西》等大量进步书刊，也利用各种机会，采用不同方式，开始在南康传播马克思主义。当时在南昌学习并从事革命活动的朱由铿与陈赞贤书信来往密切，相互商讨革命主张。

◆ 陈赞贤

1926年8月，中国共产党在赣南的第一个地方组织——中共赣州支部干事会建立后，支部的3名党员朱由铿、陈赞贤、谢学琅分头深入到学生、工人和农民中，宣传发动群众，开展学生、工人和农民运动，发展党员，扩大组织。

1926年9月6日，国民革命军第十四军攻占赣州；同年9月上旬，陈赞贤被国民革命军第十四军政治部委任为南康县行政委员长（县长）。陈赞贤利用县长的身份，与朱由铿和随北伐军来南康的魏绍汤等共产党员一起宣传和发动群众，秘密发展了朱明亮、朱荣仁等成为共产党员，在县城附近创建了中共南康支部。支部成员有陈赞贤、朱由铿、魏绍汤、朱明亮、朱荣仁等人，陈赞贤任支部书记。

"他们一起成立了南康的支部干事会。党史资料上记载的是在县城的附近，具体的位置找不到了。"

王义桂表示，时至今日，中共南康支部成立的具体时间、具体地点已无从考究，但可以知道的是，中共南康支部的成立，陈赞贤、朱由铿功不可没。

"陈赞贤的个人能力比较突出，他首先在南康进行了一系列的革命活动或者说有革命影响的活动。再一个他教出来的学生很关键，尤其是朱由铿。陈赞贤在省立第一师范读书期间，进行了一系列革命活动，当时

◆ 当年赣州各界公祭陈赞贤烈士灵堂

也得到了赵醒侬的赏识，委托他到赣南发展党组织。"

中共南康支部的建立，标志着南康有了一个领导人民进行革命斗争的核心。支部把发展农工运动、壮大党的组织、改组国民党县党部、推进国共合作、支援北伐战争作为它的基本任务。从此，在党的领导下，南康的工农革命运动蓬勃发展起来。

"当时推动了国民党发展党员 1200 多人，划分为 6 个党务区，85 个区分部。初步形成了国共合作的局面，从而推动国民革命的发展。"

值得一提的是，虽然陈赞贤只在南康做了 21 天县长，但他大刀阔斧地改革旧政，废除苛捐杂税，雷厉风行地禁烟、禁赌、禁娼，使社会风气为之一新。南康人民特为他挂匾"德在民生"，誉称"铁面县长"。

1927 年 1 月，中共赣州特别支部紧急派陈赞贤出席将在南昌召开的江西省第一次工人代表大会。他化装成伙夫，走出赣州城，顺利出席了省工人第一次代表大会，并当选为新成立的江西省总工会副委员长。会议刚结束，陈赞贤就决定返回赣州，继续领导赣州工人运动。省里的同志考虑到赣州形势险恶，劝他暂时留在南昌。陈赞贤回答："革命应有牺

牲精神，个人生死不足为惧，我陈赞贤死了，还有第二个陈赞贤。"便毅
然回到了乌云密布、杀机四伏的赣州。

1927年3月1日，赣州总工会在卫府里举行大会，欢迎陈赞贤返回
赣州。陈赞贤在会上传达了江西省第一次工人代表大会的精神，号召工
人阶级团结起来与国民党右派坚决斗争。3月6日晚，陈赞贤正在赣州总
工会主持会议，研究筹备纪念孙中山先生逝世两周年活动。突然，一群
国民党反动军官闯进会场，逮捕了陈赞贤。

凶神恶煞的敌人限陈赞贤三分钟内签字解散赣州总工会。陈赞贤义
正词严地怒斥："头可断，血可流，解散工会的字我不签！"

气急败坏的刽子手纷纷开枪，陈赞贤身中十八弹，倒在殷红的血泊
之中，壮烈牺牲，年仅31岁。这就是国民党右派制造的震惊全国的赣州
"三六"惨案，也是国民党反动派蒋介石背叛革命放出的反共反人民的第
一枪。

陈赞贤惨遭杀害的噩耗传出后，赣州工人、农民、学生无比悲痛和

◆ 陈赞贤烈士墓

愤慨。3月7日，赣州总工会决定全市罢工3天，哀悼陈赞贤，抗议国民党右派的暴行。朱由铿的挽联是四个带血的大字："为你复仇！"全国和全省各革命团体也纷纷通电哀悼、发表声明宣言，坚决支持和声援赣州工人阶级；3月14日，中华全国总工会发出"反对赣州驻军枪杀工人领袖"的通电，号召"全国同胞，一致愤起力争，以救革命危机"；3月15日，刘少奇在汉口《民国日报》发表《论陈赞贤同志在赣被害事》。

◆赞贤小学里陈赞贤塑像

1927年4月10日，赣州各界人民在明伦堂（今阳明路）公祭陈赞贤烈士；4月13日，赣州各界在卫府里举行陈赞贤烈士追悼大会。会后，近万人的送葬队伍浩浩荡荡地将烈士灵柩送至东门外，然后由赣州300余名工人组成纠察队扶灵送回烈士原籍南康县（现南康区）。南康县各界人士和群众整队前来潭口迎接灵柩到南康县政府中堂凭吊，后将烈士安葬于家乡东山蓝田渡。

如今，南康区东山公园修建了"陈赞贤烈士纪念亭"。

1993年的清明节，在赞贤小学内，陈赞贤烈士塑像落成。十多年前，学校还设立了陈赞贤事迹展览馆。今年，赞贤小学更是创新电子网络、红色书籍、图片影像等载体，开展了《红色讲堂》爱党系列主题教育活动。五年级的小学生陈光平走到陈赞贤烈士的塑像前，驻足、凝视，举起右手，郑重敬了一个少先队队礼：

"我为我是赞贤小学的学生感到自豪。"

（执笔：陈石红）

1926年8月，中国共产党在赣南的第一个地方组织——中共赣州支部干事会在赣州大新开路黄家祠建立。当时，赣州是赣县的一个镇，即赣州镇，为赣县治所，所以中共赣州支部干事会也是中国共产党在赣县创立的第一个党支部。

寻访第 15 站：江西赣县区

寻访人：何　灵　陈石红　邓春发

寻访时间：2021 年 3 月 20 日

◆ 记者在谢学琅故居采访

散尽家财干革命

　　1926 年 8 月，中共赣州支部干事会的成立标志着中国共产党在赣县创立了第一个党支部，支部干事谢学琅就是赣县人。那么，赣县籍共产党员为中共赣县党组织的建立做出了哪些努力，发生了哪些鲜为人知的故事呢？记者来到今日的赣县区一探究竟。

　　出生于 1901 年的谢学琅是原赣县田村乡大肚坑人，家境殷实的他被父亲送到上海工业学校读书，希望其学成归来后继承家业。

　　赣县区文联副主席叶林考证："他爸爸是很有钱的，在田村街上开了一家店叫'茂兴号'。他家还有好多田地。"

　　谢学琅在上海读书时积极参加了学生爱国运动。1926 年春，他在校加入了中国共产党，是赣县早期的党员之一。毕业后，他受党委派回到赣县开展工农革命运动。谢学琅一心为革命，非常关心农民疾苦。

　　"他经常把家里的东西分给附近的老百姓。"

　　和谢学琅一样去上海读书的赣县早期共产党员陈家纪在

◆ 谢学琅故居

◆ 谢学琅的孙女谢玉莲

校期间也广泛阅读了进步书籍，接触马克思主义，并通过各种途径不断向家乡传播马克思主义，使很多进步青年开始受到马克思主义的影响。随后，在赣南开展的声援"五卅"运动的反帝爱国运动，进一步推动了马克思主义在赣县的传播。到1926年夏，在外地加入中国共产党的赣县籍青年就有5人，分别是陈家纪、温眷血、朱曦东、钟友千、谢学琅，这为中共赣县党组织的建立奠定了扎实的基础。

　　1926年8月，中共赣州支部干事会成立。随后，朱由铿、陈赞贤、谢学琅分头深入工厂作坊、学校和城郊农村，向贫苦工人、农民和青年学生宣传革命道理，培养革命骨干，发展共产党员，为迎接北伐军向赣州进军和大革命高潮的到来进行了紧张的工作。11月，谢学琅成立了赣县农民协会，随后在赣县各地秘密进行农民运动。

　　赣县区文联副主席叶林这样评价谢学琅："可以说他是赣县农民运动的领袖。他口才很好，很会演讲。提倡工人8小时工作制，反剥削反压迫，打击土豪劣绅，打倒贪官污吏，搞得有声有色。"

　　1927年4月12日，以蒋介石为首的国民党新右派在上海发动反对国民党左派和共产党的武装政变,大肆屠杀共产党员、国民党左派及革命群众。之后,陈家纪回到家乡,在他父亲任校长的小学以教书作为掩护,开展革命运动。

"他以小廊庙(赣县茅店)为据点,吸收了 20 余人入党,建立了中共小廊庙支部,由他任支部书记。因经费有困难,他就以家里的积蓄和变卖家产为革命筹款。"

谢学琅就没有这么幸运了。1928 年 7 月,为了逃避追杀,他跳窗逃跑时摔伤了胸部,躲在老家后由于医治不及时,于 7 月 11 日不幸病逝。

谢学琅的孙女谢玉莲说:"好年轻,他牺牲时候还不到 30 岁,我的父亲刚出生,都还没有满月。"

赣县区文联副主席叶林说,谢学琅病重去世前,心里还想着捐钱给共产党。

"他就跟他爸爸讲,他说你要把田地卖掉,把钱捐给党,还有店铺做生意赚的钱,除了自己吃的,其余的钱全部要捐给党。"

(执笔:陈石红)

兴国有条河叫潋江，河边不远处有个古书院叫潋江书院。1926年9月的一个晚上，设在书院的平川中学教室里成立了兴国县第一个党支部——中共兴国县支部干事会。三年后，毛泽东也来到了这里，在同一间教室里开办了土地革命干部训练班，训练班里走出了陈奇涵、萧华两名开国上将。

寻访第 16 站： 江西兴国县

寻访人： 李兴满　何　灵　李志海

寻访时间： 2021 年 3 月 21 日

◆记者与兴国县委党史办副主任丁志操（左二）、胡灿
的孙子胡续生（左一）合影

建在古书院里的党支部

四月芳菲，春色正好。在兴国县潋江镇横街，静卧闹市一隅的潋江书院，静谧中透着淡淡雅气。探出墙头的绿树红花，以及枝头叽叽喳喳的鸟雀儿，让人对这座历史悠久的书院多了一份向往。

记者："这个书院是哪年建的？"

讲解员："1738 年，乾隆三年（公元 1738 年）迁建这里，之后经过多次维修，1978 年修复。这里是兴国的最高学府，考秀才的地方。1929年 4 月，毛泽东同志第一次来兴国时就住在这里……"

带领我们参观潋江书院的讲解员钟寿秀，从 1978 年书院修复之日起，便在这里从事讲解工作。钟大姐对这里的雕栏画栋、山水花草、历史烟云如数家珍。

"我们兴国最早的平川中学也在这里，那些标语也是苏区标语，这个地方是叫崇圣祠，就是祭祀孔夫子的祠堂，全部都漆了红油。在这里，毛泽东同志传达了六大会议精神，举办了土地革命干部训练班，当时参加训练班的有 48 人，陈奇涵、萧华、谢云龙、胡灿、萧以佐都参加了……"

历史选择了这里，注定这是一座不同寻常的书院！

走进毛主席当年讲课的土地革命干部训练班的教室，我们和兴国县委党史办副主任丁志操、兴国县第一个党支部书记胡灿的孙子胡续生一起坐在长条木凳上，面对面聊起了 1926 年那段不寻常的故事。

1926 年 9 月 6 日，北伐军光复赣州。黄埔军校政治大队大队长、兴国人陈奇涵在赣州城内光华寺召开了随军来赣的共产党员会议，研究了在赣州开展革命活动的计划和策略，决定由朱由铿、萧以佐等人赴兴国，与之前返乡的党员胡灿等人会合，创建兴国县党组织；9月11日，胡灿派出交通员谢益三，前往赣州邀请上级组织前来主持建党会议。

"胡灿派谢益三到赣州来请朱由铿，两个人走路到兴国，走了一天。一百多里路。"

1926年9月17日，经过陈奇涵、胡灿、萧以佐等人的酝酿，在中共赣州支部书记朱由铿的指导下，陈奇涵、胡灿、萧以佐、黄家煌、凌甫东、谢云龙、鄢日新、张佐汉等党员，在县城横街平川中学（今潋江书院旧址）教室里，宣布成立兴国县第一个党组织——中国共产党兴国县支部干事会。

"古书院下面100米就是码头，那个时候主要是走水运。我们的盐和其他东西都是水运过来的。萧华故居的那边就是码头。"

"如果有什么事撤退也方便。当时他们开会是白天还是晚上？"

"基本上是晚上。"

"首先成立一个支部，书记是胡灿，然后宣传干事是萧以佐，农运干事是黄家煌，兵运干事是张佐汉，鄢日新是军事干事，工运干事是谢云龙，组织干事是凌甫东。它的重要活动就是建立党的地方小组、地方支部，发展队伍。"

《中国共产党兴国历史》第一卷（1921—1949）记载了兴国县第一个中共组织的诞生过程。据参与编撰工作的兴国县党史办副主任丁志操介绍，中国共产党兴国县支部干事会支部书记是胡灿，凌甫东、萧以佐分别担任组织、宣传干事，谢云龙、黄家煌分别担任工运、农运干事，鄢日新、张佐汉分别担任军事、兵运干事。

随着中共兴国县支部干事会的成立，兴国各乡村的党组织也相继建立。

"不到半年，就有18个党小组，100多个党员，这是非常多的。"

中共兴国支部先后在坝南、东街、西街、鼎龙、城冈、隆坪、永丰及县城船筏工人、码头工人、印刷工人中建立了党小组。到1927年春天，中共兴国支部发展党员100多名，下辖18个党小组。

"我爷爷胡灿是周总理跟一位广东的同志介绍入党的。他对革命是很坚定的……"

从胡灿的孙子胡续生的讲述中，我们对胡灿的生平有了大致的了解：1897年，胡灿出生在兴国县一个贫寒的制伞工人家庭，1924年考入黄埔军校第三期步兵科，次年春加入中国共产党。1926年9月担任中共兴国县支部干事会首任书记，1929年担任兴国县委首任书记。

◆ 胡灿

记者："你爷爷打仗是非常厉害的。"

胡续生："对，他在第三次反'围剿'战斗中受了伤，流弹打的，腿上一枪，这个伤一直到死都还没处理完。"

在由兴国县党史专家胡玉春、胡丰编著的《胡灿传》中，详细记载了少年胡灿投身黄埔、兴国建党，参加南昌起义、兴国暴动和反"围剿"战争的故事。1925年，向往光明的胡灿在黄埔军校秘密加入中国共产党。其间，他多次自费购买《共产主义ABC》《第三国际宣言》等革命书刊，陆续寄赠给尚在家乡的同学，热心向家乡传播马列主义。回到兴国后，胡灿和同学创办了"忧道小学"，招收贫困工农子弟免费入学，为兴国苏区革命培养了人才。

在黄埔军校，胡灿出任校政治部科员，军衔为少尉。1926年5月，国民党中央通过"党务整理案"，限制共产党员跨党。在黄埔军校学习的一批兴国青年，不愿离开共产党，毅然脱离国民党。陈奇涵曾对军校的学生胡灿、鄢日新说："宁愿当普通的共产党员，躬耕垄亩，也不当国民党的高官，食嗟来之食！"

革命理想信念坚定的胡灿宣布保留共产党党籍，全身心投入到火热的革命事业中。

丁志操说："1926年，国民党清党，就是把共产党员赶出去。说到这一点，我很佩服陈奇涵、胡灿，他们把皮鞋脱掉了，穿着草鞋回来，开展农民运动。因为他们在国民党那里，是可以得到高官厚禄的，但是他们为什么回到兴国来？主要是五四运动的事情，像胡灿在广州他就看到一些社会的阴暗面，内心有了自己的目标。"

此后，胡灿先后担任北伐军团长、红军第二十五纵队参谋长、赣西南红军干部学校校长、江西省苏维埃政府军事部长等职，先后参加了八一南昌起义和中央苏区第一、二、三次反"围剿"战争，是兴国暴动的主要领导人。

1932年7月25日，这颗中央苏区璀璨的革命新星不幸牺牲。

在兴国县城，至今还保留着胡灿的故居——"也是居"。

胡续生："我爷爷题的字—'也是居'，就是土坯房，也同样是居住的意思。"

记者："土坯房里面也可以做出大事，也能干革命。"

胡续生："对，这就是我爷爷当时起这个字的意义。"

这是一栋特别的土砖瓦房，土木结构，装饰简陋，大门上方"也是居"三个泥迹斑斑的大字赫然入目，大火焚烧过的痕迹依稀可见。

胡续生："这个房子被国民党烧了两次，国民党烧的时候，这三个字原来是红色的，被扒下来打断了，后来建上去的时候就有一条缝，这几个字是我爷爷的真迹。"

根据史料记载，当时胡灿的本家堂叔胡谦在孙中山的大元帅府任军政部次长，胡灿想升官发财并非难事。然而，胡灿对这条门路不屑一顾。1925年3月，胡灿报名参加了黄埔学生军先锋队，讨伐叛军陈炯明，后

◆ 胡灿故居

不幸在惠州战役中负伤。次年，胡灿回到兴国家中养伤，用养伤津贴盖了这栋房子，在门楣上题名"也是居"。

身居陋室，心系天下。"也是居"三个字，表现出一个共产党人的高尚气节，彰显了共产党人艰苦朴素的情怀，映照出共产党人崇高的革命乐观主义精神。1932年，胡灿牺牲后，兴国乡亲们把这栋见证历史的"也是居"一直保护至今，而胡灿的精神血脉也赓续到子孙后代。

"我们后代希望这些传统代代相传。爷爷他们这一辈打天下不容易！所以说我们要争气，要相信党。现在我们家，不管是我父辈还是我们，基本上都是党员。我们血液里面永远流淌着红色基因。"

（执笔：李兴满）

中共遂川县特别支部成立后，支部书记陈正人的母亲张龙秀也加入了中国共产党，担任红军医院看护员。遂川县城失守后，张龙秀被土匪头目抓获。敌人软硬兼施，试图让她劝降儿子陈正人，被她严词拒绝。土匪残忍地割下了老妈妈的乳房，又用梭镖在她身上连刺28刀，见她还有一口气，又补上一枪，直到她壮烈牺牲。

寻访第 17 站：江西遂川县

寻访人：康美权　童　轩

寻访时间：2021 年 3 月 21 日

◆记者与遂川县党史专家、中共遂川县委党校校长周慧芬（右二）和王遂人的孙子王伏根（左二）合影

英雄背后都有位坚强的母亲

井冈山正南的遂川县，盛产名茶"狗牯脑"。

根据县志记载，遂水在县治南门，源出左右二溪，至城西南李派渡始合为一，形如遂字，故名遂川。

土地革命时期，遂川是井冈山脚下第一个全红县。

> "正义陶然革命人，
>
> 英豪崛起忆红军。
>
> 征程踏上惊天志，
>
> 捷报传来动地文。
>
> 对党尽忠终不改，
>
> 为民报效见初心。
>
> 井冈之子彪青史，
>
> 本色光辉主义真。"

这是陈毅元帅的儿子陈昊苏为纪念遂川县第一任党支部书记、"井冈之子"陈正人写下的诗句。

当地党史专家、遂川县委党校校长周慧芬告诉我，1907年，陈正人出生在遂川县盆珠乡大屋村一个破落的地主家庭。陈正人的父亲陈治安是清朝秀才，以教书为生，他在陈正人8岁时就患病去世了。陈正人念了几年私塾，对鞭打式教育很反感，想去比较开明的小学读书。父亲去世后，由于家境窘迫，母亲不堪重负，无力供养7个孩子，表示要送他

◆ 陈正人

去学徒。陈正人一心想读书，于是进行了生平第一次斗争——用逃跑的方式争取实现自己读书的愿望。

"看他妈妈不同意，他就离家出走。他妈妈没办法就借钱让他去读书。他学习成绩很好，在同学里面威望很高。结交了13个兄弟，编了一个金兰谱，13个字：联合十三英雄，为我亚洲谋改造。"

小学毕业后，陈正人考取了省立第六中学。为了不让母亲为难，陈正人向同学借了20元钱，交了学杂费用。在省立六中，这个16岁的少年思想活跃、积极上进，受到进步师生的重视，因而有机会读到许多五四运动时期的进步书刊。当时有一位名叫罗醒的老师，经常向他介绍马克思主义基本知识，不久又介绍他加入了经过改组后的共产党员领导的国民党。从此，陈正人开始在共产党的领导下，在吉安学生群众中进行革命宣传工作。

"刚开始那个学期他都不敢出校门，身上的衣服也很单薄，所以在吉安读书的时候，他就落下了肺结核，这个肺结核伴了他一辈子。第二年，他再考，就考入了免费的师范。但是他在这个师范没读多久，因为他之前参与了学运，被校方开除了。"

虽然被开除，但正是在这次声援"五卅"运动的活动中，陈正人有幸结识了吉安市学生运动的领导者曾延生和郭化非。在他们两人的介绍下，陈正人秘密加入了中国社会主义青年团，1925年8月转为中共党员。1926年4月，陈正人被调到南昌中共江西省地方委员会、江西党区委员会任秘书。这年冬天，北伐军攻克南昌，他受中共江西区委派遣，以国民党省党部指导员身份，回遂川县组织国民党县党部，被推选为常务监委。1926年12月，陈正人召集中共党员，秘密建立了中共遂川县特别支部，这也是遂川县的第一个党支部。

"当时一共有 15 个人，陈正人担任特别支部书记，王遂人担任组织委员，萧万燮担任宣传委员。遂川特支建立以后，遂川的革命斗争就有了一个坚强的领导核心。"

陈正人以双重身份开展革命工作。不到半年，就建立起工、农、商、学各级组织，工农运动蓬勃发展，中共党员由初建特别支部时的十几个人，发展到近百人。1927 年"四一二"反革命政变后，反动势力纠集在一起，对共产党和工农运动进行反攻倒算，遂川党组织遭到彻底破坏。陈正人等一批党员和赤卫队员不得不转移到万安县，与曾天宇领导的万安农民自卫军会合，组织实施"遂川劫牢"行动，营救出被捕的共产党员和革命群众 100 多人；同年 10 月，中共江西省委决定赣西南暴动以万安为中心，成立了以曾天宇为书记的行动委员会。陈正人任中共赣西特委万安暴动行动委员会委员和赣西工农革命军第五纵队党代表，参与组织领导了著名的万安暴动。

1928 年 1 月 5 日，毛泽东率领工农革命军攻克遂川县城，陈正人回到遂川，成立中共遂川县委，陈正人任县委书记兼游击队党代表。陈正人的母亲张龙秀积极支持儿子的工作，也加入了中国共产党，担任红军医院看护员；1 月底，陈正人随工农革命军回师井冈山，遂川县城被敌占领；2 月初，敌人通缉陈正人，当年 56 岁的

◆ 张龙秀雕像

张龙秀在遂川罗坑被客籍土匪头目罗普权抓获。

"罗普权亲自审讯，软硬兼施，就是想让她劝降她的儿子陈正人，但都被张龙秀老妈妈严词拒绝。罗普权恼羞成怒，让他的部下割下了张龙秀妈妈的乳房，鲜血直流。张龙秀妈妈就斥骂那些匪徒，她说'革命军早晚会回来，砍掉你们的狗头'。这些匪徒接着又用梭镖在她身上连捅了28下，看她还有一口气，又补上一枪，张龙秀妈妈就这样英勇壮烈地牺牲了。"

在当时白色恐怖的年代里，遂川县盘踞着两股反动势力。一股是以客籍土匪头目罗普权为首的靖卫团，另一股是以客籍土匪头目人称"萧屠夫"的萧家璧为首的靖卫团。1928年2月，遂川县第一个党支部成员王次楱的母亲郭永秀就是被萧家璧抓住的。王次楱是遂川县泉江镇西庄村人，1925年加入遂川县农民协会，1926年加入中国共产党，并担任遂川农民自卫军副队长，率队参加遂川劫牢战斗。1927年8月的

◆ 郭永秀雕像

一天，王次楱在河边巡逻，突然发现一艘船上有6个在南昌起义被打败逃回来的旧军阀，他们手上都带有枪支，于是用计将枪支全部缴获。

"本来这几个逃兵想把这6支枪带回家里，向罗普权请赏的。然后就被王次楱发现了，他就用计夺下了这6支枪。夺下这6支枪后，就藏在我们西庄村三个祠堂的匾额后面。国民党后面知道了这个消息，到西庄

到处搜查，但是没有查到。"

这 6 支枪后来和"莲花一枝枪"一样，都被毛主席写进了他的《井冈山的斗争》一文。遂川以这 6 支枪为基础建立了县赤卫大队，王次楼任大队长。王次楼是郭永秀的三儿子。郭永秀一生勤劳忠厚，不但支持 4 个儿子参加革命，还不顾自己年近古稀，积极投身革命，为农会站岗放哨、收集传递情报。萧家壁把郭永秀抓了后，用尽了各种手段想让她劝降王次楼，但没有讨到半点好处，萧家壁就把她残忍杀害了。

"把她关进地牢，打得皮开肉绽，扔在石灰桶里面用水去浇，皮骨都脱落了，他还不解恨，割去了她的乳房，又剖开了她的肚子，他说要看看你的肚子里到底还有多少土匪崽子，这位母亲就这样被残忍地杀害了。"

就在郭永秀被杀后的两个月，1928 年 4 月，王次楼牺牲在井冈山黄坳。郭永秀的 4 个儿子都先后为革命牺牲。1974 年，王次楼的家乡在 315 省道旁修建了"西庄红军烈士墓"，墓碑上刻有郭永秀、王次楼的名字，墓地两边的宣传墙上，也刻录了王次楼烈士的英勇事迹。每天都会有附近村民或游客前来瞻仰缅怀。村民王伏根是王遂人的孙子，他几乎每隔一段时间就要来这里祭奠先烈。他领着记者来到一栋濒临倒塌的土砖房里，指着墙上一根生锈的钉子说，这个钉子就是他爷爷王遂人挂驳壳枪用的。

"这个钉子原来是这样，现在还是这样，我奶奶跟我讲，这里是放驳壳枪的。"

王遂人，原名瑞麟，1901 年 5 月出生。1924 年 8 月，他与陈正人、萧万蠻一起，考入江西省第六中学初中班，并且加入了中国共产党。1926 年初，王遂人根据党组织要求，回家乡组织遂川县第一个农民协会。

"西庄村当时是参加革命的青年较多的一个村，它是名副其实的红色村。西庄村这些年轻人很多是受到了王遂人等人的影响投身革命的。"

受王遂人的影响，西庄村有四五十个年轻人参加革命，其中有影响的有第一任遂川县工农兵政府主席王次淳，第二届湘赣边界特委委员、红独立七团团长王佐农以及王次楼。1929年1月，井冈山革命根据地第三次反"会剿"失败后，王遂人在转移途中不幸在车坳被敌抓捕，2月16日惨遭杀害，时年28岁。

陈正人带领遂川党政军机关随军上了井冈山后，继续开展革命斗争，积极投身苏区建设。新中国成立后，陈正人回到南昌，担任中共江西省委书记兼省军区政委。1952年11月，陈正人调至北京工作，组建中央人民政府建筑工程部，任部长兼党组书记。1972年4月5日，陈正人心肌梗死发作，未能得到及时抢救，于4月6日凌晨逝世。

◆ 陈正人题词的烈士纪念碑

为了纪念西庄村革命烈士对中国革命事业所做的贡献，1991年春，当地政府又在"西庄红军烈士墓"不远的315省道另一边修建了占地面积30平方米、高21米、碑身六面的"遂川县西庄红军烈士纪念碑"。王伏根现在也成了遂川的名人，他除了时常在这几个地方向游客讲述爷爷们的革命故事外，还多次受邀参加井冈山以及县里的一些红色宣讲活动。

"有什么纪念革命烈士的活动都会叫我，包括我们的纪念塔建成仪式、每一年拜祭革命烈士，都会邀请我参加，我感到很光荣啊！"

（执笔：康美权）

他是永丰县第一个共青团员和共产党员，永丰党组织的创始人，在永丰县第一个党支部成立的前一年，23岁的宋大勋积劳成疾英年早逝；帅开甲本是一个私塾老师，过着"之乎者也"的安逸日子，却毅然投身革命，血洒刑场，留下了"敢把头颅试剑锋，他年化作杜鹃红"的英雄诗篇。

▼

寻访第 18 站：江西永丰县

寻访人：康美权　陈月珍　饶晓华

寻访时间：2021 年 3 月 23 日

◆记者（左一）与永丰党史专家艾圣才（右二）、徐明庚（左二），烈士袁国辉的后代袁善昌（右三）合影

敢把头颅试剑锋

"醉能同其乐，醒能述以文者，太守也。太守谓谁？庐陵欧阳修也。"
公元 1045 年，"唐宋八大家"之一的欧阳修在《醉翁亭记》里这样介绍自己，
让庐陵也就是今天的吉安名噪一时。"呜呼！惟我皇考崇公，卜吉于泷冈
之六十年，其子修始克表于其阡。非敢缓也，盖有待也。"公元 1070 年，
欧阳修又在《泷冈阡表》这样写道，让自己的家乡吉安市永丰县泷冈名
冠华夏。

永丰县位于江西省中部、吉泰盆地东沿，自古以来就是人杰地灵、
英雄辈出的地方。江西最后一位状元刘绎就是永丰人；出生于 1901 年，
曾任湘东红军独立师师长、湘赣独立一师师长的刘沛云也是永丰人……
比刘沛云晚一年出生的宋大勋，是永丰县花园村人。宋大勋在县立小学
读书时，五四运动爆发。为声援青年学生的爱国行动，17 岁的宋大勋组
织和领导县城各学校共几百名学生举行集会游行，揭露帝国主义瓜分中
国的阴谋，痛斥北洋军阀的卖国罪行。1922 年，宋大勋在吉安省立第七
师范学校读书时，结识了共产党人郭化非、刘企勖，在他们俩的引导下，
宋大勋阅读了大量的革命书刊，接受了马列主义。他与校长李松风和附
属小学刘九峰开展秘密活动，寻求拯救中国的道路。他还积极参加校内
外的革命活动，成为学校学生运动的领袖。1924 年，宋大勋在永丰县立
小学创办"永丰恩江旅吉学界假期平民夜校"，招收县城的手工业工人、
失学儿童及县城附近的青年农民晚上学习科学文化，提高思想觉悟；同
年 2 月，宋大勋经南昌团地委曾宏毅介绍，加入了共青团，并负责组建

吉安临时团支部，担任团支部书记；8月，他利用暑假时间在永丰县城儒学内秘密创办"恩江学会"。1925年2月，宋大勋在南昌加入了中国共产党，成为永丰历史上第一名共青团员和共产党员。

那么，宋大勋会不会是永丰县第一任党支部书记呢？

永丰县党史学会会员徐明庚向记者给出了这样的答案："我们永丰成立第一个党支部是在1926年10月，但是1925年他就牺牲了，只有23岁。"

1925年，宋大勋率领吉安地区教育参观团，以赴江浙参观教育为名参观考察了江浙地区的革命工作。11月上旬返回吉安时，由于长途跋涉，气候骤变，到达新干后，他忽染急病，医治无效，于11月16日在新干逝世。宋大勋逝世后，遗体运回永丰，家乡人民为他举行了隆重的追悼会，将他安葬在老家村后的山坡上。宋大勋生前，以"恩江学会"为桥梁，联络了一大批进步青年，帮助旅吉读书的永丰籍青年学生袁佐龙、帅开甲、钟兆祥、黄欧东、宋绍贞等人先后加入青年团，后又通过他的介绍，袁佐龙、黄欧东等在吉安先后转为中共党员。

徐明庚介绍道："永丰的党组织是从他手里开始起步。先发展团组织，再发展党组织。前面这几个先入团的基本上先入党。大概都是在1925年到1926年之间，这一拨人入党。"

在宋大勋发展的党员中，有一位名叫帅开甲的烈士，这位左腿病残的私塾老师加入"恩江学会"后，阅读了一大批革命理论书籍和进步刊物，通过在外地求学的进步青年的革命宣传，逐渐树立起革命的人生观。1925年12月加入共青团，1926年4月转为中国共产党党员。1927年3月，与刘石麟、罗元凤、邓智慧等人同敌人展开坚决的斗争，迫使国民党右派分子释放了部分被关押的革命同志，同时成功营救了仍被关押的袁佐龙、钟兆祥、薛佐唐、聂作汗等革命领导人。1927年8月，帅开甲因为腿疾，不便和其他党、团员一起转入山区，组织上决定让他前往南昌。由于被叛徒跟踪，到达南昌没几天他就被捕了。在狱中，帅开甲与反动派进行了坚决的斗争，并写下光辉的诗篇。敌人用尽酷刑，都无法从他口中获得任何一点党的机密，只能将帅开甲押赴刑场。1927年11月16日，在南昌城外的刑场上，帅开甲以诗明志。

徐明庚介绍道："途中他从容的吟诵'民多菜色仕多讧，敢把头颅试剑锋。记取豫章城下血，他年化作杜鹃红'这首诗，表明了他为实现革命理想而牺牲的决心，读来感人肺腑，催人泪下。"

帅开甲不仅是永丰县大革命时期杰出的革命者，也是永丰县最早牺牲的共产党员。与帅开甲同时加入中国共产党的永丰县恩江镇聂家村进步青年聂作汉，也是由宋大勋介绍加入共青团的。1926年4月，聂作汉被党委派回到家乡成立中共永丰小组，并任组长。

徐明庚："就是这个聂作汉，是第一任永丰县党支部书记。"

聂作汉担任支部书记后不久，国民革命军在广州誓师北伐，掀起了第一次国内革命战争的高潮。这时的聂作汉身体突发疾病，无奈脱离了党组织，改名聂克中隐居下来。新中国成立后，聂作汉被恢复了党籍。

为迎接北伐，吉安党组织将党、团员派往各地，发展党、团组织，建立各种进步团体，为北伐战争的顺利推进创造条件。1926年初加入中国共产党的袁佐龙被派回了永丰，领导永丰的大革命运动。

袁佐龙，字振亚，化名杨学耕，1901年出生在永丰县龙云乡白鹇洲村一富裕农民家庭。在徐明庚和艾圣的指引下，我们来到了袁佐龙的家乡。如今的白鹇洲村隶属恩江镇花园社区。在村庄中间，有一块200多平方米的空地，地上长满了杂草，杂草上是房屋倒塌时留下的破砖碎瓦。在村里，我们见到了村民袁善昌，这位在袁佐龙牺牲一年后出生的老人也是一名老党

◆ 袁佐龙

员，尽管已经 91 岁高龄了，但他的身体依然十分健朗，说起话来声音洪亮。他告诉我们，自己的父亲袁国辉就是跟着袁佐龙闹革命的，父亲在自己 8 岁那年为保护袁佐龙牺牲了。

"我爸爸是个工人，染布的。他有力气，比我还高大，袁佐龙走到哪里，他就跟到哪里。"

1918 年，袁佐龙小学毕业后，在家一边帮助父母耕作，料理家务，一边继续自学。 1922 年寒假，宋大勋回到永丰老家。在宋大勋的帮助和支持下，袁佐龙考入了吉安阳明中学。在吉安，袁佐龙与宋大勋等人一起，创办了永丰第一个进步团体——永丰青年书报社，还在县立小学内开办了平民夜校，吸收县城青年手工业工人、失学儿童及城郊青年农民参加学习，传授文化知识，宣传革命思想。1926 年初，袁佐龙加入中国共产党；年底，袁佐龙从南昌回到永丰，担任中共永丰支部书记和永丰县总工会委员长。在党支部和袁佐龙的领导下，永丰的工农运动开展得有声有色，土豪劣绅惶惶如丧家之犬。

"那个时候他把家里的财产卖了一部分，到广州买了 10 条枪为了闹革命。"

1930 年 3 月初，在袁佐龙的主持下，永丰县第一次党员代表大会在藤田召开，建立了第一届中共永丰县委。9 个月后，就在第一次反"围剿"胜利后不久，袁佐龙在肃反扩大化中被错杀。1945 年党的七大中，袁佐龙被追认为革命烈士。新中国成立后，永丰人民为纪念他，将他的家乡龙云乡命名为"佐龙乡"。家乡的山山水水将永远铭记他为共和国的创立所立下的不朽功勋。前些年，袁佐龙的孙子还特意带着家人回到村里寻根问祖。

永丰县恩江镇花园社区党支部书记宋广根："我们肯定感到光荣啊！因为我们当地出了一个为共产主义事业献身的英雄，很有教育作用。我们准备在这里搞一个旧址，让后人来这里敬仰、来这里参观。"

◆袁佐龙家在县城的几间店面，当年袁佐龙卖掉几间用来购买枪支

就在记者准备离开白鹭洲村时，村民袁海忠拿着他爷爷袁象乾的革命烈士证和一块"革命光荣"的牌匾来到记者跟前，向记者讲述了他爷爷袁象乾的革命故事。

"袁象乾在袁佐龙的影响下参加了革命，然后在第二次国内革命战争中牺牲，牺牲在东固。"

袁海忠是袁象乾的孙子，一家五口，妻子、儿子和儿媳都患有残疾，2014年被列入贫困户。在享受国家低保、残疾人补贴、大病医疗救助、公益性岗位、就业扶贫、创业免息等政策和扶贫干部的帮助下，袁海忠一家于2015年顺利脱贫。在他家的墙上，至今还张贴着帮扶公示牌、脱贫光荣证和2020年收入一览表。

离开白鹭洲村，我们来到了宋大勋和袁佐龙等人曾经创办"恩江学会"的旧地。这个昔日繁华的商业地段，如今已经被改建成了市民休闲娱乐的永叔公园。"恩江学会"旧址也早已变成了一座崭新的古戏台，它与新建的欧阳修雕像近在咫尺，两相呼应。而在古戏台的前方就是流淌千年的恩江。随着社会经济的发展，恩江变得更加秀美可爱。恩江河上除了恩江古桥外，已经有了二桥、三桥、四桥，未来这里还会有更多更宽的通往幸福的桥……

（执笔：康美权）

1926年5月，中共永修小组升为中共永修支部，9月成立支部干事会。支部成员间或是夫妻、兄弟，或是郎舅，因为"伟大的理想，共同的志向"，短短数年间，大无畏地牺牲了年轻的生命，封建家长却视他们为"逆子"。

寻访第 19 站：江西永修县

寻访人：吴小俊　程玉香

寻访时间：2021 年 3 月 25 日

◆ 记者与张朝燮、王经燕外孙女袁梦仙（左）在王经燕铜像前合影

我生自有用，且将头颅击长天

永修，取意于"泮临修水，永蒙其利"。古称艾地，又称建昌。境内云居山、真如禅寺、吴城镇等名山、名寺、名镇融为一体，引得游客纷至沓来。

不过，2021 年 3 月 25 日，家住南昌的 57 岁大学老师袁梦仙来到永修，选择的却是王经燕纪念馆，因为跨越时空面对的是她的亲人。

这世界，因为我，才有了你，

我们在一起两小无猜，以身相许。

伟大的理想，共同的志向，

让我们生死与共，我就是你。

……

◆ 张朝燮、王经燕共同创作的诗歌《我和你》

诗歌《我和你》，镌刻在纪念馆的墙上，共同创作者是王经燕、张朝燮，也即袁梦仙的外公、外婆。他们于1902年同年出生，1919年结婚。

"小的时候，我妈妈会跟我们讲外公外婆的一些事迹，特别是讲到闹革命，我们也是听得热血沸腾！"

永修县史志办专家陈汉铭介绍道："在当时社会背景下，国家积贫积弱，人民颠沛流离、生活痛苦，看到这些，他们要拯救这个国家，拯救这个民族。这个理想信念也不是他们与生俱来的，是接受了共产主义思想后逐渐产生的。"

1919年，张朝燮在南昌省立第二中学读书，1922年考入武昌师范大学。王经燕于1923年考入南昌省立第一女子中学高中师范部。1924年6月，张朝燮由李汉俊介绍入党。次年6月，张朝燮大学提前毕业，回江西担任中共南昌支部干事会组织干事。在南昌工作期间，与赵醒侬交好，并常和赵醒侬一起回永修指导工作，相继发展了王弼、曾去非、淦克鹤入党。而后，曾宪基、曾义甫、王经燕、曾文甫等也入党。但说到永修最早的中共党员，其实是王环心、王秋心。1922年初，王环心和王秋心赴上海东南高等专科师范学校读书，后转入上海大学社会科学系学习。1924年2月，王环心由瞿秋白、恽代英介绍入党，王秋心由邓中夏、瞿秋白介绍入党。

"1925年7月，永修成立了中共永修党小组，直属中共南昌支部，当时只有党员9个人。真正成立党支部是1926年5月，中共永修县党小组

◆ 学生时期的王经燕

◆ 张朝燮

就改组为永修县支部，这是永修县最早的支部。"

永修县支部直属中共江西地方委员会，下辖曾村、淳湖、涂家埠三个党小组，不久后成立支部干事会。书记先后由曾去非、王环心担任，组织干事先后由曾去非、张朝燮担任，宣传干事由王环心兼任，农民干事先后由张朝燮、曾文甫担任，青年干事由李德耀担任，妇女干事先后由淦克群、沈云霞担任。

"其实，张朝燮和王环心是什么关系呢？王环心是王经燕的堂兄，他俩是郎舅关系，张朝燮是王环心的堂妹夫。淦克群是王环心的妻子，沈云霞是曾文甫的妻子，曾去非和曾文甫好像是兄弟。"

支部里的亲密战友，也是封建大家庭的叛逆者。早在1921年9月，张朝燮、王秋心、曾去非等就在永修涂家埠创办了含英小学等新学校，学校取消教授"四书五经"，改

◆ 王经燕女扮男装像

教白话文。王经燕、淦克群等人成为第一批学生，她们带头放脚、剪短发，参加社会活动。张朝燮的父亲张文渊是前清举人、县教育科科长，面对这些，不禁大骂儿子等人"大逆不道"。张朝燮还带着自己的革命同志到旧县政府前游行，气得张文渊仰天长叹。

袁梦仙说："我太外公是清朝末年的举人，太外公的思想没有那么先进。我记得我妈妈说，当时他爸爸在外面高呼口号，他爸爸（太外公）就在旧县政府楼上说'逆子啊！逆子啊！'"

支部成立后，做出四项决定：发展壮大组织、加强党对工农运动的领导、积极发展青年运动和妇女运动、加强对农运骨干分子的培养和培训。

永修县史志办专家陈汉铭说："虽然说曾去非是第一任支部书记，但是在这个支部发挥主要作用的还是王环心和张朝燮两个人。"

1926年2月，中共中央召开特别会议，会议决定："党必须加紧进行北伐战争经过的地方的群众工作，特别要发动和组织农民群众；以便迎接北伐战争，积极支援参加北伐战争。"

同年9月中旬，中共永修支部在大路边曾村，由王环心主持召开党员大会。会议决定组织侦察队和运输队，派人与北伐军联系，迎接北伐军入境。党员大会后，中共永修支部组织涂家埠工人、市民、学生及附近农民共1600余人，在河洲上举行示威游行。游行队伍拿来镰刀、铁锤，高喊打倒吴佩孚、打倒孙传芳、打倒土豪劣绅、迎接国民革命军等口号；9月下旬，支部派王环心等前往高安，向北伐军第六军党代表、政治部主任林伯渠汇报永修人民支援北伐军的准备工作和军阀部队在永修县的驻防情况，六军派参谋文益善等六人，随同王环心到永修侦察敌情。

同年11月5日，北伐军光复永修。光复后，党的组织不断壮大，党支部发展到30多个，党员人数增加300多人。

1927年2月，中共永修地方执行委员会成立，隶属中共江西区执行委员会。王环心任书记，张朝燮任组织部部长。

这时，群团组织也得到迅速发展。以农会为例，1927年2月，召开了永修县第一次农民代表大会，成立县农民协会，下辖10个区农会、64个乡农会，会员有4万多人；同年3月，成立县农民自卫军，担任清剿土匪、镇压土豪劣绅、保卫革命政权和劳苦大众利益的任务。

张朝燮的岳父王济兼，也就是王经燕的父亲，当时是永修最大的地主，家中良田千余亩、家丁40多人。在涂家埠和省城南昌拥有多处店铺，号称"永修首富"。一日上午，王环心、张朝燮、曾去非带着数百名农民，手持大刀长矛，冲进王济兼的大院，把正躺在摇椅上抽大烟的王济兼拉了出来，戴上一顶三尺多高的纸糊的帽子，胸前挂着一块写有"恶霸地主王济兼"的大牌子，鸣锣开道，满畈游行。王环心带领广大农民振臂高呼："打倒土豪劣绅！""打倒恶霸地主王济兼！"张朝燮的父亲张文渊闻讯，气得在家直跺脚："祖宗无积德，家出不肖子！"

袁梦仙："外婆的爸爸是经常站在对立面的，对她是非常反对的。特别是对我外婆在我外公的带领下参加革命，对外公有一肚子意见。就感觉是把她女儿带坏了。"

"四一二"反革命政变后，永修反动势力紧步后尘。1927年4月中旬，永修潜逃在外作恶多端的匪首彭立生被抓获，按照中共永修地委的意见，应予以处决，可是永修国民党右派县长卢翰却故意拖延审判，与彭立生老婆暗传消息，串通大豪绅吴廷桂兄弟，纠集80多个土匪，于14日深夜武装劫狱，15日晨又包围了国共合作的县党部驻地——艾城城隍庙。庙内除中共永修地委书记王环心、地委组织部部长与国民党永修县党部宣传部部长张朝燮等几名负责人外，只有8名农民自卫军武装，形势十分危急。为了突围求援，张朝燮奋不顾身从侧门冲出，被土匪发现，乱枪齐发，不幸中弹牺牲，时年25岁。

陈汉铭介绍："张朝燮是我们永修县最早接触并接受共产主义思想的人，可惜牺牲得太早了！"

同年4月17日，王环心主持召开2000多人参加的张朝燮烈士殉难追悼大会；次日，永修农民自卫军包围永修县政府，解除了右派县长卢翰的武装，将他赶出永修，将暗中进行破坏活动的国民党右派皮述印清除出县党部，逮捕公审，判处死刑。

匪首彭立生被劫出后，袭击县党部、杀害张朝燮后还不罢休，又勾结大土豪吴廷桂、王福生，纠集了200多个土匪，于5月18日袭击中共柘林区委驻地。区委农民自卫军顽强抵抗，激战半小时，终因寡不敌众，弹绝无援，区委书记程世辉等48名共产党员被捕。匪徒惨无人道，将被捕的48人残忍处死。

早在1925年，王经燕已被党组织选送赴苏联莫斯科中山大学学习。获悉丈夫牺牲后，悲痛万分的她坚持回国。

◆莫斯科中山大学，王经燕曾在此求学

"对她来说打击非常大！当时，组织上考虑到她这种情况，留她到莫斯科共产国际工作，是组织上保护她，但她不肯，她要回来，她自己的原话是共产党员就应该见危授命。"

◆王经燕使用过的皮箱

1927年6月6日，她借道蒙古，历时3个多月回国。其时，中共永修地方执行委员会改为中共永修县委员会，机关驻艾城；8月，转入地下活动；9月，县委书记王环心赴武汉、九江等地寻找上级党的组织；10月下旬与中共赣北特委接上关系。他根据特委部署，将县委机关迁至家乡淳湖王村。

王环心的堂兄、劣绅王经蕾从涂家埠回到家里，发现王环心的行踪，向驻涂家埠的国民党第十二师告密，当晚王环心与妻子、永修县委委员淦克群在家被捕。敌人将王环心夫妇押送九江，后转向南昌。在狱中，王环心挥毫写下了"我生自有用，且将头颅击长天"的大无畏诗句。

1927 年 12 月 27 日，王环心牺牲在南昌德胜门外下沙窝。

噩耗连连，但让王经燕更加坚定革命的意志，她想起去留学时，丈夫为她填的《念奴娇·送别》中所说的 "……猛进猛进，学成归来杀贼。" 经党组织确定，她接任永修县委书记。王经燕明确提出革命的重心由城镇转入农村，由平原转入山区，由公开转入秘密，将农民自卫军改编为永修县游击大队，开展武装斗争。不久，全县党组织迅速得到恢复和发展，党员人数由革命低潮时的 200 人增加到 450 人。

1928 年 2 月，王经燕调任江西省委组织部秘书，后代理组织部部长；同年 6 月，省委机关遭破坏，王经燕被捕。在监狱里，任凭敌人严刑拷打和残酷折磨，她却坚贞不屈，后英勇就义，牺牲时年仅 26 岁。

"我外婆被捕以后，家里通过一些关系想把她救出来，当时要出来也是比较简单的，只要外婆发表一个申明，脱离共产党，不用出卖他人。当时家里派了很多人去劝，她坚决不这样干，坚决不发表这样一个申明。后来，国民党绝望了，（外婆）受了刑。当时受刑是很残忍的，就义之后，拉回来的遗体一点人形都没有了。"

1928 年 2 月，李德耀接任永修县委书记，曾文甫任组织部部长；同年 5 月，县委书记李德耀被捕后牺牲；7 月，曾文甫接任县委书记。县委驻地由城山移到云山。同月根据省委的指示，在滩溪甘棠将永修游击大队整编为江西工农红军第八纵队。1936 年 12 月 26 日，曾文甫也被捕牺牲。

英烈浩气传千古，热血染作战旗红。

永修县史志办专家陈汉铭："选择这条革命道路，甚至不惜牺牲生命，对我们后人来讲，他们是非常伟大的！"

张朝燮、王经燕的外孙女袁梦仙："外婆外公的思想完全抛开了亲情，对旧的东西、恶劣的东西绝不低头妥协。（外公外婆）对我们的政治立场、为人处世、性格的形成都还是（有）很大的影响。我一工作就加入共产党，我家里（人）也是，我女儿在学校就加入了共产党，一家人都是坚决拥护共产党。"

　　走出王经燕纪念馆，和煦阳光下的永修春意盎然，耳畔又一次萦绕起张朝燮、王经燕共同谱写的《我和你》：

　　　　这世界，因为我，才有了你，

　　　　我们在一起两小无猜，以身相许。

　　　　伟大的理想，共同的志向，

　　　　让我们生死与共，我就是你。

　　　　人世间，一十百,千万亿里,

　　　　命运注定我和你今生相聚，携手风雨。

　　　　坚定的信念，奋斗的勇气，

　　　　让我们相恋相爱，永不分离。

　　　　人生如梦，过眼烟云，只有价值几许，

　　　　你不是你，我不是我，你我的一切奉献给人民，生命才有意义。

（执笔：吴小俊）

◆张朝燮、王经燕烈士之墓

1927年3月，中共上高支部干事会在县城五区试馆内成立。19岁的朱用光成为中共上高县第一任支部书记。这位年轻的共产党员领导了上高著名的官桥农民暴动，一举抄了无恶不作的大土豪"五区王"喻开元的家。

寻访第 20 站：江西上高县

寻访人：吴小俊　程　俊　陈　聪

寻访时间：2021 年 3 月 27 日

◆记者在梅庄与易德光之孙易宪平（中）、上高史志办主任卢建萍（左一）合影

19 岁的支部书记

梅庄是上高县翰塘镇磻村的一幢传统大宅子，就算剩下的只是断壁颓垣，3000多平方米的面积仍告诉世人，它显赫过。

"磻村这一幢房子，是第一幢做得这么好的，没有比这幢房子更好的，有16个房间，有雕花装饰。我爷爷就在这个房子里出生。"

站在梅庄前说话的人叫易宪平，他爷爷易德光，又名易师闳，是上高县最早的共产党员之一。

"听姑姑说，爷爷高高大大的，很英俊，长得很帅。十几岁的时候到清江樟树读书，毕业后，在上高教书，认识了朱用光。朱用光当时就是共产党员，不久发展我爷爷入了党。"

◆梅庄

◆朱用光　　◆胡绍祖

朱用光到底是什么样的人呢？

《中国共产党上高历史》第一卷（1925—1949）中写道，朱用光是"上高两位具有先进思想的青年知识分子"之一。另一位叫胡绍祖。第一次国内革命战争开始后，是他们把马列主义引进了上高这块黑暗沉闷的土地。

据上高县史志办主任卢建萍介绍，朱用光于1908年出生在泗溪乡皂溪村一个贫苦农民家庭，1919年在上高县立高等小学读书，1923年9月考入江西省第五师范学校（即临江师范），1925年5月在学校加入共青团，同年10月，经中共党员龙松泉介绍加入中国共产党。1927年2月，他奉中共江西区执行委员会的指示，回上高积极发展中共党员，壮大党员队伍，建立党支部；同年3月下旬，在上高县城五区试馆内建立了中共上高支部干事会，隶属中共江西区执行委员会，这是上高县第一个党支部。

"党支部的旧址就在这个地方，现在已经做了上高县粮食局，范围就是在这里。当时成立的时候有10个人：朱用光、胡绍祖、郑锡龄、胡念祖、易师闵、冷载清、肖春生、黄翔北、晏国昌、邹盛召，书记是朱用光。"

几乎同一时间，上高还成立了县农民协会，主席也是朱用光，10位党支部委员也是县农协委员。除农协会外，还成立了工会、妇女会、青年会、商业协会。支部干事会成立后，紧接着在县城领导召开了中国共产主义青年团第一次代表会议，会上成立了共青团上高支部。

为了便于工作，党员和团员都以农民协会干部的公开身份被分配到各个区去开展农运工作，组织区农民协会，领导农民开展打土豪斗争。易师闵在三区（翰堂、磻村），朱用光在五区（泗溪、官桥）。

◆ 上高县粮食局（原中共上高支部旧址）

"上高的大革命运动进入了高潮，广大人民群众，特别是农民的革命热情充分地激发出来了。5月，朱用光领导发动了官桥农民暴动。"

暴动目标剑指大地主大土豪喻开元。喻开元在泗溪、官桥一带民愤极大，他家占有庄屋4处，田地800多亩，兼放高利贷，还雇用了武装团丁，组织了民团镇压农民。早在北洋军阀统治时期，喻开元就成了县知事的顾问，仗着势力，无恶不作，被当地人称为"五区王"。

1927年5月24日下午，朱用光开会决定斗争喻开元的消息不巧被喻开元之兄喻燮元知道了。喻燮元当晚利用宗族观念，拉拢一帮地主、富农等，仓皇中也组织起"自卫队"，并准备了两门狗头炮和十几支长铳，企图对抗。第二天，天未亮，农协会员、共青团员、妇女会员以及官桥附近的穷苦农民3000多人，手持梭镖、大刀，从四面八方汇集到官桥"兴贤堂"。朱用光代表农协首先发表演讲，并指挥队伍冲进了喻开元的家，烧了他家的地契，并将他的财产搬到了"兴贤堂"，同时还没收了喻燮元等其他地主的财产。事后，官桥一带传开了一首民谣："民国十六年，打倒喻开元，喻开元溜起走，五月二十五捉仁甫（即喻燮元），仁甫吓得瘫，

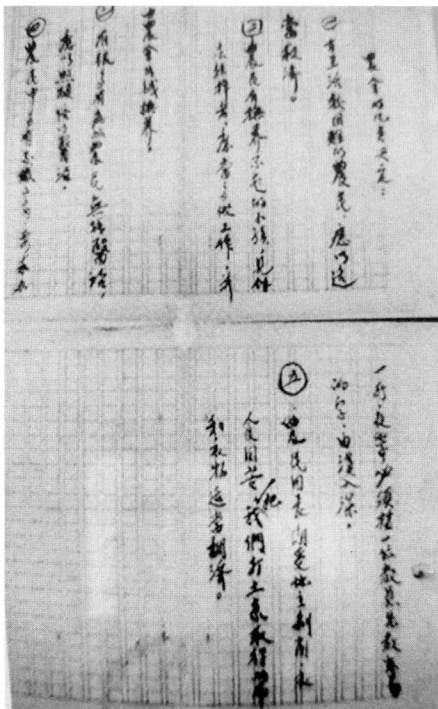

◆ 农民协会救济贫困农户的决定

出了花边（银元）七百元，出了花边还心不服，人民团结拆了他的屋……"

然而，革命斗争的路也并不总是一帆风顺的。

"四一二"反革命政变后，上高县的土豪劣绅和反革命分子进行了疯狂反扑。1927年6月3日，国民党右派分子严宪初等勾结红帮会头目段润章等流氓打手围攻县农协会，易师闵等中共党员、农协会委员遭到迫害。

易宪平："整个国家的形势发生了变化，上高也开始'清党'，把我爷爷等一些人都抓起来了，拷打。保释出来后，我爷爷到花鼓山煤矿当煤矿工人，潜藏下来做苦工，和煤矿工人准备继续从事党的事业。"

1927年7月，中共上高支部干事会被迫解体；同年8月，喻开元等从上海卷土回到上高，成立"清党委员会"，到处搜捕朱用光等共产党员和农会积极分子。区农协会干部冷茂兴被捕后遭受铁丝穿锁骨、钉子钉手心的酷刑，后被团丁拷打致死。区农协会委员冷大兴则被装入麻袋抛入漳河活活淹死……8月11日，朱用光加入了湖南浏阳工农义勇队，参加了秋收起义，在修水境内受敌军突击，与队伍失去联系；10月中旬，朱用光到达宜春，后转道南昌、九江，最后到达上海，历经艰辛，终于和党组织取得联系。1928年初，喻开元四处搜捕不到朱用光，便将他的父亲监押了7个多月，被折磨得奄奄一息后，老人忧愤而亡。喻开元仍不罢休，又命人将朱用光的母亲抓去打得皮开肉绽，把朱用光家的粮食抢劫一空，朱用光的母亲只好带着小儿子流落外村。后来，朱用光的牺牲也是喻开元告密导致的。

卢建萍："（朱用光）1930年在上海被捕牺牲，当时22岁，是好年轻！"

1930年4月，与朱用光齐名的胡绍祖被国民党南昌卫戍区司令部的便衣队逮捕。在狱中，他被敌人施用了各种酷刑，大腿被打断，始终没有屈服。7月，被敌人处以电刑，牺牲时年仅23岁。

1937年，易师闵在江苏无锡参加抗击日军侵略的战斗中英勇牺牲，时年30岁。

易宪平："我爷爷的家庭条件这么好，为什么还坚持革命？就是因为他有坚定的信念。共产党当时的理想就是让天下的老百姓都有饭吃、有衣穿，他也就是坚定这个信念。"

上高第一个党支部虽然仅仅只存在了4个月，但播下的革命火种没有熄灭，已深埋在上高人民心中。

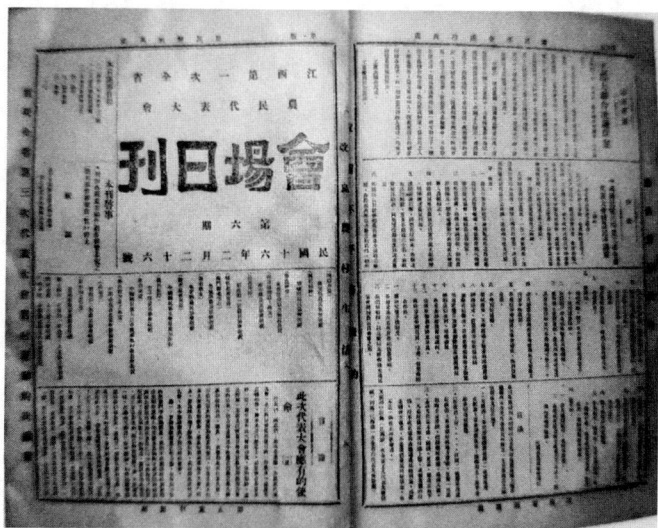

◆ 朱用光赴省参加农民协会的遗物

1930 年 8 月，红一军团第四军、第三军在西进长沙途中经过上高，沿途开展革命宣传和打土豪活动，重新帮助上高建立了一批党和群众组织。此后的几年中，上高境内相继又建立了一批党组织，其中有 4 个区委，数十个支部。1933 年，中共湘鄂赣省委还在上高和新喻（今新余、渝川区）、高安等县的交界处组建了上高临时县委。在革命势力发展最鼎盛时期，全县的苏区和游击区面积达到 60% 以上，当时有人口 78000 多人。

　　数十年后的今天，站在爷爷易师闵出生的梅庄老宅子前，易宪平对革命先辈们的选择有了新的领悟。

　　"我觉得我爷爷是对的，我们应该按照这条路走下去。我父亲也参加了共产党，我也有和爷爷一样的信念，也入了党，等我儿子长大了，也要我儿子入党，跟共产党走……"

（执笔：吴小俊）

在于都县贡江镇西门路，占地628平方米、有着400多年历史的丘氏宗祠大门口立着一块石碑，上面刻着十个大字——中共于都中心支部旧址。90多年前，于都县中心支部干事会在这里成立。

找到家乡第一个党支部

▼

寻访第 21 站：江西于都县

寻访人：李兴满　宋嘉华

寻访时间：2021 年 3 月 27 日

◆记者在邱氏宗祠（原中共于都县支部旧址）采访

于都河畔的红色回响

"我们现在所处的这个位置就是邱家祠，因为邱倜经常在这一带活动，这里到县衙也很近，所以他们就在这里办公……"

眼前的邱氏宗祠，如同一名老者，平静安详。唯有从中央红军长征出发纪念馆副馆长张小平的讲述中，方能细细品味出每一块青砖灰瓦背后的战火硝烟。

1926 年 9 月，在广州中央农民运动讲习所结业的于都利村人邱倜，按照党的指示，回到于都，深入社会基层，在邱氏宗祠与工农群众促膝谈心，畅谈国事，评论时政，组织开展国民革命运动。

邱氏家族是当地的一个望族，邱倜是这个望族里的名人，在广州中央农民运动讲习所读书时，他就是一名出色的班干部，也是于都籍最早的一位共产党人。1926 年 10 月，中央农讲所第六期结业的 23 名江西籍学员，由邱倜率领，一起回到赣州。邱倜、戴辉（乐平籍人）以国民党赣南各县党部组织办公处特派员的名义，被派到雩都县（今于都县）从事建立共产党组织和国民党县党部的活动。

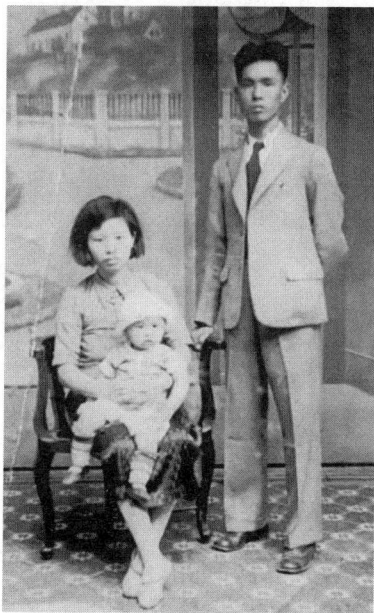

◆ 邱倜和妻子、儿子的合影

张小平介绍道："他革命的时候主动把一些粮食啊什么的分给老百姓，就是想让大家都要温饱，要有吃的。在这个方面建立了群众基础。"

邱倜等人到于都后，在于水中学后面的朱家祠建立国民党县党部办公机构，吸收于都梓山固院青年、失业师范毕业生张浩等人为县党部干事。接着，深入于水、昌村等学校开展革命宣传，将《新社会观》《社会主义讲义》《共产主义"ABC"》《共产党宣言》等革命书刊，推荐给进步学生秘密传阅，并从中物色培养革命积极分子。

1926年11月，中共于都县支部成立，邱倜任支部书记，并于1927年3月发展为于都县中心支部，在里仁、罗坳、桥头等地发展党员50余名，成立了6个支部。

"邱倜任支部书记，戴辉是组织委员，张浩负责宣传，还有农民协会这一块。中心支部下面有一些工会，比如缝纫工会、农民工会、造船工会、理发工会。"

张浩是于都革命史上另一位重要人物，也是邱倜回到于都后发展的第一位中共党员。

张浩是于都县梓山乡潭头村松树下人，家境贫寒，但他天资聪颖，刻苦好学，考入省立赣县（今赣州市）第二师范学校。1923年春，师范毕业后，因为没钱继续求学，张浩被迫辍学返乡。1926年11月初，张浩由邱倜、戴辉介绍加入中国共产党，并在中共于都县支部任职。

"他也看不惯百姓受剥削受压迫，所以首先就把他发展成一个党员。后面党员发展迅速，几个月，好像到了1927年5月就有50多名党员，然后乡镇在这个时候就分了东乡、南乡、西乡、北乡，形成了办事处，领导地方的组织打土豪分田地。"

1927年，蒋介石发动"四一二"反革命政变后，全国革命形势急转直下，反革命白色恐怖笼罩着赣南大地。蒋介石发动"清党"运动，对共产党人和革命群众举起了血腥镇压的屠刀。为避免革命力量遭到不必要的损失，4月中旬，中共于都中心支部决定将党的领导机关转移到农村，党员由半公开转为秘密活动。

在白色恐怖面前，革命志士前赴后继，同国民党右派反动势力展开了坚决的斗争。

"像邱倜，他除了自己参加革命，还把叔叔邱芳洲发展成为农民协会的会长。还有邱万中，他的大伯也参加了革命。"

邱倜的侄子邱光谓回忆："我祖父在里仁暴动闹革命。我父亲也是，以前他是于都车站站长，负责联络革命同志。"

困难像弹簧，你弱它就强。反动派的血腥镇压，没有吓倒革命志士。到1927年4月，于都县已建有20多个支部，党员人数增加到56名，大家克服种种困难，秘密开展革命运动。

1928年，中共于都县支部领导发动了震惊赣南的三乡暴动。2月29日晚上，三乡暴动在南乡的里仁（也就是现在的利村乡里仁村）首先爆发。在暴动的号炮声里，4000多名农民肩扛刀枪，手擎红旗，分头向各土豪劣绅家中进发。两天中，暴动农民一共处决了6名罪大恶极的土豪劣绅。随后，西乡的步前、罗坳，北乡桥头也举行了农民暴动。三乡暴动持续一个多月，揭开了于都人民武装夺取政权的序幕。

张小平介绍道："桥头暴动以后就组建了我们赣南的第一个根据地。桥头有第一块红色根据地，有一支正规的武装。到了1929年，红四军、红五军向赣南、闽西进军以后，到我们于都建立赣南第一个红色政权，叫作于都县工农兵革命委员会，于都的'三个第一'就是这样来的。"

从1926年11月中共于都县支部成立到1941年1月，中共于都县委员会与上级党组织中断联系被迫停止活动，于都县早期地方党组织负责人更换了20多名，他们冒着生命危险，领导于都人民开展了艰苦卓绝的革命斗争，为于都人民站起来奠定了坚实基础。

"晚霞映红于都河，渡口有一支难忘的歌，唱的是咱长征源……"今天的于都，不断回荡着红色歌谣。岁月回归静好，于山苍翠，贡水奔涌，革命先辈的理想信念，炯炯如炬，绵延至今。

◆ 邱倜的老家、中共于都县委旧址

今天的于都，创新创业浪潮翻涌，红色大地气象万千。在距离于都县城20公里外的利村乡下垅村上屋组邱倜的家乡，邱倜亲手种下的两棵白玉兰树，仿佛无声地叙述着一段过往，昭示着一种信念。

邱倜的侄子邱光谓："继承我们先辈的革命传统，把革命传统传承下去，勤劳致富，让我们的日子过好一点。"

在于都县梓山镇潭头村，中共于都县支部第二任书记张浩的孙子张忠华通过勤劳的双手，让爷爷等革命烈士要让人民过上幸福生活的遗愿，照进了现实。

张忠华："作为一个革命烈士后代，身上流淌着先烈们的鲜血，要继承先烈们的遗志，传承红色基因，在全面建设小康、乡村振兴的路上，一定要带动更多的乡亲们致富，把产业做大做好，告慰爷爷嘛，不能给他丢脸。"

（执笔：李兴满）

时代巨变，一群热血青年探求救国救民之道，组建"安义旅省学生会"。学生会主席袁觉苍在南昌加入中国共产党。1926年12月，中共安义县支部成立时，他担任书记。抗战时期安义沦陷后，袁觉苍被日军杀害，他5岁的小儿子目睹了这悲壮的一幕。

寻访第 22 站：江西安义县

寻访人：万　芳　刘丽莎

寻访时间：2021 年 3 月 28 日

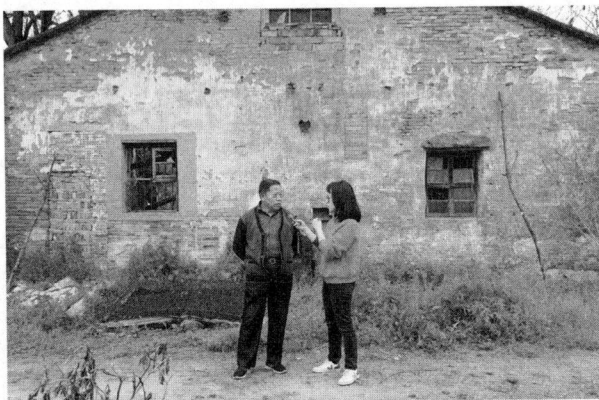

◆记者在安义县第一个党支部旧址（万埠积谷仓）采访

潦河东岸　青春翻涌

潦河悠悠，斜贯安义，缓缓汇入修水河。

位于潦河东岸有一地段，初名为万家山，后有万姓者来此开店设铺，渐成街市，又因其傍河，设有渡口和驿站，所以改名万家埠，距南昌市约50公里。这里水陆交通方便，早在明清时期为县城直通涂家埠和吴城镇等地的货运码头。

清朝光绪初年，安义筹建33个县仓积谷，一为平粜，二为散发，在灾年贷与贫户，以度饥荒，其中万埠老街北端的积谷仓号为"寿"。若干年后，就在这个谷仓里，一群读书人静悄悄地办了一件大事——成立中共安义县第一个支部。

◆万埠积谷仓（安义县第一个党支部成立旧址）

"相对比较偏僻，万埠这个地方原来是个码头，来来去去的人比较多，人员比较复杂，生人也好、熟人也好，都没什么事。"

年近八旬的杨建中是安义县粮食局的退休干部，参与党史资料编写多年，他跟记者一起实地探访谷仓旧址。他说，随着潦河河床的淤塞，洪水常常浸湿粮仓，1959 年，国有粮食企业将万埠粮管所进行整体搬迁后，积谷仓逐渐损毁废弃，成了今天的模样。但是在他看来，当时，水运发达、商贾往来频繁，为了掩人耳目，中共安义县支部选择这里举行成立会议，是明智之举。

巧的是，在离积谷仓不远的万埠镇街上，前几年为了宣传"三凤"建设，新修了一排文化长廊，"觉苍亭"赫然在列。亭子题有一副对联："书剑入洪流挥斥苍生苦，风华同日月激扬赤子心"，对中共安义县支部创立者之一袁觉苍的一生做了生动的注解。

袁觉苍原名袁继宏，出身于书香门第，幼年就读本地私塾，好学上进，成绩优异。1919 年，他考入门槛较高的江西甲种工业学校。在南昌读书期间，袁觉苍与进步学生方志敏、朱大贞、陈敬仿、余秋元等人交往密切，并利用假日回乡从事革命活动，宣传马列主义。1924 年，22 岁的袁觉苍成为中共党员。这一年，他还组织了"安义旅省学生会"，担任主席，随后兼任南昌市学联主要负责人。

"五四运动以后，我们安义县在南昌读书的几位青年基本上在一起活动，进进出出安义好多次，也就是寒暑假。1926 年，是他真正出面的时候，上面派他来的，为了迎接北伐军。"

袁觉苍和余秋元、陈敬仿奉中共江西地委派遣，秘密回到安义建立共产党组织。1926 年 11 月，他们在万埠成立了安义县第一个党组织——中共安义小组，袁觉苍任组长，机关驻县境东部万埠镇街后积谷仓，隶属中共江西地委。此后，又发展了陈良箴、龚道成、熊心赤等十多名党员；12 月，中共安义小组在万埠积谷仓召开党员会议，成立中共安义县支部，

◆ 万埠镇觉苍亭

袁觉苍任支部书记，陈良箴为组织干事，余秋元为宣传干事，陈敬仿为农运干事，全县党员有 20 多人。

近一百年过去了，袁觉苍果敢的革命者形象在百姓心中依然鲜活。他的老家万埠镇郭上樟树村还有不少同族宗亲，一代又一代传诵着他当年如何发动群众闹革命的热血往事。他带领党员们深入农村，组织农民协会和农民自卫军，仅仅 4 个月，全县农民协会会员就发展到 3100 多人。他们高喊"打倒帝国主义""打倒土豪劣绅""废除苛捐杂税"等口号，开展群众斗争大会，让土豪劣绅戴高帽游街。还在全县禁烟禁赌，革除封建陋俗。

那些参加"安义旅省学生会"的老乡、同学，不少成为袁觉苍的革命同志。年长他两岁的徐松琴，和袁觉苍同一年入党，又同时回到安义。1926 年底，在中共安义支部领导下，徐松琴发动组建的安义县妇女协会宣告成立。1927 年 4 月，蒋介石公开叛变革命后，袁觉苍等人被通缉，革命陷入低潮。

残酷的现实没有动摇他们的意志，袁觉苍等人往返南昌、安义工作。八一起义前后，由于徐松琴姐弟三人都是共产党员，政治可靠，中共江西省委将其父亲徐祖卿在南昌经营的运昌酱园作为地下党组织的工作点。

◆记者万芳在万埠镇郭上樟树村采访安义县第一个党支部书记袁觉苍的孙子袁朝霖

1927 年 7 月上旬，陈谭秋（时任中共江西省委常委兼组织部部长）和爱人许全直（时任省妇委书记），奉党中央指派从湖北来到南昌，经省委安排住进运昌酱园，陈谭秋化名徐国栋，公开身份是店铺"少老板"。随后（7 月下旬），宛希俨（时任中共江西省委常委兼宣传部部长）和爱人黄幕兰（时任省委机要秘书）也住进运昌酱园，宛希俨化名徐国梁，公开身份是店主侄儿，到店里"当店员"。

"省委的主要同志，都以伙计身份进入酱园继续革命工作。省委主要的重要文件都是在这里起草研究讨论做出来的。"

1927 年 10 月，中共省委交通站被敌人破坏，省委机关随即由运昌酱园迁往凌云巷，运昌酱园也以亏本为由停止营业。徐祖卿夫妇回乡进行隐蔽。10 月中旬，敌人获悉运昌酱园是中共江西省委的一个重要活动据点，派出大批警察、特务，天天围着运昌酱园加紧搜查和追捕。后来，敌人知道邬奇俊（徐松琴的舅舅）跟徐祖卿是亲戚，便把他抓走，关进监狱，一日三审，严刑拷打。邬奇俊坐了三年黑牢，被折磨至死，始终没有透露一个字，宁肯自己死，也不出卖共产党人，保证了党组织的安全，支持着外甥们的革命事业。

1930 年，徐松琴回到安义当小学教师，利用公开合法身份开展工作。这年，袁觉苍赴上海考入国立暨南大学，毕业后，回安义任县政府教育科督学，后又升为科长，并秘密寻找党的组织。

五六年的地下工作后，1938 年 6 月，共产党员余定金从奉新来安义开展抗日救亡工作，袁觉苍与余定金接上党组织关系，共商重建党的组织，他们于年底正式成立中共安义县委。袁觉苍、徐松琴又一起共事，一个负责宣传，一个负责妇女工作，党员发展到 36 人，还成立了安义县各界民众抗敌后援会，袁觉苍兼任抗援会负责人。1939 年 3 月 22 日，安义沦陷，袁觉苍在转移途中被日军杀害，当时他年仅 5 岁的小儿子就在身边。残忍的日本侵略者连小孩也不放过，在杀害袁觉苍之后，又将屠刀刺向他年幼的儿子。被连刺三刀后，袁觉苍的儿子昏死过去。

　　"我看到爸爸的伤疤我就问，他就说日本侵略者用刺刀刺的……"

　　袁觉苍的小儿子对这段亲身经历从不主动提起，除非袁朝霖向他追问。这道伤疤凝结了难以言表的国仇家恨。

　　"三刀，先刺穿手臂再刺身上。当时日本人以为我父亲死了，就走了。我父亲醒了，被当地老表看到，就找到我奶奶。"

　　袁朝霖对爷爷袁觉苍的事迹，基本都是从党史资料上知道的。当年爷爷闹革命，和奶奶有个约定，奶奶不能过问他的事，哪怕出门到深夜回家，奶奶对爷爷所做的工作一无所知。袁觉苍牺牲后，他的亲人们才慢慢理解他的理想和选择。

　　1938 年 9 月，由新四军驻赣办事处派遣，"上海职业青年战地服务团"一行 16 人来到安义县，建立"安义县战地工作队"，从中培养发展党员，成立党的组织，领导群众开展抗日游击活动。

　　这些年轻的共产党人接过接力棒，继续完成袁觉苍和战友们未尽的革命事业。滔滔潦河边，他们的青春翻涌成一朵朵奔腾的浪花！

（执笔：万芳）

1926年6月，在上海入党4年的共产党员熊开文接到一封来自同志、老乡赵醒侬的来信，希望他能回家乡开展革命工作。3个月后，赵醒侬在南昌牺牲。带着烈士的遗愿，带着方志敏同志赠送的手枪，熊开文回到了江西南丰，创建了南丰县第一个党支部。一年后他也长眠在故乡的"峨峰包"。

寻访第 23 站：江西南丰县

寻访人：万　芳　曾炳亮　黄应国

寻访时间：2021 年 3 月 29 日

◆记者在南丰第一个党支部书记熊开文墓前采访

为了赵醒侬的嘱托

印象中的南丰县古朴别致，有蜜橘、傩舞和名人曾巩，都是千年文化名片，但南丰独特的红色气质不为人所熟知。这块土地抚育了赵醒侬和熊开文这样的共产党人。那时候的中国共产党在凄风苦雨中成立，没多久，他们就成为追随者。

南丰党史研究者王政文："南丰第一个共产党员是赵醒侬，他是在上海加入青年团不久后就转为了共产党员。第二个就是熊开文，赵醒侬在上海介绍他入的党，在 1922 年。"

2014 年出版的《赵醒侬传》记载了赵醒侬在上海从一个学徒向职业革命家的转变。而熊开文当时在上海的活动，我们一无所知。

从南丰县城驱车 20 多公里到熊开文的老家——市山镇熊坊村，就在村委会，一面墙喷印张贴了《熊开文烈士简介》，很是醒目。1895 年，熊开文出生于贫困的农民家庭，五四运动爆发后，他去外面闯荡，流落到上海街头巧遇了舅舅，经舅舅介绍，

◆ 熊开文革命工作旧址

熊开文认识了老乡赵醒侬，一见如故。

他们都曾经迫于生活而远走上海，后来又回到江西积极开展革命活动，创办党组织。在南丰党史研究者王政文看来，两人既是老乡，也是同志，有一份特别的情谊。

"赵醒侬到江西来搞建团建党工作，他在1926年写信到上海去，要熊开文回到家乡来开展建党工作。熊开文是1926年11月来的，12月就成立了南丰县第一个党支部，也叫支部干事会。"

1926年4月，中共江西地委在南昌成立，赵醒侬任组织部主任，全省都在发动工农运动，迎接北伐战争；同年6月，在上海的熊开文接到赵醒侬的来信，要他回家乡南丰开展革命。可惜3个月后，赵醒侬就在南昌被军阀杀害。痛失挚友的熊开文回到江西，找到当时负责工农运动的方志敏，方志敏敦促他急速回南丰，并在临行前赠送了一支手枪做纪念。

回到南丰的熊开文，与从省立第三师范回来的李光贤一起，培养、发展黄良璋、刘渝、揭方季、熊兴歧、汤先履、熊鹤鸣、李芳等人入党。1926年12月，中国共产党在南丰最早的组织——中共南丰支部干事会成立，共有党员12人，李光贤、黄良璋、刘渝、揭方季为支部干事会干事，熊开文为负责人。

中共南丰支部干事会是当时抚州县区较早成立的党组织。它领导着南丰的革命工作，包括成立农民协会、总工会、妇女解放协会，举办干部训练班，还与国民党右派势力作斗争，举行反蒋示威游行。

熊开文的家乡人很为他骄傲。熊菊模是其同族，在熊坊村当了18年村支书，2017年调到县里工作，他常叮嘱继任者们要熟悉熊开文烈士的事迹。比如熊开文足智多谋，曾经巧布"空城计"，不费一兵一卒就吓退了800个土匪。

"他从南丰到沙岗，放风说，帮我先准备10桌饭，我有10桌官兵来剿匪，后面还有80桌。土匪有探子，听到这个消息以后，知道有大部队来清剿，立马就走人了，这样就保护了一方的老百姓。他是我们村里的光荣，我父亲从小就跟我讲述他的故事。我父亲是96岁过世的。熊开文牺牲的时候，他6岁，所以他有一点记忆。"

1927年，国民党反动派在熊坊村逮捕了熊开文，并于当年12月将其残忍杀害于南丰县城南门外。与他并肩战斗的支部干事会同志李光贤隐姓埋名在抚州三师附小当体育教员，继续革命活动，后被国民党反动派杀害于抚州东门外，他牺牲的那一天是1928年7月1日，中国共产党刚成立满7周年。

"两边都是古树，这条路是县里各个职能部门凑的自用经费铺好的……"

熊开文牺牲后，当地百姓将他的遗体送回熊坊村，安葬在祖坟山"峨峰包"。从熊坊村村委会往山上走，一条600米的两侧都是古树的水泥路笔直通到熊开文的墓前。这是2014年4月建好的，当时南丰县的职能部门总共筹资了7万多元，用于修路和修墓。在此之前，当地曾经三次为

◆ 熊开文烈士之墓

熊开文简易修墓。

"听我父亲说，1950 年就稍微规范化地修了一个墓。到了 1984 年，乡政府又把墓修了一下，听我的前任书记说，当时花了 100 多块钱。20 世纪 90 年代的时候，我当了书记以后，又花了两三千块钱把石头垒了一下，简易地把墓修了一下。这一次（2013 年）光修这条水泥路都花了将近 5 万块钱，还有墓可能花了 2 万多块钱。"

"战士不是战死沙场，就是回到故乡"，熊开文倒在了故乡的"战场"，他生于熊坊、葬于熊坊，这里的百姓也永远怀念他、爱戴他。每年都有干部群众自发地来墓前拜祭他。

"那个时候就能想到为老百姓去谋利益，思想确实是很崇高。最触动的就是我自己既然在这个位置上，我就要把最主要的精力放在为老百姓服务上，把大家的事当作最大的事情去办，自己的事要放在一边。"

◆ 熊开文的素描像

熊菊模的儿子今年从上海社会科学院博士毕业，他的专业是马克思主义中国化。熊菊模很欣慰，对先辈的敬畏和共产主义的信仰得到了新的传承。他现在最关心的是熊开文烈士纪念馆和熊开文烈士展览馆的重建。

"之前不仅修了墓，我还做了两个馆，调离了以后，因为三化建设村里要规范，村委会就把两个馆拆掉了。上级部门也很支持，有一个旧址在那里，翻新了以后那个地方更适合两馆的建设，预算也报上去了，但是现在还没启动。"

熊开文烈士光辉短暂的一生没有留下一张照片，后来还是记者委托南丰方面的人士多方找寻到的唯一一张烈士素描像。谨以此像寄托我们深切的怀念。

（执笔：万芳）

崇仁县第一个党支部成立半年后，便建立了当时赣东地区第一支人民武装赤卫队。18岁的教书先生黄凤池先是担任宣传委员，后又接任支部书记。文质彬彬的他发奋学开枪、练梭镖。当革命遭到疯狂反扑时，他提前把党员名单用罐子装好藏进了菜地里。新婚不久，黄凤池被捕入狱，壮烈牺牲，年仅19岁。

寻访第 24 站：江西崇仁县

寻访人：万　芳　杜慧君

寻访时间：2021 年 3 月 30 日

◆记者采访崇仁县党史办原主任谢晓红（右二）、古塘村
原支书黄建如（左二）

星光下练梭镖

20世纪20年代，江西省立第三师范星光璀璨。它是抚州革命的策源地，一批进步青年在这里启蒙，走上革命之路。许瑞芳、章应昌、李干、黄凤池、舒同、李井泉……数十名学生成立"读书会"，以研究学术为名，秘密研讨传播马克思主义，很快成为抚州建立党组织的中坚力量，他们中有不少来自当时的崇仁县。

"筑梦广场、党性教育基地就是这栋房子，还有黄凤池的旧居……"

这段历史及相关人物事迹都在航埠镇的古塘党支部旧址展示。它是崇仁县的第一个党支部，2017年当地对其进行修缮，还打造了筑梦广场、党性教育基地、黄凤池故居和初心园。时任崇仁县党史办主任的谢晓红

◆ 崇仁县第一个党支部航埠古塘支部旧址

和同事们为布展重新梳理了档案资料，特地去瑞金学习，她指着旧址一侧的党旗雕塑告诉记者，这个设计有特别的意义。

"总共长是 10 米，高是 2.7 米，代表 1927 年 10 月；党旗的长度是 7 米，（旗）基高 1 米，代表的是 7 月 1 日党的诞生日。"

1927 年 10 月，中共崇仁古塘支部成立，隶属于临川县委。"八七会议"确立了武装斗争道路，临川县委派军事部部长陈导平到崇仁发展党组织。他原计划以县城为中心开展工作，但因那里驻有国民党军杨如轩第二十七师，于是转到航埠古塘，联系了以教书为掩护进行革命活动的黄凤池。

◆ 崇仁县第一个党支部古塘支部宣传委员、支部书记黄凤池画像

"古塘离我们县城近，到临川也近，差不多就在临川、崇仁中间。陈导平他就特意找到这里来，成立了支部，当时支部发展党员是 30 个人，书记是黄希宪，宣传委员是黄凤池。其他的委员没有记录。黄希宪后来背叛革命了。"

崇仁县修缮了古塘支部原有的墙壁、房梁，以旧修旧，并用铜像再现了支部成员的活动场景。古塘村老支书黄建如的父亲是黄凤池的堂侄，当年参加了青年团。黄建如听父亲说过，旧址所在的祠堂是黄凤池教书、办夜校的地方，实际上宣传共产党的主张和军事训练是躲在附近的开阔地。

"我们这叫油榨厂，在那边开会，宣传男女平等，小脚女人要放开来，还有耕者有其田。晚上有星光的时候，拿着梭镖、棍子到外面去，搞训练、练操。那个位置大概就是现在的收费站，那里面有个地方比较开阔。我父亲比黄凤池小两岁，都跟着他一起去过。"

查阅古塘村黄氏家谱可知，黄凤池原名黄定源，字奇远，生于 1909 年。

他在四兄弟中排行第三，由于家境殷实、天资聪颖，黄凤池曾经在省立第三师范学校求学。驻足古塘旧址黄凤池事迹栏前，眼前照片中的黄凤池留着利落的短发、粗黑的眉毛，眉宇间透露着儒雅。据说因为没有留下影像资料，这张画像临摹的是跟黄凤池长相相似的大伯。他的亲人也不明白，儒雅的书生和英勇的革命者，哪一个才是真正的黄凤池？

崇仁古塘支部成立后，党的组织迅速发展，从 1927 年 11 月至 1928 年 5 月，先后成立刘家渡杨家、秋溪东溪洲、连城上城、井上封家、西馆周家、河汇周家、连城下城、白鹭崔家 8 个支部，有党员 146 人。随后，当地共产主义青年团、妇女解放协会也相继建立。1928 年 2 月，中共江西省委决定实施全省总暴动。当年 4 月，古塘党支部在河汇周家建立了当时赣东地区第一支人民武装——赤卫队，有队员十余人，长短枪 9 支。

1928 年 5 月，崇仁党支部组织过两次夜间斗争。一次是发动近百名共产党员和革命群众，砍断一些地区的电线杆和电线，中断敌人通信长达七八天。另外一次是古塘支部在县委军事部部长陈导平的指挥下，秘密发动农民暴动，揪斗土豪章养孙并没收了他的财产。

"打土豪在这一带比较凶狠一点，五月初五那天晚上，差不多 200 来人，把大土豪章养孙处决了。我父亲也去了，他年纪小就站岗。"

在黄建如看来，这次处决土豪章养孙刺激了国民党当局的敏感神经，反动势力对共产党人大肆反扑，对这一切黄凤池早有预感。他决定去临川避避"风头"，离家之前，黄凤池交代新婚的妻子，家里的菜地要守好。

"黄凤池走的时候跟老婆交代，他把组织名单放在罐子里面，藏在菜地里。他说如果万一回不来，这个名单全部要烧掉。这些人有上百号人，包括我父亲，都在外面躲，我父亲在外面躲了一年多，后来大家才陆陆续续回来。"

黄凤池离家后藏身于省立第三师范学校的老师家中，他万万没有想到的是，老师出卖了他。1928 年 6 月，黄凤池被国民党反动派逮捕。当时，他接任中共崇仁古塘支部书记还不到 1 个月。与他同批被杀害于抚州拟岘台的还有 3 名共产党员：黄仁让、黄福来、黄官寿。但是对于他们牺牲的具体日期，没有人知道。黄凤池的亲人曾经调查过，想弄个明白。

直到 1992 年黄氏家谱修编，黄凤池的侄子坚持把叔叔牺牲的消息加了进去。又是一个 30 年，黄凤池的亲人们大多已离开人世。黄凤池当年的新娘在耄耋之年曾经回过古塘村，村头的樟树茂盛地生长，古井水静静地流淌，可惜那个英勇的青年再也没能回来。

（执笔：万芳）

1927年1月，中共湖口小组改为中共湖口支部，5月升为中共湖口特别支部。1928年12月，中共江西省第二次代表大会四易会址后，在湖口县王燧村王文凤家秘密召开。这是江西省在白区召开的唯一的一次党代会，也是在农民家里召开的唯一的一次党代会。大会经费本身有缺口，在后来省委给中央的报告中提到，仅伙食费一项就欠139元。

寻访第 25 站：江西湖口县

寻访人：吴小俊　王　霖　程玉香

寻访时间：2021 年 3 月 30 日

◆ 记者在中共湖口支部第一次代表大会旧址（现湖口学宫）与湖口县党史专家潘柏金（右二）、湖口县宣传部常务副部长王玉初（右一）合影

多少先烈血　凝成红旗飘

"上钟下钟夹湖口，半江清浊泾渭如。"

——南宋楼钥看到这样的湖口。

"湖水澄清江水浑，江烟湖霭易黄昏。"

——明代多炡看到这样的湖口。

而他们都抵不过苏东坡的如椽大笔，一篇千古名篇《石钟山记》把湖口深深烙进了中国人的精神血脉里。

时平则人文胜地，在革命烽火年代，灵山秀水的湖口则增添了一抹抹靓丽的红色。

1913 年，江西都督李烈钧发动了历时 38 天的反对袁世凯军阀独裁、阴谋复辟帝制的"湖口起义"。起义失败后，时任都督府高级顾问兼省议

◆ 石钟山上看长江

员的湖口人杨赓笙沉石于江，并起誓"沉石于江，意志如钢，不灭袁贼，永不返乡"。

五四运动爆发后，在外读书的省立第一中学吴作楫，第一师范钱成九，甲种工业学校高道臧、孙庭范，甲种农业学校的王道平，抚州省立第三师范学校的蔡蕴，以及在九江沙河小学任职的邹觉民等纷纷回乡，积极响应五四运动。

◆邹觉民（湖口籍最早的共产党员）

湖口县党史专家潘柏金："在外地读书的学生、教师回到湖口，进行游行示威活动，到乡镇去进行宣传活动。五四运动推进了全县思想向着进步、民主这方面发展。"

在九江期间，邹觉民创办过"青年书社"，并与革命先驱方志敏一起组织过"马克思主义研究小组"。1924年，他加入了中国共产党，也是湖口籍最早的共产党员。其他学生，如吴作楫、陈钧（原名陈远绍）、龚载扬、肖厚德等先是加入了社会主义青年团，后再加入了中国共产党。1926年春，中共党员舒味三以江西省通俗教育所巡回演讲员的身份到湖口工作，吸收已是湖口县立模范小学教师的钱成九加入了国民党（国共合作期间，中共中央允许共产党员和共青团员以个人身份加入国民党），四五月间共产党员肖素民也来湖口了，舒、肖二人又介绍钱成九加入了中国共产党；同年8月，中共湖口小组终于成立，龚载扬为组长，肖厚德、钱成九等为组员。党小组成立后，积极配合北伐军革命；11月7日，国民革命军独立第二师贺耀祖的炮兵团攻克湖口县城，湖口光复。

潘柏金："到1927年1月，党小组升格为中共湖口支部，隶属于中共九江地方执行委员会。支部书记是龚载扬，后叛变。同年3月由肖厚德任书记，农运干事为钱成九。"

1927年5月，中共湖口支部在县城考棚旁边的破庭堂里召开第一次代表大会，中共九江执委派来的刘潜作政治报告。会议成立了中共湖口特别支部，刘潜担任特支书记。

党组织成立之前，湖口曾发生过著名的武山农民暴动，林士友等率领农民"打积谷"（强行平粜），并把带兵赶到现场企图镇压农民的县知事张性之赶跑。参加过革命的周赓年组织过全县第一个区农协。党组织成立后，准确把握广大农民的迫切要求，加大领导力度，并向反动团总及恶势力作斗争。

在湖口义区，团总周伯恒欺压乡民，无恶不作。曾将一个欠租的农民绑在板凳上，用锯子活活锯死。被告发后，县衙基于民愤抓他入狱，但周伯恒以钱贿赂县长，迟迟不定罪，群众有冤无处申。1927年4月，党领导下的区农协组织千余农民，肩扛锄头、手拿木棍，浩浩荡荡涌进县衙，找县长说理，揭发周伯恒的罪行。面对愤怒的群众，县长只得将周伯恒交给他们，群众立即将周伯恒押出县衙游街示众。行至东门外时，难抑怒火的群众纷纷用锄头、木棍一顿猛打。最终，这个作恶多端的团总被击毙。在湖口仁区，区农协也准备清算欺压百姓的团总周搏九。周搏九想到前不久被打死的周伯恒，吓得顿生恶病，口吐黄水而死。群众说他吓破了胆。事后流传了一首打油诗："农民一声吼，吓死周搏九；农民组织力量大，乌龟王八齐缩头。"

潘柏金："湖口县的农协运动开展得有声有色，而且派了4位同志到武汉农民运动讲习所学习。"

此外，还派代表出席省市农代会，正式成立县农协，建立农民自卫军。

"四一二"反革命政变后，九江形势突变，邻近的湖口也被波及。邹觉民、钱成九、陈钧等12名重要骨干分子被国民党反动政府通缉。由于驻县国民党军的颜营长系共产党员，及时通知了地方党组织，陈钧潜逃出城，邹觉民潜往上海，钱成九隐蔽地下。党组织被迫解散了。

◆ 中共江西省第二次代表大会旧址——王燧村

　　1927年10月，中共江西省委将全省划为赣北、赣南、赣东、赣西四个特区，湖口初属赣北特委。次年2月，中共江西省委在鄱阳设立了中共赣东北特别委员会，已潜往鄱阳的钱成九、周赓年等已在赣东北特委领导下工作；同年6月，赣东北特委派李新汉等来湖口恢复党组织，他们一到湖口即与已回湖口的邹觉民等人联系，重新登记并发展党员，共有20人。

　　潘柏金："1928年6月，成立中共湖口区委，区委书记是李新汉，区委委员是邹觉民跟陈钧两个人。"

　　1928年12月，湖口召开了一次重要的会议——中共江西省第二次代表大会。会议原定11月15日在德安、九江、瑞昌三县边界的岷山根据地召开，因国民党江西省政府调集军队向岷山进行"围剿"，赣北红军游击队转移到湖北省广济县一带，推迟到12月5日在鄱阳县城附近的湖面上举行。当天与会代表分乘三艘小船在湖中开会，发现湖面上国民党军警和民团巡查很严，临时商量改变会址。弋横暴动主要领导人方志敏建议到弋横交界的磨盘山召开会议，大家考虑到去磨盘山不方便，担心进去被封锁，最后决定到反动民团力量较弱的湖口县第四区王燧村共产党员王文凤家召开会议。

王燧村东北两面环山，西南环水。王文凤家在靠村后边的竹峦前，从侧门可直达港边，港通鄱阳湖；后门有吊脚楼可以直接进入竹峦及连绵的松树山，通往横山、武山。环境利于迂回，很隐蔽。

◆ 王文凤

潘柏金："敌人从水上来，可以从山上走；敌人从山边来，我们可以从水上走。同时革命群众觉悟很高，全村都是革命的人，开会比较安全。"

王文凤家有田地，有买卖，家里有三四条船，跑上海、南京码头，家里房屋上下两层，大八间，四口天井，三代没有分家，住上几十人几乎不显行迹。祖父、父亲都仗义疏财，邻里关系很好。

会议代表原定 28 人，代表全省近 5000 名共产党员，实际到会 20 人，张金刃、冯任、方志敏、张世熙以及湖口的邹觉民、钱成九等都在列。会前，与会代表兵分三路，由鄱阳县分别向王燧村进发。一路上，代表们分别装扮成乡塾先生、算卦先生、商人等。

在钱成九的回忆中对方志敏留有这样的描述："方志敏的装束最突出，剃着光

◆ 中共江西省第二次代表大会纪念馆

头，蓄着八字胡子，好像个老头儿样。戴着棉织的帽子，可以罩着整个面孔仅仅露出一双眼睛。他上身穿件黑棉袄长到膝盖角，下身穿条黑棉裤，那裤脚口约莫一尺大，足上是双土布袜，套上黑土布鞋，穿着得都很相称。在行动当中，他肩膀挑的一头是被服，一头是箱子。箱子里摆了些换洗衣裳和零星用具，外带几本账簿。他扮成幅老古板的气色，小商人的派头。"

大会于12月9日召开，由冯任主持。开会时，王文凤父子清早天不亮就起来挑上十几担水，以免天亮被人察觉；开会抽的烟头，他们用土蔸盛着埋到菜园地里。会中，王文凤一家倾其所有，不时做点豆腐、买点鱼肉，大会经费本身就有缺口，在后来省委给中央的报告中提到，仅伙食费一项就欠139元。

会期原定5天，后缩短为4天。代表们听取了中共中央代表张金刃关于中共六大精神的报告、冯任的省委工作报告和曹策的团省委工作报告，讨论并通过了政治、组织、宣传、军事、农民、职工、苏维埃、共

◆ 中共江西省第二次代表大会纪念碑

青团工作等八个决议案，选举产生了中共江西省第二届执行委员会。

潘柏金："中共江西省第二次代表大会在我们湖口召开，这是非常重要的一页。第二次党代会是在白区召开的唯一的一次党代会，而且是在农民家里召开的唯一的一次党代会。这次大会成果也很好，确定了整个江西省党的总路线，明确了总任务，通过了八个决议案。参加会议的20位代表没有一个叛徒，这是一个第一。在整个江西革命斗争历史上产生了深远的影响。"

1929年4月，中共湖口区委升为县委，县委书记由谭和接任。谭和外出期间，分别由徐保义、陈钧接任；同年9月29日，赣东北革命委员会在湖口城山高石树村成立，这是赣东北区域临时的革命政权机构。至1930年3月，由于赣东北革委会实际只开展了湖口的工作，因而于3月改成湖口县革命委员会，革委会成为湖口苏区最高红色政权机关。主席为余庆祥，邹觉民和陈钧分别负责财政和土地工作，钱成九负责军事工作；同年5月，成立了湖口县苏维埃政府。土地革命时期，湖口苏区和游击

◆ 记者采访肖厚德的孙子肖孟民（左二）

区占全县总面积的三分之二以上。

一路走来，长江与鄱阳湖交汇地的湖口洒下了无数热血。

1930年4月13日，周赓年在战斗中牺牲。

1930年7月27日，邹觉民被捕牺牲。

1930年7月，王文凤因叛徒告密而被捕，受到严刑拷打后牺牲。

除此之外，牺牲的还有徐保义、余庆祥等烈士。

…………

烽烟终散去。

◆ 钱成九

如今徜徉在"江湖两色、石钟千年"的灵山秀水里，人们永远怀念他们。肖厚德的后人还珍藏着一枚椭圆形私章，肖德厚的孙子肖孟民："爷爷是个很能干的人，唯一的东西只有这一点点，就是纪念！"

1959年6月，钱成九回忆往事时，深情地吟诵了这样一首诗：

斩木揭竿思往事，

当家作主喜今朝；

多少先烈头颅血，

凝成红旗到处飘。

（执笔：吴小俊）

绵江中学是瑞金最早的私立中学。校园内的赖氏宗祠历经百年风雨，既见证了贺龙、郭沫若入党，也诞生了瑞金第一个党支部——绵江中学支部。

寻访第 26 站：江西瑞金市

寻访人：何 灵 王 霖 刘 辉

寻访时间：2021 年 4 月 1 日

◆ 与瑞金市委党史办苏区研究中心主任钟燕林在瑞金第一个党支部——绵江中学支部旧址合影

一座见证历史的老祠堂

在瑞金四中退休老教师谢振泉的家里，我们见到了一本特殊的党史书。

翻开《中国共产党瑞金历史》第一卷（1926—1949），第一页上端端正正地贴着谢振泉的爷爷、瑞金第一个党支部成员谢仁鹤烈士的照片；在书的第 246 页上，则贴着谢振泉的爸爸、瑞金早期共产党员谢罗贤烈士的照片。两张照片都有塑封，看得出来被主人精心保存。书因为被反复地翻看，已有些旧了，书里有些相关内容还画了记号、做了笔记。

谢振泉老人告诉我们，他的爷爷和父亲都是为革命牺牲的。爷爷谢仁鹤并没有留下照片，我们看到的这张照片其实是仿照家里大姑姑的相貌画的像；父亲谢罗贤的照片是 1930 年在瑞金县革命委员会工作时拍的。后来国民党反动派来抄家，谢罗贤的照片被家里人藏在地窖里才得以保存下来。

尽管从未见过爷爷的面，但小时候谢振泉听奶奶讲过不少爷爷的故事。爷爷谢仁鹤出生于 1893 年，虽家境贫寒，但家里还是节衣缩食地送他去宁都师范读了书。1926 年，谢仁鹤毕业后回到瑞金，在绵江中学（现在的瑞金四中）当教员。

谢振泉回忆："我父亲 1926 年毕业回来后，一方面在绵江中学教书，一方面利用节假日晚上在本村办农民夜校。创办了醒群小学，意思是启发群众觉悟起来，参加革命斗争。"

1927 年 9 月，瑞金成立第一个党支部时，谢仁鹤任支部委员。1929

年6月，谢仁鹤在国民党反动派"搜剿"过程中被捕，受尽毒刑而坚贞不屈，英勇就义于绵江河畔。他14岁的儿子谢罗贤在父亲牺牲后，跟随着当时瑞金县革委会主席、瑞金第一任县委书记邓希平一起继续革命。抗战爆发后，谢罗贤在新四军二支队任文书，因母亲身体不好，他向部队请假回家看望母亲。1941年1月，震惊中外的皖南事变爆发，谢罗贤无法回到部队，便留在家乡的游击队里从事宣传工作继续革命。1943年8月，国民党派了高级特务混进游击队，抓了包括谢罗贤在内的几十个队员并关在县牢里。一天下午外出放风，在绵江河里洗澡时，两个看守看管不严，这几十人就集体逃跑，返回游击队。当晚，地方武装保安团就派了一个班到谢罗贤家，把他的儿子谢振泉和他的母亲抓进牢里，准备放长线钓鱼，诱捕谢罗贤。那一年，谢振泉才9岁。

◆ 谢仁鹤

◆ 谢罗贤

"你父亲来救你和奶奶了吗？"

"没来。"

"那你恨他吗？"

"不恨！他不来救我们是对的。"

1944年，谢罗贤被国民党特务杀害。坐了半年多大牢的谢振泉和奶奶得以重见天日。相继失去了爷爷和父亲，母亲被娘家逼迫改嫁，从此谢振泉只有奶奶一个亲人，祖孙俩相依为命，艰难度日。

"好多人劝奶奶改嫁，她断然拒绝。奶奶说，她要把家守好，要把孙

◆采访谢仁鹤烈士的孙子谢振泉及其妻子（中间二位）

子培养成人。"

奶奶赖莲娣还把自己的名字改成了赖忠诚，意思是忠于丈夫，继承他的事业。

新中国成立后，谢振泉最大的愿望就是上学读书。奶奶一开始不同意，因为丈夫牺牲了，儿子也牺牲了，她希望唯一的孙子能留在身边，能天天看得见。1957年，谢振泉在江西工农学校念中学时就加入了中国共产党，他一辈子从事教育工作，在爷爷谢仁鹤任教过的瑞金一中也教过书，还在那里结识了现在的妻子成了家。家里客厅显眼处摆放着老两口五十多年前结婚时的合影，他们的五个儿女都很有出息。

"我们这一家从心底里感谢共产党，共产党培养了我。现在我儿子是党员，他是退伍军人。我就一个独生儿子，把他送去当兵了。我们这一家女儿女婿加起来，有8个党员，可以成立党支部了。"

离开谢老家时，我们看到门口贴着一副今年春节时他亲手拟定和书写的春联："初心不忘勇担当，红船精神放光芒。"谢家三代人为革命做出了巨大的牺牲，但他们始终感念共产党，感恩新中国，默默地将家中两位烈士的精神继承下来、传承下去，家风淳朴严谨，踏实勤恳，努力进取，整个家庭和谐美满。

谢振泉老人提到的父亲谢罗贤参加革命的引路人，也是他爷爷谢仁鹤的同乡邓希平，同样是瑞金早期革命斗争的主要领导人，是瑞金最早一批共产党员。

1929年6月，刘忠恩、谢仁鹤牺牲后，邓希平继续秘密建立农会，发展党组织。1930年4月，邓希平成功领导了安治暴动。1930年6月，在中共瑞金县第一次代表大会上，邓希平当选为县委书记。1931年7月，邓希平牺牲，时年33岁。他没有结婚，没有孩子，继子邓世铭今年73岁。

《国务院关于支持赣南等原中央苏区振兴发展的若干意见》出台实施以来，赣南老区面貌发生了翻天覆地的变化。2017年，邓世铭家也从原来偏僻山区的泽覃乡搬进了市区的移民安置小区——红都新城梦想家园。我们采访的前一天，邓世铭和女儿邓彩珠去了瑞金革命烈士纪念馆祭拜邓希平烈士。邓彩珠说，搬迁前他们居住的村子以前叫赤沙田，后来改名为希平村，就是为了纪念爷爷邓希平为革命做出的贡献。以后她还要带家里的孩子们一起去烈士馆看爷爷。

在瑞金，我们还寻访到两位第一个党支部成员的后代，他们一直都在农村务农，文化程度不高，也说不出太多先辈的革命事迹。但是和邓彩珠一样，当有人来询问他们先辈的事情时，脸上不由自主地都洋溢出由衷的骄傲。

和邓希平一同领导安治暴动的刘忠恩是瑞金第一个党支部的书记。1929年6月，谢仁鹤被捕后，党组织为营救谢仁鹤，派刘忠恩去县城打探敌情，不幸被捕。他和谢仁鹤一起牺牲于绵江河右侧的大榕树下。刘忠恩夫人后来一直为党工作，为继承丈夫遗志，她将自己的名字改为胡

◆采访邓希平的继子

继夫。他的继子刘厚程今年82岁，现在一家人依然在泽覃乡务农。

第一个党支部成员杨舒翘于1927年8月加入中国共产党，和邓希平一同领导和发动了1930年4月的安治暴动，后当选为瑞金县总工会主席。1931年，杨舒翘和他的儿子同时牺牲。我们在瑞金沙洲坝镇沙洲坝村新屋家小组找到了杨舒翘的孙子杨海平，他和哥哥平时做做泥工、做做米粉，日子过得还可以。

瑞金在中国革命斗争历史上有着特殊的地位。作为中华苏维埃共和国临时中央政府的所在地，这里至今保存着126处革命旧址和纪念建筑物。瑞金第一个党支部成立地——绵江中学旧址就是其中的一处。

瑞金市委党史办苏区研究中心主任钟燕林和我们一起去实地探访。钟主任告诉我们，当时的绵江中学是瑞金最早的私立中学，教授新学，老师讲白话文，学校购买了很多图书和实验仪器，还排文明戏，跟其他的学堂很不一样。绵江中学旧址上现在是瑞金四中。据钟主任介绍，绵江中学后改为瑞金一中，一中搬迁后，就成了瑞金四中的校址。而瑞金第一个党支部其实是建立于绵江中学内的赖氏宗祠里。

校园内的赖氏宗祠被保护得很好，祠堂虽然建于1897年，但修旧如旧，目前能看到的就是当年祠堂的老房屋。这里既是瑞金第一个支部绵江中学支部成立的旧址，也是贺龙、郭沫若入党的地方。

受五四运动的影响，当时瑞金的爱国进步青年纷纷离家外出求学，里面就包括后来成为瑞金革命先驱的谢仁鹤、邓希平、刘忠恩等人。

1926 年 7 月，中共赣州支部派兴国人鄢寰来到瑞金考察工农运动情况，进行共产主义宣传，给进步青年送去《共产党宣言》《共产主义 ABC》等小册子，教唱《国际歌》；带领杨舒翘、杨荣才等组织工会，号召工人跟剥削自己的富人老板作斗争。谢仁鹤、邓希平、刘忠恩等创办醒群小学开办农民夜校，传播新思想新文化，培养和积蓄革命力量。

1927 年 8 月，以贺龙任总指挥的南昌起义部队到达瑞金，起义军先后取得壬田战斗和会昌战斗的胜利，进占瑞金。

"进入瑞金城后，就暂时驻扎在赖氏宗祠里，就是现在我们所在的这个地方。"

中共前敌委员会等领导机关驻扎在绵江中学后，起义军所到之处都用标语、传单、集会等不同形式开展宣传工作，宣传南昌起义的意义、中国共产党的主张，号召人民起来革命。瑞金人民第一次认识了共产党领导的革命军队，看到了革命胜利的希望。南昌起义军在瑞金的活动，给瑞金播下了土地革命的火种。

◆ 宣传画

钟燕林介绍："当时我们瑞金本土的早期共产党人，如杨荣才、杨舒翘、刘忠恩，他们积极要求向党组织靠拢。于是在南昌起义军的帮助下，在瑞金绵江中学成立了第一个党支部。"

1927 年 9 月上旬，在绵江中学秘密成立的瑞金第一个党支部——绵江中学支部，刘忠恩任书记，谢仁鹤、杨荣才、杨舒翘为委员。支部成

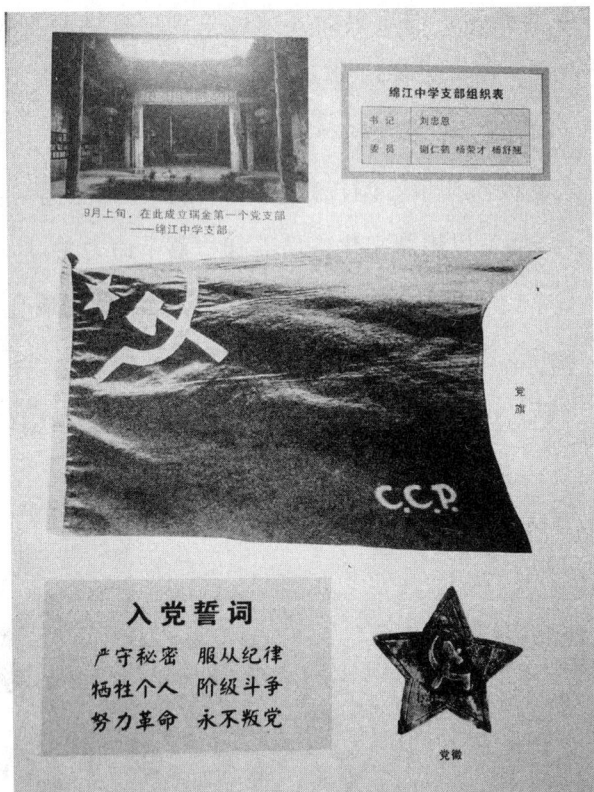

◆ 瑞金第一个党支部——锦江中学支部成立

立后没几天，南昌起义军就离开了瑞金。国民党反动派卷土重来，支部成员分散隐蔽，党组织也转移到农村活动。

尽管如此，中国共产党在瑞金的革命活动正是由此有了组织上的保证，有力推动了瑞金工农革命运动的进程。

（执笔：王霖）

盘古嶂是会昌县第一高峰。92年前的一个夏天，深山密林中成立了中国共产党会昌县第一个支部——清溪支部。支部书记和6名支委全是清一色的贫苦农民。

▼

寻访第 27 站：江西会昌县

寻访人：何 灵 王 霖 刘兆春

寻访时间：2021 年 4 月 2 日

◆ 在会昌第一个党支部旧址合影

支部建在高山上

东方欲晓，

莫道君行早。

踏遍青山人未老，

风景这边独好。

会昌城外高峰，

颠连直接东溟。

战士指看南粤，

更加郁郁葱葱。

这是毛泽东主席 1934 年夏天在中共粤赣省委所在地会昌县进行调查
研究和指导工作时写下的著名诗篇《清平乐·会昌》。

土地革命战争时期，会昌县是中央苏区的核心县之一，被誉为中央
苏区南大门、中央苏区全红县、扩红模范县、红九军团长征出发地。

然而，和中央苏区其他的地方相比，会昌县第一个党支部成立的时
间却有点晚。

走进会昌县委党史办，刚刚坐定，我们便把疑问"抛"给了当地党
史专家、会昌县委党校常务副校长曹树强。

作为《中国共产党江西省会昌县历史》第一卷（1929—1949）的执
行编辑，曹树强坦言当时他们在编写的时候也特别关注并专题研究了"会
昌党组织成立比较晚"这个问题："根据我们收集的资料来看，一个原因
就是大革命失败以后，国民党叛变革命，对工农群众实行屠杀政策，白

色恐怖之下，客观上建立党组织比较困难；第二个原因，1929 年之前会昌境内不能说没有党的活动，有党的活动，有过一些短暂的革命宣传活动，但是没有扎下根。当时一些所谓的在外求学的先进分子，大部分都是在国民党这个阵营里面服务。我们会昌第一批党员全部都是农民，而且都是深山老林里面的农民。"

曹树强说的"深山老林"指的就是位于海拔 1184 米的会昌县第一高峰——盘古嶂上的清溪乡。

民国时期，清溪设有四个行政村，分别归属会昌、寻乌、安远三县管辖。这里山高林密、信息闭塞，交通出行极其不便，文化教育十分落后，三县的统治阶级力量鞭长莫及。虽然山高路远，但残酷的剥削依然存在。清溪乡 95% 以上的土地掌握在各村的土豪手中，贫苦工农群众深受地主豪绅的政治压迫和经济剥削，革命愿望非常强烈。

1928 年夏天，中共广东东江特委派寻乌人谢毓三（化名罗耕野）来到会昌、寻乌、安远三县交界的仰天湖地区，帮助建立革命根据地，组建了红军十九纵队。一天，会昌清溪乡贫苦农民连昌富到安远大坝头圩上买猪崽，夜宿熟人赖子盛家。赖子盛是红军十九纵队的战士，晚上就跟连昌富讲了许多红军打土豪、抗租抗债、讨老婆不要钱等自己参加革命的故事。连昌富听了非常激动，当即要求赖子盛介绍自己参加红军。赖子盛答应向上级领导反映，同时要连

◆ 中共清溪支部旧址

昌富回清溪后在贫苦群众中进行秘密革命宣传。不久之后，连昌富在仰天湖见到了日想夜盼的党组织负责人。

在安远游击大队的帮助下，1928 年冬天，会昌县第一支工农武装清溪赤卫队（游击队）正式成立，队员起初有 30 多人，后来发展到 100 多人，武器有安远游击大队发的 6 支单响步枪，其余是大刀、梭镖和鸟铳。

1929 年 1 月，毛泽东、朱德、陈毅率领的中国工农红军第四军由井冈山向赣南进军，2 月初第一次进入会昌县境。在红四军的影响和帮助下，赤卫队在清溪乡轰轰烈烈开展了打土豪分田地运动，活捉了土豪，没收了他们的财产田地，焚烧了地契，召开了群众大会，把土地和财产平分给贫苦农民，人均分得 2—3 亩土地。

1929 年 5 月，经安远县苏维埃政府土地部长黄新海介绍，连昌富和同村的张传标一起在仰天湖加入中国共产党；同年 6 月，张传标、连昌富又在清溪发展了阳邦荣、邓志仁、谢锦星、林文美、谢连标等 5 人入党。

1929 年 7 月，在清溪乡青峰村老虎山典子脑一间茅草棚里，7 名党员对着一块写着马列主义的木牌子举行了秘密宣誓仪式。当时的入党誓词只有 6 句话、24 个字：严守秘密、服从纪律、牺牲个人、坚决斗争、

◆ 清溪支部支委照片

努力革命、永不叛党；同月，中国共产党清溪支部成立，张传标任书记。支部当时隶属中共安远东区委。

"欢迎参观中共清溪支部旧址。前言部分主要介绍了清溪在会昌境内创造了四个第一：1929年，7位农民兄弟入党宣誓，成立了会昌最早的一个党组织——清溪支部……"

◆ 盘古嶂上建起风力发电站

今天的清溪乡早已旧貌换新颜。高高的盘古嶂上竖起了26台2000千瓦风力发电机组。每到春天，漫山的映山红，美不胜收。2017年，会昌县修复了中共清溪支部旧址，在当年7个农民入党宣誓的茅草房里竖起了铜像，在最高的山峰——盘古嶂上建起了"初心亭"。慕名前来参观学习的党员群众越来越多。乡干部谢家万当起了中共清溪支部旧址管理员。作为清溪人，每次讲起清溪支部的故事，他总是很深情很自豪：

"当时在中共清溪支部的坚强领导下，全乡迅速开展土地革命斗争，清溪成为会昌西南山区的一片农村革命根据地。清溪的民众参军参战的有500多人，而当时的清溪全乡人口才2000多人。"

中共清溪支部书记张传标于1931年牺牲，年仅30岁。

"在我小的时候我听我爷爷曾经跟我讲起过我太爷爷的一些革命故事，他于1929年加入了党组织，一直不畏困难、不怕牺牲，在狱中惨遭严刑拷打，从未叛变革命，他短暂的一生始终践行入党誓词，至死不渝地忠于党、忠于革命。"

从小听着太爷爷的故事长大，张传标的曾孙张起彬大学时就加入了中国共产党。在会昌县教科体局工作的他，2015 年来到离家近 30 公里外的偏远山村右水乡梅寨村担任了扶贫第一书记，带领全村 58 户贫困户在 2018 年底脱贫。

"我太爷爷不畏困难、坚持自己的理想，认真做好每一件事情的优良作风，深深地影响着我们，虽然在担任扶贫第一书记工作的四年中遇到了很多困难，但我始终不放弃，不忘初心，多想办法解决问题，干好群众工作。"

在清溪乡寻访第一个党支部时，我们还意外地找到了当年 7 个支委中的连昌富、邓志仁、谢连标的后代。他们都是普通的农民，不善言辞。据他们回忆，三位老支委作为失散红军，新中国成立后一直生活在盘古嶂，以务农为生，于 20 世纪 70 年代相继去世。

（执笔：何灵）

东江源头三百山是江西十大名山之一，素有"北有庐山、南有三百山"之称。脚步穿越世纪时空，"寻访家乡第一个党支部"采访组来到安远县。在这片火红的热土上，点燃红色"火种"时，究竟发生了哪些惊心动魄的革命故事？

寻访第 28 站：江西安远县

寻访人： 何 灵 沈汉华 古清泉 高 杨

寻访时间： 2021 年 4 月 3 日

◆采访组在原中共安远支部旧址前合影

万绿丛中那抹"红"

上午 11 点左右，老天的"眼泪"止不住往下流。春雨笼罩的安远县欣山镇修田村世纪豪苑小区大门前，"寻访家乡第一个党支部"采访组在这里拍下了一张中共安远支部旧址所在地的合影作为留念。

指着眼前的小区高楼，带领着我们来到这里的修田村支部书记杜柳平说："以前这里就是光远学校的旧址，现在这个小区叫世纪豪苑。"

"这个小区是什么时候建起来的？"采访组问。

"可能有十几年了，原来光远学校这个房子充公以后，做了畜牧厂，我们农业局的一个畜牧厂在这里，后来又改为'三宝公司'，也是养猪的，征用以后就变成一个小区。"杜柳平回应道。

很难想象，这个至今看上去再平常不过的城市小区，正是安远县"红色火种"的燎原之地。

安远县史志研究室副主任叶春泉谈道："安远党支部是在安远党小组的基础上成立的，党小组也是在安远的光远学校成立的，也就是这个地方。当时是在 1927 年夏天的时候，在安远有 20 多个党员以后，安远党小组升格为中共安远支部。"

百年沧桑，岁月轮回。中共安远支部旧址所在地，在历史车轮的浩荡前行中早已面目全非，历史的诉说慢慢变得有些模糊，但在当地革命先驱者后代的指认下，历史场景又变得清晰可见。

叶春泉："我们认定这就是光远学校旧址。20 世纪五六十年代、七八十年代，我们采访过一些在安远从事过革命斗争的老干部、老红军，

◆ 光远学校复原图

根据他们的回忆，包括指认，我们确定光远学校就是安远党小组和中共安远支部成立地。"

时针拨回到 20 世纪 20 年代。1927 年春，杜承预前往武昌中央农民运动讲习所学习。在学习期间，他聆听了毛泽东、恽代英、彭湃等共产党人的谆谆教诲，深受教育和鼓舞；同年 6 月，杜承预以农民运动特派员的身份回到安远。他利用地方姓氏宗族关系，以杜姓名义在城郊修田村创办了光远学校，并亲任校长。

光远学校对外是杜姓开办的一所小学，实际上是共产党的一所宣传革命思想的学校。学校除白天对少年学生进行教育外，还开设农民夜校识字班。农民夜校一面组织青壮年农民学习文化知识，一面进行马列主义宣传和革命道理的教育，以提高农民的阶级觉悟，激发他们参加革命运动的积极性。这样，光远学校就成为党发动群众、进行革命宣传的阵地，成为培养和发展革命力量的场所。

中共安远小组负责人杜承预白天给学生上课，晚上同农民夜校学员见面，讲解革命道理，灌输革命思想。一次，他教学员认"富"字，就深入浅出地开展阶级启蒙教育，说："税户佬不耕田为什么有钱有势呢？

靠的是霸占穷苦农民的土地用来出租，收取高租高利，剥削贫苦农民致富的。"农民夜校学员懂得了广大农民群众贫穷的根源和税户佬发财靠剥削的秘密，阶级觉悟迅速提高，决心跟着共产党闹革命，推翻国民党政府，建立农民大众当家作主的政权。

光远学校建立后，通过举办农民夜校，培训了一批农民运动骨干，并且在他们的影响和带动下，农民协会和行业工会开始组建。中共安远小组成员分工负责对农会、工会骨干进行培养教育，从中发展了杜为芳、杜马仔、杜慕南、杜隆奎、杜长元、杜仁生、杜石养等20多名党员。

叶春泉介绍，随着革命力量的不断壮大，党员队伍也日渐扩大。为适应革命斗争形势发展的需要，1927年夏，中共安远小组在光远学校扩建为中共安远支部，杜承预任书记。

"成立党小组的时候，当时全县就发展了二十来个人，支委的话有三个：杜承预任支部书记，魏宗周任支委委员，还有一个赖世修，他负责工人运动。主要就是他们三个支委，他们分了工，杜承预负责全盘。"

作为中共安远支部委员之一，魏宗周究竟为何人？据史料介绍，魏宗周，清光绪二十七年十二月初一（公元1902年1月10日）生于安远县城。老家在孔田乡下魏村。父亲魏鹤明，在安远县城开设中药铺——义和堂。魏宗周的弟弟魏宪宗，曾任红军连指导员，后在吉安的一次战斗中牺牲。

据说魏宗周身材魁梧，体魄健壮。他自幼聪明好学，不信鬼神，不畏权势。魏宗周从小跟随父亲学中医，1924年考入设在赣州的赣南中学（赣州四中前身）。在赣州读书时，常与进步教师和同学接触。1926年，在赣州秘密加入了中国共产党。后因革命工作需要，还没有毕业就返回安远开展党的地下工作。

魏宗周回到安远后，与设在修田乡光远学校的安远县地下党组织取得联系。党组织负责人杜承预聘请魏宗周在光远学校任教。魏宗周在学校常给学生进行爱国主义教育和革命道理教育，学生都很喜欢听，有时摇了下课铃学生还要求他继续讲，宁愿不休息。一次县督学陈益斋来听课，魏宗周照例一边讲课文，一边结合课文内容传播革命思想。陈益斋听了很恼火，下课后找魏宗周训话，魏宗周不甘示弱，义正词严地加以驳斥。这位督学被他驳斥得理屈词穷。大约一个星期后，魏宗周即被辞退。魏宗周只好再次返回父亲开设的药店当医生，利用医生的职业，在县城和他的老家孔田、太平一带开展党的地下工作。这时，魏宗周与共产党员杜承预、杜隆奎、赖世修等都有密切联系，常聚集在一起秘密商议开展农民运动、发展党的组织、建立革命根据地等重大事情。

◆修田村老支书杜世珍从家谱里找寻历史

1928年秋，中共赣南特委派罗贵波来安远负责党的工作，开展革命斗争。魏宗周积极配合罗贵波大力发展壮大党团组织，建立中共安远县委和安远县第一支工农武装——安远游击队。

1929年1月底，毛泽东、朱德率领红四军来到定南龙塘墟和安远鹤子墟一带，准备攻打安远县城，并要安远游击队配合红四军联合攻城。中共安远县委接到毛泽东、朱德联名指示信后，立即进行了研究。县委决定由罗贵波、杜隆奎、赖世修等留在修田、枫树、石湾一带发动群众，做好攻城的准备工作；由魏宗周代表县委从修田前往迎接红四军部队。魏宗周以急行军的速度，与魏善成分路夜探敌情：魏善成一路往安远城方向侦探，他自己这一路则往定南方向侦探。侦探的结果是：国民党从"三南"调来的几个团兵力与尾追红四军的国民党军李文彬部队，联合从鹤子墟尾追而来，企图等待从安远、信丰赶来的国民党军在太平墟一带联合夹攻红四军，国民党军的兵力多于红四军的兵力6倍多。红四军要按原计划攻打安远县城就将面临强敌合击的危险。魏宗周探听到这个消息后，认为情况十分紧急，立即赶到红四军军部向毛泽东、朱德汇报。

这时，毛泽东、朱德等正同邀请来的七八个贫苦农民座谈，了解当时的革命斗争情况。刚刚散会，魏宗周就赶到了。他及时将敌情向毛泽东、朱德做了汇报。毛泽东、朱德认为这一情报很重要，当机立断改变计划，命令部队往寻乌方向转移。国民党军夹击红四军的阴谋落空了。60年后，罗贵波在回忆录中写道："魏宗周同志思想进步，工作积极，在第二次国内革命战争时期与杜承预、杜隆奎、赖世修等一起在安远建党。他侦探敌情，给红四军报信，确保了毛委员、朱老总率领的红四军安全通过安远，立了一大功。这也是安远党的组织和人民群众，在第二次国内革命战争时期，对革命的一个重要贡献。"

◆在安远第一个党支部所在地修田村采访合影

"这个魏宗周，也就是我们后来县苏维埃政府的第一任主席。"

1930 年 5 月，魏宗周和杜隆奎、赖世修、谢育三等率领安远游击队第二次攻打安远城，并在城内何家祠建立安远县革命委员会，魏宗周被选为县革命委员会主席。

在中共安远支部的领导下，城乡工农运动进一步高涨。党的组织逐步扩大，由县城城郊发展到安远东西南北各个区域。革命的火种一经点燃，就永远不会熄灭。

（执笔：沈汉华）

寻乌县第一个党支部书记潘叶煌被国民党杀害时，他的女儿潘守珍才4岁。孩子目睹了奶奶一针一线地把爸爸的头颅和身体缝合在了一起。今年潘守珍97岁了，她说爸爸牺牲得太早了，她和93岁的弟弟要替爸爸好好地、开心地活着……

寻访第 29 站：江西寻乌县

寻访人：何　灵　王　霖　沈汉华

寻访时间：2021 年 4 月 4 日

◆ 采访组在寻乌县第一个党支部旧址合影

潘奶奶　祝您长命 200 岁

寻访寻乌县第一个党支部是从一个名叫"三二五"的村子开始的。

那天早上，天忽然下起了大雨。我们一行人撑着伞，在寻乌县委党史办干部刘栋梃的引领下，走进了三二五村。

"这村子为啥叫三二五？"

刘栋梃开始给我们这群外来人"扫起了盲"。

原来，1928 年 3 月 25 日发生在寻乌的三二五暴动在当地人民心中有很高的地位，寻乌县城里不仅有纪念三二五暴动的纪念广场，还有以三二五暴动命名的三二五小学、三二五村等。

穿过三二五村的一栋栋民房，眼前出现了一片宽阔的菜地。刘栋梃说，寻乌县第一个党支部就成立在这里。当年这里是一所学校，但三二五暴动后，校舍建筑物已经全部被敌人烧毁。

"这里就是我们寻乌第一个党支部的旧址，当时叫中山学校。之前是我们本地的一个豪绅创建的一个书院，叫石谿书院。"

石谿书院原本由开明绅士曾有澜创办，清末民初时，租给美国基督教的鲍牧师开办教会学校，叫爱群学校。

寻乌县党组织创始人之一古柏从小就在县城基督教爱群学校读书，1922 年考入广东梅县广益中学，开始接受革命思想；1925 年成为梅县学生运动领袖，加入中国共产党；1926 年古柏在广东梅县组建中国共产党寻乌小组，任组长。

1927 年，古柏受组织安排返回寻乌开展革命工作。他与从武汉返回家乡的共产党员潘叶煌一起发起学生运动，将教会牧师赶出爱群学校，后以爱群学校为校址，创办了中山学校。1927 年秋，古柏与刘维炉、刘维锷、邝才诚、潘叶煌、潘丽、何家常等创建中共寻乌县支部委员会。

寻乌县委党史办干部刘栋梃记得，寻乌民国才子刘淑士先生曾写过一篇文章，曾回忆到：寻乌县第一个党支部是在昔日的中山学校成立的，为防被敌人发现，不久后又转移到南门外的潘懋修花园里秘密活动。

但我们在 2000 年寻乌县委党史办编写的《寻乌人民革命史》和寻乌调查旧址纪念馆的展板上却依然看到：1927 年秋，在县城南门外潘懋修花园秘密成立了寻乌第一个党支部，潘叶煌任支部书记，刘维炉、古柏、潘丽为支部委员。关于支部成立的地点，并未提到石豀书院或中山学校。

1927 年 11 月，中共江西省委根据"八七会议"精神提出的武装割据赣西南的计划，中共赣南特委要求各县尽快组织农民暴动。寻乌暴动的总指挥由刘维炉担任，古柏、刘维锷等任副总指挥，县城直属指挥部由潘叶煌、古柏具体负责。1928 年 3 月 25 日，暴动取得胜利，正式成立了寻乌县工农革命委员会，刘维炉任主席。这就是著名的寻乌三二五暴动。

临近中午，听说在黎坑坝村找到了第一任支部书记潘叶煌的女儿，我们抓紧时间赶了过去。

潘叶煌，出生于 1904 年，自幼聪慧好学，胆识过人。他与刘维炉、刘维锷、刘淑士一起被称为"民国寻乌四大才子"。在湖北省立师范学校读书的时候，潘叶煌受到新文化运动思潮的影响，常常与在南昌师范就读的远房表亲汤名扬一起谈论国事，继而投身革命运动。汤名扬的妹妹汤洪秀后来成为潘叶煌的妻子。汤洪秀生前常常回忆潘叶煌从事革命斗争的往事。他们的女儿潘守珍今年已经 97 岁了，但思维清晰，身体硬朗，对母亲讲过的事情记忆深刻，自己也能回忆起一些当年的事情。由于潘守珍老人不会讲普通话，她的小儿子汤耀荣承担起了向我们介绍外祖父事迹的任务。

59 岁的汤耀荣是一名教师，他对外祖父潘叶煌的事迹十分了解。因为家里长辈口口相传，而他本人也感到应该把从小听到的先辈的故事让更多的人了解，他觉得这也是对历史的尊重。

"我开始读书的时候，就知道我外公。他是个不折不扣的共产党人。"

1922年10月，18岁的潘叶煌在武汉秘密加入中国共产党，1923年春节参加了江汉铁路大罢工游行。1924年，他从湖北师范毕业后，受党组织派遣回到寻乌开展工作。他以教书为掩护，创办农民夜校，发展农民运动；宣传进步思想，组织学生运动。1927年春，潘叶煌与刘维炉、刘维锷、古柏、潘丽、曾有澜一起创办中山学校，创刊进步杂志，从事革命活动。1927年秋，寻乌县第一个党支部成立，潘叶煌任书记。

三二五暴动之后，潘叶煌等革命者在山区与敌人周旋了四五个月后负伤被捕。敌人抓到潘叶煌后，说只要写一份悔过书，声明脱离共产党就可以获得自由，只要供出寻乌共产党的名单和游击队的活动情况就可以做官。面对无所不用其极的严刑拷打和非人折磨，潘叶煌抱定为革命牺牲的决心。潘叶煌被杀害后，敌人将他的头颅悬挂在县城南门口的一棵大树上，三天后才允许家里人领回。潘叶煌的母亲流着泪一针针将儿子的头颅和身体和着稻草灰缝合在一起，安葬了刚满24岁的爱子。

◆ 中共寻乌县第一任支部书记潘叶煌的女儿，97岁的潘守珍

1930年，寻乌当地的文人刘淑士写了一首流传甚广的歌谣《哭五更》，悼念家乡为革命牺牲的几位烈士，其中写道：

"二更哭，哭二潘，明庆、叶煌住在罗福山，一心坚决行共产，枪支少来人又单，学问再好也艰难。"

这一哭就是痛惜潘叶煌的牺牲。潘家为革命献出生命的不止潘叶煌。潘叶煌坐牢期间，他的父亲潘亦全东拼西凑，借了许多银元跑到县衙想赎救爱子。父亲说："我儿子还年轻，这些钱都给你们，我替他死总可以吧？"衙役恶狠狠地说："你儿子是共产党的头子，你那么想死就成全你。"二话不说将潘亦全杀害了。新中国成立后，潘亦全也被追认为烈士。

潘叶煌牺牲三个月后，儿子出生，取名潘庆余。这是爸爸潘叶煌牺牲前定下的名字。

女儿潘守珍至今还记得，爸爸牺牲后，朱德曾带了一支红军部队来到寻乌，特意买了一些猪肉酒菜到她家看望她们，还在家里的厅堂里住了一夜。朱德还抱过她，给她夹过猪肉吃。

汤耀荣说，90多岁的老母亲潘守珍至今都还记得父亲潘叶煌最后一次抱着她的那份温暖：

"她爸爸牺牲前抱了她，她记得。她说父亲抱着她的时候抱得很紧。她小声地告诉爸爸家里的猫猫走了。其实那晚外公就是来跟我外婆和我妈妈告别的。"

新中国成立后，潘叶煌的儿子潘庆余到广州水利学校读书，后来在武汉长江水利委员会一辈子从事水利工作。他低调淡薄，从不争名利，很少与人谈及自己的父亲。

外甥汤耀荣有时也会"埋怨"舅舅潘庆余太与世无争："我舅舅这样的人湖北人叫圣人，工资也让给别人，职位也让给别人，房子也让给别人。"

可舅舅潘庆余总是淡然一笑说，革命年代很多人很多家庭都做出了巨大的牺牲，都付出了很多，自己家没有什么特殊。现在是新中国了，大家都好好地过日子，这才是最重要的。潘庆余给自己的两个儿女分别取名为"承烈"和"承辉"，想来也是想借此来寄托他对父亲短暂而光荣的一生的深切缅怀吧。

刘淑士在歌谣《哭五更》中还写道：

"一更哭，哭二刘，维炉维锷共产头，共产未成身先死，为了革命把命丢，千秋万古姓名留！"

这二刘，就是刘维炉和刘维锷堂兄弟俩，他们都是当地共产党的领导人。谈到他们时，寻乌县委党史办干部刘栋梃既激动又惋惜："刘维炉是三二五暴动的总指挥，他们两兄弟同时被砍头，二刘都是大学生。刘维炉是中山大学的大学生，他弟弟是北京大学的。他们两个在寻乌来说是最著名的英烈。"

受过高等教育的刘氏兄弟俩为寻乌革命做了大量工作，其中刘维炉是寻乌第一个党支部的委员，两人分别是三二五暴动的总指挥和副总指挥。三二五暴动之后，刘维炉、刘维锷在撤往菖蒲村的路上被敌人抓捕杀害。牺牲时刘维炉年仅 26 岁，刘维锷年仅 23 岁。

这次，我们在龙图村找到了刘维炉的继孙刘人体和刘维锷的继孙刘人盘和刘人芳。

龙图村前几年刚脱了贫，一栋栋小楼干净整齐。村里现有 32 名党员，村支部副书记刘新养说，在主题党日活动和平时的党员学习中，刘维炉、刘维锷的革命事迹是常常要讲的，他们是龙图村的骄傲。32 岁的刘秉英是刘维炉的曾孙，现在是村里的支部委员。他当兵第二年就入了党，谈起太爷爷，他有些感慨地说：

"我们当兵的时候也吃过很多苦，就知道以前他们革命肯定是很辛苦的，目的就是为了让我们后一辈

◆ 采访刘维炉、刘维锷的后人

和现在的人能享受太平幸福生活。"

三二五暴动之后，副总指挥古柏离开寻乌去了梅县，担任了梅县团县委宣传部部长。不久，返回寻乌组建中共寻乌县委，任县委书记。1930 年 4 月，毛泽东、朱德率领红四军一举攻下寻乌县城，古柏全程协助毛泽东完成著名的寻乌调查。

红四军离开寻乌时，毛泽东把古柏留在身边，任红四军前委秘书长，接着担任红一方面军总前委秘书长。

◆ 古柏与妻儿的合影

1934 年，古柏负责苏维埃中央政府粮食部的征粮工作，未能参加长征，留下来坚持游击战。1935 年 3 月 6 日，因叛徒告密，古柏在广东龙川鸳鸯坑掩护战士突围时不幸中弹，壮烈牺牲，年仅 29 岁。

1937 年，在延安的毛泽东得到古柏牺牲的消息后，亲笔题词："吾友古柏，英俊奋发，为国捐躯，殊堪悲悼。愿古氏同胞，继其遗志，共达自由解放之目的。"

1984 年 7 月 4 日，中共中央军委主席、中央顾问委员会主任邓小平为"古柏烈士纪念碑"亲笔题字：古柏烈士，永垂不朽！

（执笔：何灵　王霖）

1928年4月，中共浏万边特别支部在万载县白水秘密成立。当地人都说，特别支部就像一条小路，走着走着就成了宽阔的大路；也像一条小溪，流着流着就汇成了大江大河……

寻访第 30 站：江西万载县

寻访人：吴小俊　程　俊　杨　生

寻访时间：2021 年 4 月 5 日

◆ 记者与万载县史志办主任徐小明（左一）合影

小路变大路　小溪成大江

春日午后的万载县白水乡槽岭村，修竹茂林，郁郁葱葱。一条平整洁净的水泥路，穿过层峦叠嶂，蜿蜒着延伸到远方。路旁，星星点点散落着屋宇人家。

望着远方，72岁的老支书张声勇感慨着生活的变迁。

"以前我们这里全部是土坯房，现在你看不到土坯房了，全部是砖混结构的。像我们的水泥路，家家户户都通了。现在没有小车子的家庭很少了，个别没有，最起码摩托车是有的。"

时间回拨到百年前，包括槽岭在内的万载境内，富者田连阡陌，贫

◆ 万载县白水乡槽岭村

者无立锥之地。打长工的农民占总农户的 10%，借钱度日的农民占总农户的 45%。"一担谷子借九年，九十九担挑仓前"，写尽了地主阶级发放高利贷对农民的残酷剥削；"后生进纸棚，老来背竹筒（指老了成乞丐）"，浸透了纸业工人受压榨的绝境。

哪里有压迫，哪里就有反抗。

1906 年，全县 100 多个纸槽（即造纸作坊厂）工人罢工一个多月，反对削减工人工资和福利待遇的"十条棚规"。1907 年，天大旱，百姓饥饿难以度日，大地主唐鼎丰储藏 1000 多担陈谷，乘机牟利。谷价由 600 文暴涨到 1000 文。数百名百姓要求平粜，唐鼎丰不答应，激起民愤。民众蜂拥入唐宅，把积谷哄抢一空。1919 年，声援五四运动的游行示威、罢课、抵制日货等更是推动着万载人民反帝反封建的斗争。

不过，在万载县史志办主任徐小明的研究中，万载的 1927 年、1928 年在当地党史中更具分量。

1927 年，大革命失败后，国民党反动派不断进行"清党""清乡"，大肆屠杀共产党人和革命群众。如被国民党认为"匪患不甚猖獗"的黄茅三和乡，被杀 86 人，烧毁房屋 19 间，损失耕牛 23 头，生猪 54 头。至于所谓"匪患猖獗"的西坑、富财洲水棚下等地，更是被国民党洗劫一空；同年 9 月，万载最早的共产党员龙松泉也被反动县长以捏造的罪名残忍杀害。但是，共产党人没有被吓倒。同年秋，活动在浏阳边境的湖南共产党员聂逸仙、王楚来、汤细阳、李春初等先后来到万载境内，秘密发展赤色工会和农民协会。聂逸仙化装成纸棚工人在槽岭村活动。

"因为我们黄茅、白水跟浏阳交界，他们就以做生意、缝纫等身份到这边来活动，就发展了一些共产党员。发展一些共产党员以后，就在 1928 年 4 月，在白水成立了中共浏万边特别支部。当时我们浏万边特别支部属于湘委管，也就是湖南的省委管。"

中共浏万边特别支部是万载县第一个党支部，支部书记为辛克明，也就是聂逸仙，他还有一个化名叫李任高。

老支书张声勇回忆："他为什么要改成这两个姓呢？因为以前老一辈的人，比如说我是做什么手艺的，我跑到你这里来，我就跟你姓，这样就更好开展工作，拉近距离，好说话。我们槽岭跟浏阳交界的地方就刚好有姓辛的，高排那边也有姓李的，我估计当时他改成这两个姓就是这个原因。"

第一个党支部的机关先后驻万载县西部边境黄茅旗燕山、白水鹅鸭池、栈板冲等地。发展壮大党员队伍是最重要的工作之一，支部采取的方式叫"先山后墩、放线结网"。"先山后墩"即先去偏僻的山上，再到面积较大的平坦地区；"放线结网"即每个党员代表一条线深入一两个乡镇，再线线联结，交织成更大的党员联络网。

"当时老百姓不知道他是干什么的，但是听我伯父他们讲，老百姓还是认为这个人好像不是干坏事，还是会做一些对人家有利益的事，但是他究竟是什么目的，搞不清，秘密行动。"

支部秘密活动的同时，红军也转战到了万载。

1928年8月底，彭德怀率红五军主力从黄金洞出发向井冈山转移，9月7日行至万载小源（现仙源）。当时，正在赤兴白洋店工作的浏万边特别支部书记辛克明闻讯赶到小源，与红五军接头，及时进行打土豪、宣传群众的工作，打开了大地主韩油烛的谷仓分粮给贫苦百姓。红色割据加大了党组织的发展空间和机遇。同年夏秋之际，小源阳柘坑、陈坑等地相继成立党支部。次年春，中共领导小源、白水、黄茅、茭湖地区的工农群众，先后建立赤色工会、赤色农会。

革命活动越来越多，受影响的群众也日益增多。1929年4月中旬，高城桃源村篾工陈礼福、陈建清，搬运工张细牙，夏布工王任生，农民王福牙、谢官发、曾六牙、张石莲等8人立志革命，相约去小源、茭湖与党组织取得联系，进行革命斗争。8位同志采取结盟饮血酒的方式，选定"龙虎彪豹，得胜回朝"吉祥语句，作为化名的次序。陈礼福更名陈龙、陈建清更名陈虎、王福牙更名王彪、张细牙更名张豹、谢官发更名谢得、王任生更名王胜、曾六牙更名曾回、张石莲更名张朝，表示联盟保守行动秘密、勇猛夺取革命胜利的信心。后来，国民党军师长陶广听说万载六区发展共产党组织，最早的是"龙虎彪豹，得胜回朝"8个人，但又无法探知这些人物的底细，内心极其惶恐。消息透露后，一时成为轰动高城区富有传奇性的革命史话。

"其实地上本没有路，走的人多了，也便成了路。"

徐小明介绍道："1929年5月，万载在支部较多的情况下，成立了中共万载临时县委。"

根据指示，1930年3月，中共万载临时县委、万载县工农兵暴动委员会召开会议，研究组织三一八暴动。暴动分四路，规模最大的是第四路，由万载红五大队主攻，攻打黄茅。黄茅设防坚固，号称"小南京"。平日，豪绅地主和他们建立的靖卫队作恶多端。战斗于拂晓开始，前锋先后占领了两处制高点，一万多革命群众包围了集镇，不过，靖卫队凭借洋枪等武器和较完备的防御工事，固守集镇，暴动队冲锋受挫。中午，增援队伍赶到，人数多达两万。决战在下午，前锋制高点的土炮压制集镇碉堡火力，数百位冲锋队员带着硝包匍匐前进……不久，西门炮楼被打开了一个窟窿，枪声稀疏许多。赤卫队员陈宾牙一个箭步冲到碉堡脚下，倒上煤油、点燃硝包，顿时烈焰腾空。暴动队员如猛虎下山冲进镇里。靖卫队队长周德祥见势不妙，仓皇逃跑，逃窜中被包围，走投无路之下拔枪自毙。后来，当地传唱着这样的歌谣："四面红军一齐到，工农队伍围黄茅，'小南京'四面包到，哎哟咦哟，'小南京'四面包到。攻打半天没打开，上级命令传下来，全面进攻，四面烧开。哎哟咦哟，全面进攻，四面烧开。周德祥子着了慌，急忙逃到牛岗上，走投无路自打一枪。哎哟咦哟，走投无路自打一枪。团贼作恶的下场，抛尸露骨草地上，军民们喜气洋洋。哎哟咦哟，军民们喜气洋洋。"

"如果没有第一个支部，我们万载的党组织，包括很多支部就发展不起来，没有党组织，就没有万载临时县委，没有万载临时县委就没有万载县委。"

1930年5月底，在赤兴阁王寨张家祠召开了中共万载县第一次代表大会，正式成立中共万载县委。辛克明为书记。县委下辖6个区委，4个特支，150个支部，拥有党员2115名。会议通过的《土地问题决议案》，特别创造性地提出了科学划分农村阶级的标准"应以剥削关系为分析标准"，对中国革命有独到贡献。这一正确思想，比中央在《土地问题与反富农策略》中"划分富农不以财产多寡作标准，应以剥削关系来决定"的说法早10个月，比毛泽东1933年10月发表的全面阐述以剥削关系为划分阶级根本标准的《怎样分析农村阶级》一文早三年半。

1930年8月，中央苏区党的最高领导——中央红一军团前委书记毛泽东率红一军团到达万载县城，亲临中共万载县委、县苏维埃机关驻地刘家大屋，会见了县委书记余再励、县苏维埃主席周达和县苏维埃党团

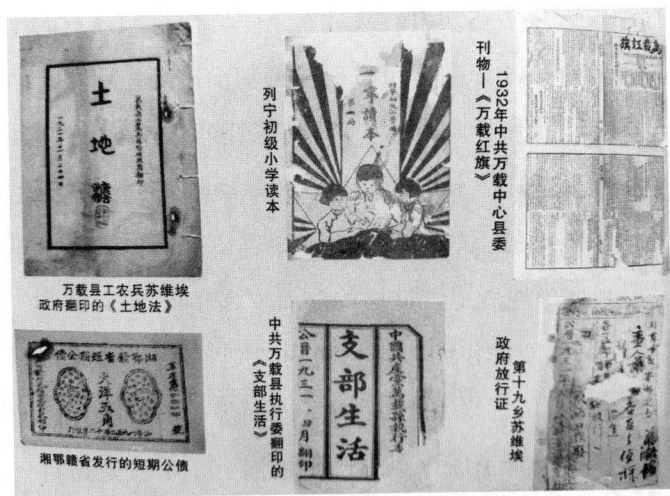

◆ 老照片

书记辛克明等干部，对万载党的工作作出重要指示，指出县委必须在城内发展各种革命组织，特别是发展党的组织，从而把广大劳苦群众组织起来；同年9月，万载县成立了8个区委，后又增设潭埠区委。次年10月，根据省委指示，将万载县委改组扩大为中心县委，执委5人，辛克明任书记。

1926年，万载仅有2名党员，1927年发展到10名党员，1929年到1931年，万载的革命活动迅速蔓延，党员和党组织发展速度加快。到1932年9月，全县有党员4600人，为民主革命时期的最高峰。

"嘀、嘀、嘀……"

春日的白水乡槽岭村，在通往外界的蜿蜒水泥路上，时不时有村民开着小汽车驶过。

远眺良久的72岁老支书张声勇微笑着走进了自己的家。

"没有这个早期的党支部的成员，我们这里可能要落后些。毕竟是一届一届来的，你今天做了工作走了，你后继有人，他又会接着做工作，总会越做越好。现在，我们这么小的村也有二十多个党员。"

（执笔：吴小俊）

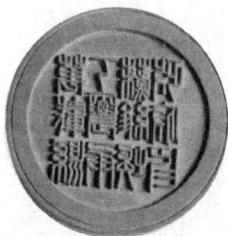
◆ 万载县工农兵苏维埃政府印

◆ 湘鄂赣省苏维埃执行委员会大印

李艳芳是宜丰籍在本地从事革命活动入党最早的中共党员，方志敏、欧阳洛是他入党介绍人。1927年4月中旬，宜丰县第一个党支部在县城文昌宫秘密成立，他一肩担起宣传干事、工运干事、县城党小组组长三大职责，牺牲时年仅25岁。

寻访第 31 站：江西宜丰县

寻访人：吴小俊　程　俊

寻访时间：2021 年 4 月 6 日

◆记者与宜丰县史志办主任易小良（左一）、李艳芳之孙
李佳春（中）在中共宜丰支部旧址县城文昌宫合影

碧血丹心沃芳华

1926年的11月，两位风华正茂的年轻人回到了家乡宜丰。22岁的李艳芳和21岁的胡松。

"穿长衫，走路喜欢把手放在后面，这里只有他穿成这样。比较高，瘦瘦的。"

这是李艳芳的孙子李佳春告诉记者的一个细节，细节的见证者已90多岁，是爷爷的学生。

在回家乡之前，他们见过不少的世面。1922年，李艳芳考入江西省立第一师范，1923年，胡松就读于江西甲种工业学校。此外，他们还有很多的共同点：积极参加新文化运动和爱国学生运动，接受马克思主义，先后加入了中国共产主义青年团、中国共产党，而且方志敏都是他们的入党介绍人之一，同时又都以个人身份加入了国民党（当时国共合作，具有双重党籍的称"跨党"党员）。

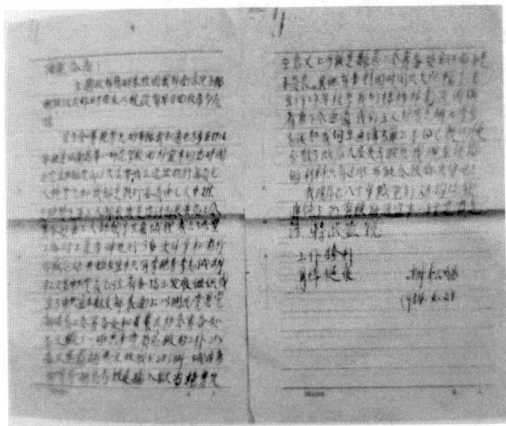

◆ 中共宜丰支部第一任支部书记胡松写给李艳芳之子李油然的信

回到家乡之后，他们肩负着双重任务：受国民党省党部和中共江西地委派遣，回县整顿国民党组织、发展共产党组织，组建国民党宜丰县党部，组织领导工农运动。

经过辛勤的工作，不到一个月，以国民党左派力量为主、国共合作的国民党县党部就成立了。之后，宜丰人民革命斗争日益发展，更加迫切需要加强共产党的组织领导。

宜丰县史志办主任易小良谈道："那个时候有三个人，李艳芳、胡松、李志诚。1927年1月，三个人成立了中共宜丰党小组，胡松任党小组组长，其余两个人是成员。"

党小组成员与其他有志青年一道，一手抓农协建设，一手抓工会建设。1927年1月，胡松在武曲宫组织召开第一次全县农民运动骨干会议，正式宣布宜丰县农民协会筹备委员会成立。胡石崖任主任，胡松为农民指导员，李艳芳为筹委会委员。在县城城隍庙召开工人代表大会，成立县总工会筹备处，推选李艳芳任主任。在很短的时间内，工会会员达到2000多人，加入基层农会组织的农民达2万多人。

开展的具体活动也有声有色。自1924年国共合作起，帝国主义慑于中国革命的高涨，抓紧利用宗教对中国进行侵略活动。在宜丰这样一个山区小县，大小教堂竟有十几处，掌管者一直充当土豪劣绅的帮凶。党

◆宜丰潭山龙冈红军标语——"消灭军阀混战"

小组鉴于他们活动猖狂，作出了召开非宗教大同盟大会的决定。1927年2月，大会在县城召开，参加的工会会员和工农代表等达千余人。李艳芳主持，胡松讲话，揭露宗教幌子下的种种罪恶。会后，举行了声势浩大的示威游行，广大群众冲进天主教堂，把作恶多端的朱三元抓起来，关进牢房。其他一些仗势欺人、为非作歹的教徒闻讯后吓得纷纷外逃，各种西洋教会在宜丰销声匿迹。

李艳芳的孙子李佳春说："我爷爷闹革命，我听我姑婆讲，带着人家去游行，呼口号，打着那个旗帜，戴着礼帽，跟电影里演的一样。"

1927年2月下旬，棠浦农协负责人陈潮到党田王家山召集农运骨干开会，策划批斗土豪劣绅。几天后，一声号召，农民队伍蜂拥冲进党田最大的地主毛礼文家，将其抓到安乐祠前进行批斗，并当场罚其银洋2000元。毛礼文当时不同意，只答应交800元，农协便将其押到县城，关进牢房。

在各种活动中，涌现的骨干纷纷被发展为中国共产党党员。

"1927年4月，党员达到了11个人，具备了成立党支部的条件。4月，成立了中共宜丰支部。"

中共宜丰支部成立的地点在县城文昌宫，支部书记胡松，宣传干事李艳芳，农运干事胡石崖，胡松、李艳芳还分别兼组织干事、工运干事。宜丰第一个党支部隶属中共江西区委，下辖县城、棠浦、芳溪3个党小组，组长分别为李艳芳、李志诚、胡松。

为对敌斗争，党支部决定组建宜丰农民自卫军。刚开始只有一支队伍，十余人，已入党的陈潮任队长，没多久，农民自卫军队伍有十几支，人数扩大到四五百人。他们平时进行农业生产，遇事便集中，城乡呼应。

"四一二"反革命政变后，国民党派部队到宜丰来"清剿"共产党。

1927年9月1日，国民党第七军第三师第二十一团进驻宜丰后，团长肖希贤与时任县长的反革命两面派王镜明互相勾结，大肆镇压革命势

◆ 宜丰县苏维埃政府旧址——潭山胡家垄

力。2日上午，部队进占县农协和县总工会，清缴农民自卫军枪支。中午12点，党员刘元昌应肖希贤之约，到团部驻地赴宴。席间，肖希贤突然将刘元昌逮捕入狱。3日，刘元昌被枪杀于东郊李树山，年仅27岁。

被王镜明放出牢房的大地主毛礼文，组织反动地主武装，威迫棠浦陈家村群众交出陈潮。为了拯救乡亲，陈潮主动出山，在花桥茶竹山被敌人伏兵逮捕。残暴的敌人把他按在门板上，用铁钉钉住手脚，铁圈箍住头颈，再加上铁镣，抬到县城。陈潮当晚即遭到枪杀，年仅33岁。陈潮牺牲后，宜丰农民自卫军也随之被迫解散。

9月5日，李艳芳、胡松、胡石崖、李志诚等共产党人也被反动派下令通缉，不得已外逃避难，或转入地下。1928年春，李艳芳在寻找党组织的过程中，不幸被捕，坐牢7个多月，在狱中被严刑拷打，遍体鳞伤，受尽折磨，仍坚贞不屈，后由党组织派员营救和友人担保出狱治疗，终因刑伤过重，出狱不久后吐血而死，年仅25岁。

白色恐怖之下，宜丰第一个党支部就这样被迫解体，但已被点燃的革命火种此后却生生不息，越燃越旺。易小良介绍道："1928年12月，邓余仿受湘鄂赣特委的委派到宜丰开展革命工作，他又成立了中共宜丰支部。到1930年，开始成立宜丰临时县委。1931年成立中共宜丰县委。"

光阴似箭，距离李艳芳、胡松1926年11月肩负重任回到家乡已过去95年。斗转星移换了人间。如今的宜丰，人民生活富足，先烈们用生命谱写的乐章则一直被传唱，李艳芳的孙子李佳春讲道："我爷爷在我们这些人心目中就是一个象征，一种精神……"

（执笔：吴小俊）

2019年10月，上饶县正式撤县，设立上饶市广信区。在湖村乡这片红色的热土上，曾铸就了上饶县革命史上的四个第一：上饶县第一个共产党员徐明高，第一个党支部"湖村茶园党支部"，第一次党代会"湖村火烧楼王家党代会"，第一个为中国革命牺牲人数最多而载入史册的乡镇。

▼

寻访第 32 站：江西上饶广信区

寻访人：何　灵　胡美丹

寻访时间：2021 年 4 月 8 日

◆ 记者在广信区湖村乡上饶特区第一个党支部旧址留影

红色湖村　人杰地灵

"远看方更好，还隔翠云重。"这是宋代诗人杨万里笔下的灵山。

"我觉其间，雄深雅健，如对文章太史公。"这是宋代词人辛弃疾笔下的灵山。

"九华五老虚揽结，不及灵山秀色多。"这是明代大学士夏言笔下的灵山。

灵山脚下的湖村乡，正是这样风光旖旎，人杰地灵。

这里距离中共闽浙赣省委、省苏维埃、省军区所在地的"红色省会"横峰县葛源镇只有十几公里，是赣东北革命根据地最前沿阵地。早在1923年，湖村乡就有一大批进步知识分子，在五四新文化思想的影响下，积极追求民主与进步，开始接受马克思主义思想。

"徐明高是上饶县第一个党员。人家原来是叫他清秀才的。"

在上饶特区第一个党支部旧址，我们看到了广信区第一个共产党员徐明高的照片。

面目清秀、浓眉大眼的徐明高，其父亲是晚清秀才。从小，他就受到了良好的家庭教育。五四运动爆发后，正在上海读书的徐明高，接受了新思想、新文化的教育，积极投身反帝反封建斗争，宣传新民主主义革命思想。1926年11月，北伐军攻克南昌。在北京的徐明高闻讯南下，在南昌找到方志敏，后加入了中国共产党，成为上饶县第一个共产党员，被党组织安排在国共合作后的国民党江西省党部组织部任组织干事。在这期间，他十分关心家乡时局，期盼着家乡能早日爆发革命。他还写信告诉家乡的父老姐妹："穷人的苦日子不会太长了。"

1927年8月1日，徐明高参加了南昌起义。后被委任为朱德的秘书，随朱德部队南下广东。当部队进入广东三河坝休整时，遭到国民党军队的突然袭击，徐明高在突围中壮烈牺牲。

就在不到一年后，在徐明高的家乡湖村乡，上饶县第一个中国共产党支部成立了。

"是在祠堂还是在这个房间里？"

"哪个房间就不知道了，就这栋房子里面。"

"这算村里最好的房子吗？"

"故居这个是最好了。"

在茶园村现任支部书记熊冬年的带领下，我们走进了上饶特区第一个党支部旧址。这是一栋土木结构的祠堂，有内外两个正厅，中间有一个天井，正厅两边有厢房四间。旧址整体保存完好，2018年维修后对外开放。

◆ 湖村党支部旧址

"这里原来就像一个驿站一样，是从上饶到福建去的必经之路。大家到这里都要在这里住宿、吃饭，所以这个地方人多、杂，外面人看不出来。晚上偷偷摸摸开会，白天都看不出来的。"

1928 年 7 月 15 日，邻县横峰的革命领导人黄道、吴先民、邹秀峰、花春山等同志，受中共横峰区委委派来上饶县发展党组织。他们在湖村乡召集最早发展的积极分子刘道奇、何启泉、朱兴邦、宁春生、江立山、李财标、陈兴源等 7 人，在茶园背后的仙山岭开了一个秘密会议。会上，黄道等同志与他们共同喝了鸡血酒盟誓，结成革命兄弟，分析了当前的革命形势，并就革命策略、建立党组织等问题做了讨论。

接着，弋横中心县委决定迅速在上饶开辟革命苏区，派黄南山到湖村组织群众。黄南山以贩牛为名住在江立山、朱兴邦两位同志家里，开展秘密活动。

陪同记者一起寻访家乡第一个党支部的广信区委党史办副主任徐芳介绍："黄南山是以贩牛的名义做掩护的。他首先是跟刘道奇、宁春生联系上。刘道奇他是经常跑到横峰去的，走亲戚、拜年，把革命思想带过来。黄南山来了以后，就跟何启泉、朱兴邦、江立山、李财标、陈兴源这 5 个人联系上了，把他们几个人就发展起来了。以兄弟会的名义，7 月 23 日在那里开了一次会，在会上还讲了一些共产党的道理知识，并且在会上就宣布成立第一个党支部。"

1928 年 7 月 23 日，黄南山召集以刘道奇为首的兄弟会开会，分析了当时的革命形势和上饶县的革命活动情况，向大家讲述了"组织是什么""革命一定要有组织""共产党是什么样的组织"等问题。会上，刘道奇、江立山、何启泉、朱兴邦、宁春生、李财标、陈兴源等 7 人加入了中国共产党，并成立了上饶县（现广信区）第一个中国共产党支部——湖村党支部，江立山任书记。

在这 7 个人中，陈兴源是茶工，李财标是木工，宁春生是杂货店老板，而第一位党支部书记江立山则是铁匠。他们在当地都小有威望，走上革命道路后，成为后来上饶县革命的中流砥柱。

党支部成立后，7个人划分地区，分片负责，大力发展兄弟会组织。他们的工作是极其秘密的，或以探亲访友为名，或以某种公开职业作为掩护，逐户进行宣传。而发展的对象则以穷苦雇农、贫农、手工业者为主，也吸收一些可靠的中农参加。到同年11月，他们在各地先后吸收了200多人参加兄弟会组织。

茶园村现任党支部书记熊冬年听村里的老人说起过刘道奇的事迹。

"他肚子很大，力气很好。当时我们这个党组织没有盐，都是刘道奇想办法搞来的。"

今年68岁的宁金香，公公是江立山哥哥的儿子。她曾听长辈说，小爷爷江立山的老婆长得很漂亮，但是两人还没有生孩子，江立山就牺牲了。后来，宁金香的公公就被过继给了江立山。

天气好的时候，宁金香有时也会到小爷爷的故居看看，想起长辈们

◆ 采访江立山烈士的后人宁金香

说起的小爷爷的英姿。

"我听上一代的人说，他回来都是骑白马回来的。老远大家看到江立山骑马回来了，就都出来看他。他很会读书，书读得好。"

上饶特区第一个党支部成立后，方志敏、邵式平、粟裕等都曾到过湖村乡指导党和政权的建设工作。1930年2月，上饶县苏维埃政府在湖村乡成立，宁春生当选为主席。他大胆开设了苏区贸易局，把苏区盛产的茶油、土纸、竹木等卖给白区商贩，购进食盐、布匹、电筒、煤油等货物，以解决苏区军需民食。同时，在湖村、清水等地开办造纸厂、纺纱厂等，发展苏区生产。5年后，宁春生被捕入狱，英勇就义。

1934年5月，刘道奇被捕入狱。1936年3月，被押解回湖村杀害。

广信区第一个党支部的7位成员，大多在革命中牺牲了。但除了宁春生和刘道奇，其他人是如何牺牲的，后人却不得而知，留下了不小的遗憾。

第一个党支部的建立，给湖村乡的人民群众留下了十分宝贵的红色文化遗产。如今的湖村乡，正着力挖掘当地的红色资源，打造红色教育基地。在"不忘初心、牢记使命"主题教育中，湖村共接待了来自全国各地的70余批次主题教育活动，共计8000余人次。

湖村乡党委委员王燕说："我们乡里有很多红色遗迹，我们要把第一个党支部和上饶县苏维埃政府率先打造起来，以点带面，以点带线。乡里还对这些红色的故事进行了充分的挖掘，后期进行总体规划。"

（执笔：王莹）

婺源县第一个党支部的成立过程竟然与中国共产党第一次全国代表大会的召开出奇地相似：也是在一个炎热的夏天，只是时间相隔了10年；也是开始都集中到一栋不起眼的民房里开会，后有"风吹草动"，大家赶紧从后门悄悄撤离，登船，继续开会，在一艘小小的渡船上完成了第一个党支部的创建。

寻访第 33 站： 江西婺源县

寻访人： 何　灵　詹帮样　胡美丹

寻访时间： 2021 年 4 月 9 日

◆记者在婺源曹门党支部雕像前留影

绿水青山　星火闪耀

在古村林立的婺源县，太白镇的曹门村不太出名，游客也不多。

然而曹门却是婺源县为数不多、响当当的唐代古村：唐大中年间（公元858年），衔前兵马使、婺源镇都虞侯汪道安在此安家，取名"平乐村"。

村子有了年头，历史故事就多，随着时间的推移，村子的名字也跟着不断地更迭：平乐村后来又称"还珠里"，明代又改称"朝门"，到了清代，又将村名由"朝门"改称"曹门"。

曹门村离婺源县城80公里，有点远；但和德兴紧挨着，过河就到。

清澈的乐安河是婺源与德兴的界河。曹门村就坐落在乐安河畔。

30多年前，时任婺源县委党史办主任的胡兆宝经常到曹门村收集革命历史资料，听村里的老人说起1930年初夏曹门村截然不同的白天和夜晚的情形，非常有意思：

"一河交界，我们在北边，他们在南边。那时候那边苏区搞得好厉害，我们这边属于白区。白天，南岸的土豪劣绅纷纷带着金银细软往这边逃跑；晚上，我们这里的穷苦人涉水或撑竹排秘密渡河到那边去参加革命。"

当时婺源归安徽省管辖，曹门一带是安徽省的边境线，国民党军队重兵驻守，沿乐安河筑起封锁线，阻挡赣东北苏区的发展。

"那时候中共赣东北特委，就要求德兴县委要向婺源发展，要向皖南这边发展，向婺源发展就是意味着向皖南发展，就是说我们婺源曹门党支部的实际是在皖南这边的第一个党支部。"

1931年2月，德兴九区区委书记张金华来到曹门村，在村口的大樟

◆ 曹门党支部成立旧址——支部书记汪炳炎家

树底下与曹门村最早的共产党员汪炳炎见面交谈，随后派出刘金发、符正林、余先进三位区委委员深入曹门村指导帮助曹门建立支部。

"曹门支部成立于1931年，第一任有5个支部委员，汪炳炎和王柏瑞两位同志是我们曹门本地人。"

经过近半年的准备，1931年8月的一个夜晚，德兴九区区委组织委员刘金发带着余先进、符正林、王柏瑞来到乐安河狮子渡口旁的汪炳炎家中，主持召开了第一次党员会议。会议开始没多久，村头的狗突然狂吠，有生人进村了！

"国民党士兵巡逻过来了。他们偷偷地从小门撤离，登上停在河边的一艘船上，将船撑到河中央，然后进行了最后一个仪式。"

会议宣布曹门党支部正式成立，支部书记由汪炳炎担任，并明确了支部当前的工作重点是为赣东北苏区采购紧缺物资。

曹门支部成立后，迅速发展了一批可靠的本地革命群众秘密采办苏区需要的物资，借平日间的生产劳作为掩护，将物资秘密运往对岸的苏区。同时，支部又将其中一些表现好、靠得住的革命群众发展为共产党员，逐步壮大队伍。不久，又在五店、坳头、玉坦建立了党小组，每个小组有党员 3—4 人。

同时，汪炳炎等人还积极和来往于乐安河的商贩交朋友，把苏区出产的大米、茶叶、香菇等特产卖给商贩，换回苏区急需的物资，把秘密贸易做得红红火火。据资料记载：在第四次反"围剿"期间，当时赣东北苏区对外贸易很活跃，每年出口茶叶三四千担，香菇 200 多担，皮毛 3 万多张，还通过乐安河水路，放运大量毛竹、木材等产品，换回大批食盐、布匹、西药等物资，有效缓解了赣东北苏区的日用品供应困难和部队急需。在这份赤色贸易成绩单中就有曹门支部的一份功劳和牺牲。

"刘金发同志在运送物资的过程中被国民党军队抓到了，国民党就在大樟树底下进行审判。村民全部集中在那里，我们刘金发同志是宁死不屈的，不背叛组织。"

面对敌人的严刑拷打，刘金发始终保守着护送物资的秘密，最后被枪杀在曹门村头的大樟树下，而这批重要物资最终也被成功转运。

95 年过去，村头的大樟树更加枝繁叶茂，当年召开会议的土屋还在，但土屋的主人、曹门支部的第一任书记汪炳炎早已去世多年。1934 年，第五次反"围剿"失败，婺源洙坑苏区全面失陷，德兴苏区也全部被国民党占领，苏区红色贸易全面停止，曹门秘密支部也停止了活动，汪炳炎带领曹门的进步青年随红军主力部队转移。在战斗中他受了伤，与组织失去了联系，后辗转回到嫁在德兴海口镇的女儿家，隐姓埋名，度过余生。

"曹门村建立了我们婺源县的第一个党支部，这边的浮雕就是曹门支部最初成立时的 5 个党员。"

每次有团队来到曹门村，村里的党建文化宣传员、大学生胡俊总是热情地领大家走一走进村的"星火路"，参观村中央的星火广场，站在曹门第一个党支部的 5 位党员的铜像前，声情并茂地讲述着曹门支部的故事。

2019 年开始，婺源县太白镇整合乡村建设资金 1200 多万元，结合全域旅游，用两年多的时间将曹门村打造成为一个以红色教育为主的 AAA 级乡村旅游点。

◆ 蓝冠噪鹛

陪同记者采访的太白镇党委副书记张晓甜介绍道："这个村差不多接待了 4000 人次，主要就是有些支部来开展党员教育活动。对于我们全县其他的红色资源旅游、爱国主义教育基地来说，我们这个旅游点 2020 年是最受欢迎的。"

如今的曹门村已经开设了三家农家乐，店名都很好听而且有特色，分别叫作——狮子渡驿站、曹门驿站、红军岭驿站。

几乎 20 多年来的每一个春天，世界上最神秘的鸟儿——蓝冠噪鹛都会如约飞抵曹门村，栖息在曹门小学门口的那片茂密的樟树林里，从 4 月到 7 月，近 70 只蓝冠噪鹛在曹门筑巢繁衍。蓝冠噪鹛于 20 世纪曾经神秘消失，一度被认为已经绝迹，但 2000 年又在江西婺源出现。2007 年，蓝冠噪鹛列入国际鸟类红皮书，是极度濒危物种。全球仅有 200—300 只，都栖息在江西婺源。

"我们这边生态环境好，山里面的小动物还是蛮多的，像一些野兔子、野猪，在夏天的时候，走在路上都可以看到，它们不怕人的。"

每年七一，让我们相约一起去婺源。看星火闪耀，听鸟儿歌唱，遇见最好的曹门。

（执笔：何灵）

1926年12月4日，德兴市第一个党支部在万村乡大田村头茶亭庄张天松的家里成立，选举祝炎为书记。正是这个从普通农家木棚里走出的党支部，点燃了照亮德兴革命航程的灯塔。

寻访第 34 站：江西德兴市

寻访人：何 灵 王 炜 杨新锋

寻访时间：2021 年 4 月 10 日

◆ 采访组在德兴市第一个党支部书记祝炎家乡革命烈士
纪念馆合影

农村星火可以燎原

118 年前的一个冬日，在德兴县龙头乡，一个婴儿呱呱坠地。

23 年后，也是在冬日，就在他即将迎来 23 岁生日时，德兴第一个党支部成立了，他被选举为支部书记。

这个青年就是祝炎。

祝炎，原名继桑，字炎炽，号南坦。受辛亥革命的影响，少年时期，他就崇拜孙中山先生，立志报效国家。高小毕业后，他以优异成绩考入江西四大革命名校之一的饶州芝阳师范，想走教育救国的道路。可父亲却期望儿子读书做官，光宗耀祖。哪想祝炎反其道而行之，毅然离开家乡前往弋阳漆工镇湖塘村投靠方志敏，坚定地走上了革命道路。

◆ 祝炎雕像

"在湖塘村，祝炎不仅协助方志敏创办刊物，还担任旭光义务小学教导主任兼教师，主持日常工作。1925 年 6 月，祝炎经方志敏介绍加入中国共产党，成为德兴第一个共产党员。"德兴市党史办主任程雪朝介绍道。

1926 年秋，祝炎奉上级党组织的派遣，乘北伐军节节胜利的大好形势，回到德兴，在万村、张村、重溪一带组织农民协会。农民协会发动群众开展减租减息运动,同土豪劣绅斗争。许多农民协会的骨干纷纷要求入党。祝炎先后介绍万村的张天松、张玉林、邱灵通,张村的张其德、张国华,重溪的叶云松、刘永祝等同志入党。这些早期党员后来都成长为闽浙皖赣革命根据地和红十军的杰出领导骨干。

1926年12月4日,在万村乡大田村头茶亭庄张天松家里召开党员会议,成立中共德兴支部,选举产生祝炎为书记,祝炎、张天松、张其德、张国华、叶云松为委员的支部委员会,隶属中共江西地区委员会。

程雪朝:"在党支部的组织领导下,配合弋横暴动。紧接着各地就开始发展党组织,从南向北发展,开展了一系列轰轰烈烈的革命活动。"

1927年,党的"八七会议"精神传到赣东北,祝炎又赴弋阳漆工,协助方志敏组织发动弋阳武装暴动。1928年1月,为掩护他的学生、弋阳暴动第四路农民军总指挥雷夏,祝炎与雷夏一道在弋阳马王坡村壮烈牺牲。

"战争中雷夏被包围了,祝炎带人去营救他时牺牲了。他25岁就牺牲了。"

家乡人根据一张无意中"淘"到的老照片,为祝炎塑起了一尊雕像。

"龙头乡有个村民手中有一张照片,背面写了一行字,祝炎欢送某某几个同学。这张照片后来被送到了市档案馆。"

"那是他唯一留下的一张照片?"

"以我目前的发现,

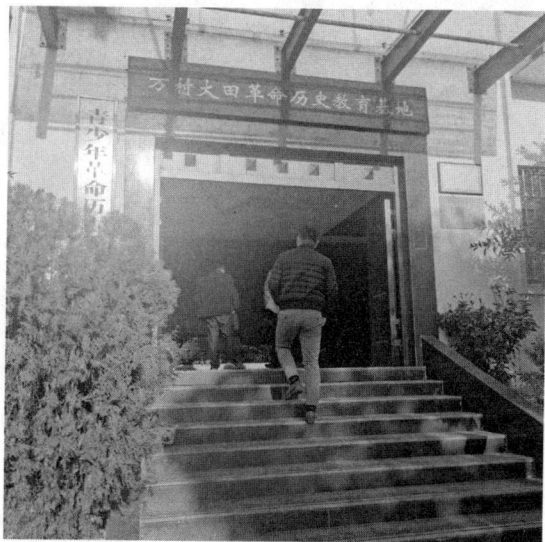

◆万村大田村革命历史教育基地

仅此一张。"

事实上，照片上的五个人中，究竟哪个才是祝炎已经不得而知。但后人对他的敬意，并不会因为图像的缺失而有所减少。

穿过整个德兴县城，我们终于来到了万村乡大田村茶亭。这个和弋阳交界的小村子，90多年前诞生了德兴第一个党支部。

在万村大田革命历史教育基地，我们看到了大田村的老照片。照片有些年头了，有些模糊，但依稀可见群山脚下的村庄，农房大都是简易的木棚。第一个党支部成立时，这里的模样和90多年后的今天，早已是沧海桑田。

"老房子几乎都没有了。"

大田村村口的大树，见证着几十年的风雨岁月。如今，大树下依然人来人往，但第一个党支部成立的地方——张天松家老宅，已经只剩下一片平地。张天松也是德兴第一个党支部的成员。

张天松的外孙张跃平，曾在这间老宅生活过3年时间。他的母亲是张天松的遗腹子。1934年底，张天松牺牲时，年仅25岁。只留下一个衣冠冢和一幅凭妻子的回忆画出来的画像。

"我外公人长得很帅，我听我外婆说过，个子大概一米八左右，她就讲我个子身材有点像外公。"

张天松

张天松在家里排行老五，小名叫五仔。四五岁时就被南昌的一户资本家看中，收为义子，一直读到高中。自己掌管着一整个店面，算盘打得很是流利。在南昌，张天松结识了方志敏，常常帮助他把秘密刊物传递出去。后来，张天松跟随方志敏回到了弋阳，负责经济工作。张跃平常常听外婆说起，年轻时的外公是搞经济工作的一把好手。

"发行股票、粮票、金融债券等，在我们大田办了兵工厂，还办了被服厂、伞厂，经济搞得特别活。我听外婆说他搞经济很活的，还与国民党做生意，搞情报，他有一个情报体系。"

尽管经济搞得活，但最让张跃平敬佩的，是张天松坚定的理想信念。后来，张跃平任德兴市副市长，同样分管经济工作。他一直以外公为榜样要求自己，办企业，抓经济，为人民。

"他坚持理想信念，如果说他当资本家的干儿子，钱用都用不完，何必来闹革命？他就跟着方志敏，有远大的理想。他很廉政，他的办公桌是三条腿的，一条腿是用砖块垒的。连他们结婚，我外婆想买一点布叫他做结婚的衣裳，就把她骂得哭起来。可以说，中国共产党历经这么多的坎坷，领导人民过上今天的美好生活，一路走来，理想信念是很重要的。"

当年，德兴第一个党支部的成员，有人牺牲了，有人跟随部队失散了，也有人就在农村当了一个普普通通的农民，平平淡淡过了一辈子。可是，他们始终对党忠心，教育自己的后代，爱党、为党，信念坚定……

（执笔：王莹）

1935年1月29日，方志敏在上饶怀玉山被捕，关押在国民党军独立四十三旅七二七团陇首团部。当晚，方志敏提笔写下了《方志敏自述》。很少有人知道，方志敏被关押的地方，竟然与玉山县第一个党支部旧址相距不到10米……

寻访第 35 站：江西玉山县

寻访人：何　灵　周青松　陈元武

寻访时间：2021 年 4 月 11 日

◆ 记者在玉山县陇首村第一个党支部旧址采访

历史总是有点巧

"方志敏，弋阳人，年三十六岁，知识分子，于一九二五年加入中国共产党。参加第一次大革命。一九二六至一九二七年，曾任江西省农民协会秘书长。大革命失败后，潜回弋阳进行土地革命运动，创造苏区和红军，经过八年的艰苦斗争，革命意志益加坚定，这次随红十军团去皖南行动，回苏区时被俘。我对于政治上总的意见，也就是共产党所主张的意见。我已认定苏维埃可以救中国，革命必能得最后的胜利，我愿意牺牲一切，贡献于苏维埃和革命。我这几十年所做的革命工作，都是公开的。差不多谁都知道，详述不必要。仅述如上。"

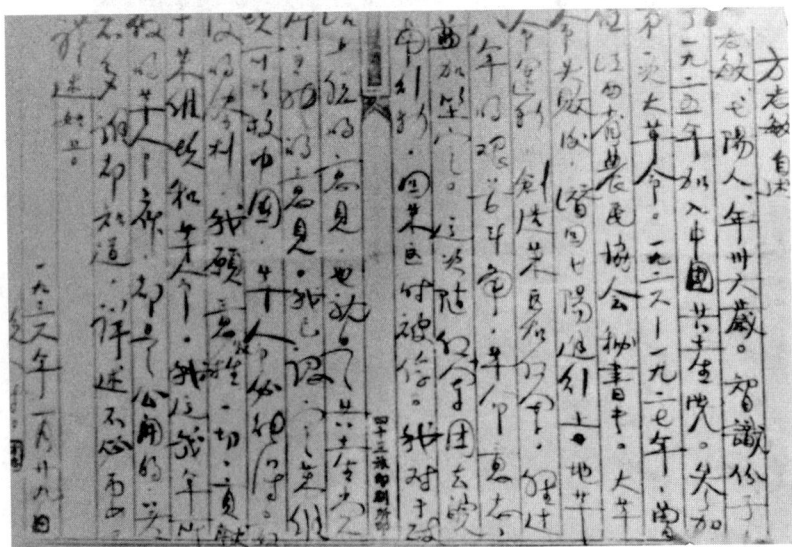

◆ 方志敏自述

1935 年 1 月 29 日上午，方志敏在江西省玉山县陇首村附近的高竹山被捕后，立即被押解到陇首村，当时这里是国民党军独立四十三旅七二七团所在地。晚间，七二七团团长一再要求方志敏"写点文字"。于是方志敏提笔疾书，写下这篇《方志敏自述》。

这是方志敏被捕时在陇首村国民党军团部门前拍摄的一张照片，上面写着"闽浙赣省主席方志敏"和"民国二十四年一月二十九日午前四时"。

对于玉山县陇首村，方志敏应该不陌生。

◆方志敏被捕时在玉山县陇首村国民党军团部门前拍摄的照片

和记者一起前往陇首村寻访第一个党支部的玉山县委党史办主任邱小珍介绍，1929 年 3 月初，中共信江特委成立后，曾派遣共产党员李海元、邱伯元深入与德兴苏区接壤的玉山县怀玉山陇首村，开展秘密革命活动。

1930 年 4 月，中共赣东北特委决定在陇首发展党员，成立党支部，以便建立坚强的领导核心，进一步动员群众，开展革命斗争。

从德兴苏区派来共产党员程义森担负起了玉山陇首的建党工作。上级党组织要求他迅速从斗争实践中发现一批不怕艰苦、机智勇敢、立场坚定、斗争性强、出身成分好、为人忠诚可靠，并且能正确反映问题的积极分子作为培养对象。

邱小珍说："经过考察，符合条件的钟招和、仇采发、邱廷丰、徐有仔、董洪炳、董云贤、张桂玉、张采恒等8人，被批准加入中国共产党。"

入党时，举行了宣誓仪式，由程义森领讲誓词。誓词内容为：1. 遵守党的纪律；2. 严守党的秘密；3. 不怕牺牲个人；4. 服从组织分配；5. 服从命令；6. 永不叛党，永不忘记中国共产党。并严格要求每个党员一定要与群众保持密切联系，不能公开党员身份，加强对各项工作的领导，把革命推向新的高潮。

1930年9月，玉山成立党组织的条件已经成熟。由中共德兴县委从南溪派来共产党员程搁松，在陇首干坑坞召开党员会议，宣布成立陇首乡党支部。

邱小珍说："支部驻地设在陇首下呈自然村，并选出钟招和为党支部书记兼组织委员，董洪炳任宣传委员。"

陇首支部先属中共德兴县第六区委领导，后归（开）化婺（源）德（兴）县洋塘特区委管辖。

1934年12月，红军失利，苏区失守，陇首支部解体。

尽管党史资料上关于玉山县第一个党支部的记载还算翔实清晰，可当我们到达陇首村时，却发现第一个党支部成立的旧址早已找不到任何踪迹。陇首村支部书记、村委会主任邹利忠领着我们转了一圈，然后指着马路边一处民房告诉我们"大概就在这个位置。"

"原来这里有一栋古老的宅子。"

"有那个房子的老照片没？"

"没有。"

"据说是个祠堂，也有人说是大户人家的房子。里面有两个天井。以前还会唱古戏，后来就倒塌了。"

我们还在村子里找到了两位将近百岁的老人。一个是95岁的夏益隆老爷爷，另一个是96岁的方秀花老奶奶。两位老人身体都还不错，本来我们还满心期待着他们能多少回忆起些什么，可惜聊了半天，所获不多。

那位方奶奶倒是还依稀记得当年方志敏被关押在村子里的汪氏宗祠，第二天被押送去玉山县城的情形。

陇首党支部旧址已不见踪迹，当年关押方志敏的汪氏宗祠如今也只剩下一个爬满古藤的门楼，里面早已坍塌，荒草萋萋。

关于第一任党支部书记钟招和，在玉山县的党史资料上有一段人物小传：

◆ 方志敏关押地旧址

"钟招和，生卒年不详，男，原籍江西省玉山县童家坊外王村人，随祖父迁至怀玉山陇首地方定居。因家中一贫如洗，就在干坑坞招亲，旧社会被贬为'招亲狗'，低人一等。虽然种有2—3亩佃田，依然过着半饥半饱的生活。由于他对旧社会深恶痛绝，当德兴苏区派共产党员前来陇首村开展工作时，他第一个主动报名参加了革命，秘密串联和组织贫苦农民加入农会。他先后担任怀玉山陇首党支部书记、陇首乡苏维埃主席、赤卫队营长。

他个子不高，瘦削身材，善于联系群众，尤其能严于律己，宽以待人。"

钟招和后来的情况如何？有没有牺牲？无人知晓。

我们也试图寻找他的后人，但没有答案。

至于另外7个早期的共产党员，也没有留下任何文字记载。

（执笔：何灵）

1927年3月，中共莲花支部成立。朱绳武任书记兼组织委员，陈竞进任宣传委员，刘仁堪任农运委员。多年之后，莲花支部的这三个支委，成了全国有名的大英雄。

寻访第 36 站：江西莲花县

寻访人：何　灵　柳锡波

寻访时间：2021 年 4 月 13 日

◆在莲花县第一个党支部旧址合影

一个党支部 三个大英雄

1925年，在湖南长沙码头的一个仓库里，江西莲花人刘仁堪在长沙著名工人领袖郭亮的介绍下，面对党旗庄严宣誓，成为一名中国共产党党员。

同年，莲花学子陈竞进从南昌返回家乡坊楼，创办了新城小学。

在此之前，先期回到莲花县任劝学所督学的共产党员朱亦岳，以下乡查学为名，在城乡各处传播革命思想，考察发展对象，为在莲花建立党的组织做好准备。

共产党员朱绳武、刘仁堪回到莲花后，便和朱亦岳商议，决定在各地创办学校，以办教育的名义建立党的组织。

当地党史专家、莲花县政协文史教卫委员会原主任委员陈移新介绍："当时的革命者在全县各处，这里陈竞进兴办新城小学，那边贺卓权兴办望山小学，朱绳武在县城琴亭小学任教并兼任校长，都是利用学校作为革命的据点，宣传革命的道理。"

◆ 朱绳武　　　　　◆ 刘仁堪

1926年7月初，在莲花县坊楼新城小学所在的大祠堂中，朱绳武、朱亦岳、陈竞进、朱义祖、贺昌炽、贺铁汉、贺子霄、陈大仁等八人发

起成立中国共产党莲花县小组，决定发动群众迎接北伐军入城，驱逐北洋军阀政府并协助建立莲花新的政权，发动工农革命运动，发展党的组织。

陈移新："陈竞进在坊楼这一片搞得红红火火，当时的坊楼被称作莲花县的小莫斯科，革命斗争开展得轰轰烈烈。"

1927年3月底，中共莲花县第一次党员会议在坊楼召开，主要讨论了"扩大组织、领导群众开展革命运动"等问题，决定将中共莲花小组改为中共莲花支部，朱绳武任书记兼组织委员，陈竞进任宣传委员，刘仁堪任农运委员。

大革命失败后，中共江西省委派方志敏到吉安开展农民运动。不到20岁的莲花县支部书记朱绳武给方志敏留下了深刻的印象。8年后，方志敏在狱中写下《我从事革命斗争的略述》，特别提到了朱绳武。

"在此，我要纪念莲花县的一个同志，他姓朱，因年久忘记了他的名字。他当时是莲花县的支部书记（党在莲花，当时仅成立了一个支部），很积极在该县工作。在我离开莲花县的第二天，湖南方面的罗某匪军，进攻县城，他从城里逃出来，走到离城十里的一个亭子边，遇着了一个劣绅，唆使几个痞棍，将他就绑在亭子的柱头上剖肚挖肠的杀死了！他若不死，无疑的会成为我们党的一个得力干部。"

1927年9月，陈竞进率领莲花上西农民自卫军攻打县城，战斗失利后转入上西山区坚持斗争。1928年1月，时任莲花县委负责人的陈

◆ 刘仁堪就义油画

竞进以战友贺国庆流血牺牲保存下来的"一枝枪"为基础，组建"莲花赤色队"，开展武装斗争。4月，莲花赤色队改为红色独立团，陈竞进任团长。到11月，莲花独立团发展到300多人，有枪220支，成为井冈山革命根据地一支重要的武装力量。

毛泽东在《井冈山的斗争》一文中，充分肯定了陈竞进领导的"莲花一枝枪"的革命斗争精神。

经过十年的发展，到1938年，由"莲花一枝枪"发展起来的武装部队，一部分跟着红六军团西征，经过长征到达陕北，改编为八路军，他们是中国人民解放军驻兰州部队的前身；留在湘赣边坚持斗争的游击队也改编为新四军北上抗日，他们后来成了北京卫戍区某部。

1928年春，随秋收起义部队上井冈山的刘仁堪秘密回到莲花，在各地恢复党组织，筹备建立红色政权。6月30日，在莲花县城万寿宫召开全县第一次工农兵代表大会，成立莲花县苏维埃政府，刘仁堪当选为第一任县苏维埃政府主席。莲花革命运动走向高潮，迅速成为井冈山根据地的三个全红县之一。

1928年，井冈山"八月失败"以后，莲花县城及集镇为敌所占，县委、县苏维埃政府被迫迁徙山区坚持斗争。不久，莲花县委书记朱亦岳调离莲花，刘仁堪接任县委书记。

1929年，湘鄂赣三省敌人开始"会剿"井冈山，整个边界沦为白区，革命斗争转入地下。5月初，刘仁堪与县委妇运部长颜清珍一道来到南村坳背村检查工作，由于叛徒告密，在坳背村被捕。任凭敌人软硬兼施，百般折磨，刘仁堪始终坚贞不屈。

1929年5月19日，在莲花县城南南门大洲上，敌人准备将刘仁堪砍头示众。

"去斩首的路上，好多群众前往看望，他就大声宣传革命道理，敌人割掉了他的舌头，血流了一路；南门大洲当时是一块沙洲，刘仁堪站在临时搭的台子上，血继续往下流着，他伸出脚趾，蘸着血，写下了'革命成功万岁'六个大字，从容就义。"

2011年七一前夕，《人民日报》发表任仲平的文章《选择，凝聚在信仰的旗帜下——写在中国共产党成立90周年》，里面特别写了刘仁堪烈士的英雄事迹，他的名字与李大钊、彭湃、瞿秋白、方志敏一起写入文中，熠熠生辉。

说起朱绳武、陈竞进、刘仁堪这些革命先辈，陈移新充满了敬佩之情："信念很坚定，对党很忠诚。他们的信仰都深深地刻入了骨子里面，相信共产党一定会胜利，坚信革命一定会成功。"

接天莲叶无穷碧，映日荷花别样红。2019年4月，莲花县正式脱贫摘帽，退出贫困县序列，全县建档立卡贫困户9884户39227人如期高质量脱贫。

在陈竞进烈士的孙子陈德龙的家里，

◆ 陈竞进、王救平烈士夫妇

一张爷爷奶奶的合影画像高高地挂在厅堂上面。当陈德龙找出爷爷奶奶的烈士证书给我们看时，当地党史专家惊讶地发现，陈竞进的妻子居然是王首道的妹妹王救平，苏区时期莲花著名的女干部。

在升坊镇浯二村，刘仁堪的继子、60岁的刘生升坚持在村里的刘仁堪烈士革命事迹陈列室义务讲述父亲的故事。他说，大家很喜欢听他讲刘仁堪烈士的故事，他也希望能把红色的基因传下去。

（执笔：何灵　柳锡波）

1926年4月，萍乡湘东区第一个中共支部——昭信乡党支部成立，属中共安源地委领导。支委王开明承担了安源地委与湖南省委之间的通讯联络工作。被捕后，敌人严刑拷打，王开明始终咬紧牙关，宁死也不供出毛泽东、刘少奇在哪里，联络地点在哪里。牺牲时，年仅27岁。

寻访第 37 站：萍乡湘东区

寻访人：柳锡波

寻访时间：2021 年 4 月 15 日

◆在湘东区第一个党支部旧址采访

党的秘密比我的性命更要紧

1925 年 9 月 21 日，在纪念安源路矿工人大罢工胜利三周年之际，安源路矿当局勾结湘赣两省军阀突袭安源路矿工人俱乐部，打死打伤工人数十人，矿工领袖黄静源惨遭杀害，大批党员和矿工被清洗，史称"九月惨案"。

"好多参与工人运动的矿工被解雇了，当时的中共安源区委就把大多数矿工派到我们湘赣边的农村，来开展农民运动。"

萍乡湘东区史志办主任陈鹏介绍，由于湘东区老关镇连接湘赣两省，处于株萍铁路的枢纽位置，这里地理位置的重要性以及人民的初期斗争具有良好的群众基础，引起了中共湖南省委和安源地委的重视。1926 年初，刚恢复组织活动不久的中共安源地委分别派人到排上、湘东等地开展工农运动；同年 2 月，湖南省党部派农运特派员、共产党员袁德生到株萍铁路沿线开展活动。

"1926 年初，与我们在老关这一带活动的党员张连瑞、张汝全取得联系，在 1926 年 2 月成立了萍乡的第一个农民协会——昭信乡农民协会，在 4 月又成立了湘东区第一个党支部——昭信乡党支部，属中共安源地委领导。"

党支部由张连瑞任书记，他认真学习了湖南农民运动的经验，同安源工人运动紧密结合，针对国民革命的形势特点，先后提出了"农民要翻身，当家做主人"、"平均土地，节制资本，打倒军阀"、"提倡妇女解放，实行男女平等"等口号，宣传发动群众。到 1927 年"六五事变"前夕，湘东已先后发展了五批党员，大约六七十人，其中包括工人、农民、小手工业者和农民自卫军队员。

在袁德生、张连瑞、张汝全的指导和组织下，湘东的农民运动迅速扩大到老关、下埠、湘东、荷尧等地，建立了萍乡第八区、第九区等几个区级农民协会和一批乡、村农会，会员达两三千人，并同湖南醴陵县的农运连成一体，成为当时农运最活跃的地区之一。1926年12月，湖南省召开第一次农民代表大会，袁德生和昭信乡的晏方贤被推选为株萍路农会代表并出席了会议。1927年初，袁德生在萍乡主持开办萍乡农民运动讲习班，以自编的《昭信乡农民运动》等材料作为讲义。

"一个是宣传我们的革命思想，组织农民夺取乡村的政权，再一个就是进行土地革命，形成了萍西地区在农村的武装割据格局。王开明就是最早回乡开展农运活动的矿工之一。因为黑暗统治，他的儿子夭折，妻子离家出走，处于水深火热中的他在安源接受革命思想后，就坚定了跟党走的决心。"

◆ 王开明烈士

"我们这里原来不是挖煤的就是推煤的，今天家里要换个钱，就在萍乡推一车煤过来卖到醴陵、株洲、湘潭，头一天晚上到萍乡推过来，第二天天不亮就把它又推过去，只能赚到五斤米左右，一家老小有饭吃就不错。当时没办法就起来革命、起来造反嘛。"

因为家庭困难，革命觉悟较高、意志坚决，又经常往返于赣湘之间，王开明被秘密发展为中共安源地委与湖南省委通讯联络员。

"他先在安源做事，在安源支部，最后再回三角池，在这里发展一个支部。原来这里有个老关火车站，铁路往这里过。"

湘东区老关林场场长、老党员何建国经常奔走于乡村收集当年的革命史料和先烈故事，在他眼里，王开明是他崇拜的大英雄。

　　1927年4月，王开明在安源被捕，反动派对他进行了严刑拷打，企图从他嘴里获知联络地点和中共相关领导人的去向。王开明视死如归，坚贞不屈，后被押解回湘东惨遭杀害。

　　"活活地把头砍掉，挂到老关的一棵大树上示众，才27岁，好年轻啊。"

　　王开明烈士牺牲时，没有留下后代。他的父母将他兄弟的一个儿子过继给他，现在留下四个孙儿孙女。他的二孙女王白玉说，每年清明，他们都会去祭扫王开明烈士，也一直教育自己的后代，要为国家做贡献，在别人困难的时候能帮的一定要去帮。

　　"他要是自己心里想着留着自己的生命，那就不会死。他就是宁死也不供出刘少奇主席在哪里、毛主席在哪里、联络地点在哪里。他不怕流血，牺牲了自己的生命，把青春献给了国家。"

（执笔：柳锡波）

去瓷都景德镇旅游，古御窑厂是必去的打卡地之一。漫步在这座充满着古代陶瓷艺术气息的国家考古遗址公园里，却很少有人知晓这里曾经有所景德镇模范小学，95年前的夏天，这里成立了景德镇市（当时的浮梁县）第一个党支部，并领导了轰轰烈烈的近五万瓷业工人大罢工。

寻访第 38、39、40 站：江西浮梁县、景德镇市珠山区、昌江区

寻访人：何灵　王霖

寻访时间：2021 年 4 月 19 日

◆ 在景德镇第一个党支部旧址与党史专家合影

"藏"在古御窑厂里的党支部

　　走进浮梁县档案馆，在一间不大的会议室里，刚刚坐下，当地党史专家、景德镇市委史志办二级调研员王国保老师就一字一句地告诉我们："浮梁县的第一个党支部在景德镇市区！"

　　一下子摸不着头脑的我们抓紧时间恶补起了浮梁县的地理知识。

　　和许多人一样，我们知晓的浮梁县大多出自唐代诗人白居易的《琵琶行》——"商人重利轻别离，前日浮梁买茶去"。

　　浮梁是一个千年古县。唐武德四年（公元 621 年）置新平县，开元四年（公元 716 年）置新昌县。唐天宝元年（公元 742 年）因河水泛滥，民多伐木为梁而更名浮梁县。宋代浮梁是县，下辖景德镇；元代景德镇改州，明代又改回为镇。现在景德镇是地级市，下辖浮梁县。一百年前的大革命时期，景德镇属浮梁县管辖。因此当时成立的浮梁县第一个党支部在区域上和现在的景德镇市珠山区、昌江区是一体的。

　　4 月 19 日，天清气朗，景德镇珠山御窑厂遗址公园的游客并不是很多，人

◆ 景德镇古御窑厂

们惬意悠闲地在遗址公园里追寻着瓷文化的记忆。一进正门，左手边的一处古窑址展览区被一片高高搭起的大棚保护起来，带领我们寻访第一个党支部旧址的王国保指着那片大棚区域兴奋地向我们介绍：

"就在这一片，这个地方叫模范小学，就是盖着大棚的这个地方，但是现在原址我们已经看不到了。这个地方就是我们说的景德镇第一个党支部成立的地方。它下面是个古窑址，新中国成立以后就是景德镇政府的办公地。"

五四运动前后，浮梁不少青年到南昌和外地求学，把外面的新思潮传回本地。这批进步知识分子一面积极学习马克思主义，一面通过举办"通俗演讲所"和"平民夜校"等各种方式宣传马克思主义，传播新思想。

1926 年 2 月，向义、姚甘霖、周翰等人在浮梁县城景德镇南山沙陀庙建立了浮梁第一个党组织。四个月后，景德镇党小组发展成党支部。党支部成立和办公的地点正是在当时的模范小学。

游客们在古御窑厂里参观、拍照，流连忘返，却没有一个人知道这个古窑遗址还承载过这样一段光荣的历史使命，曾经在景德镇党组织建立过程中留下过这样一个光辉的印记。

1925 年，五卅运动声援活动之后，中共南昌特别支部派向义回景德镇开辟党的工作，组织工人运动。向义家住景德镇，是在南昌求学的青年。1926 年 1 月，向义先后发展了瓷业工人周翰和知识青年姚甘霖入党；同年 6 月，景德镇党支部成立，向义任书记。5 个月后，党员由最初的 3 人发展到 70 多人，领导景德镇工农群众开展了一系列的革命活动。

出御窑厂，往东，一街之隔几百米远的胜利路 78 号如今被打造成社会主义核心价值观主题里弄。这里就是景德镇马列主义传播的初始地——当年的平民夜校所在地东门头。

景德镇是江南的工业重镇，陶瓷工人占绝大多数。向义等人在 1925 年 11 月筹办成立的平民夜校就是以工人为主要对象，一方面教授工人学习文化知识，另一方面也向工人宣传革命道理，帮助他们提高思想觉悟。

"他讲得最多的例子就是：你怎么知道资本家剥削你？那个工人说，我本来可以拿 25 块钱，现在到手只拿到了 14 块钱，那么另外的 11 块钱到哪去了？被资本家扣除了。这就是受到了剥削。他刚开始不知道什么叫剥削，是通过这种

◆ 东门红色主题里弄

形式，比较通俗地对他进行讲解，工人群众学到了文化，识字了，会基本的算术，从这里面又明白了一点道理。启蒙开智，既贴近了工人的生活，又讲清楚了道理，这比一般的教育更生动、更亲切，效果也更好。"

平民夜校一堂堂的课，就像黑夜里的一盏盏明灯，夜校在工人中的影响越来越大，逐渐增加到 12 个工人文化补习班，不仅扩大了党的政治影响，还培养了一大批工人积极分子。到 1926 年 5 月，不少人要求加入党组织，陶瓷工人周翰、吕林松、陈斌等都先后入了党。

有了工人阶级的先锋队，有了组织工人斗争的司令部，革命的烈火从此熊熊燃烧起来。在党支部的领导下，景德镇的工人运动开展得有声有色，当时七八万瓷业工人中有组织参与罢工的达到 45000 多人。在景德镇，瓷业工人罢工有一个特别的称呼，叫作"打派头"。采访中，党史专家王国保给我们讲了一个著名的"打雄黄酒派头"的故事。

"最大的罢工就是打雄黄酒运动。在过去，端午节这一天资本家是要给窑厂工人送点东西吃的，但一年比一年质量差。为提高待遇，每年工人都提出要求。1928 年，斗争失败了之后，工人就放出话来，明年我们再来！如果有党的领导，我们明年一定能争取胜利！这里就能反映出党

在工人当中的影响还是比较大的。我们党组织及时向上级汇报，张世熙也专门到景德镇来指导这次罢工运动。五月初就向当时的国民党浮梁政府和景德镇商会发出了一个通函，要求提高端午节雄黄酒福利。在 5 月 5 日这一天共派出了几十个打酒队一路打酒，共打掉了两百多家，所以影响很大。国民党政府发出告示要求惩戒工人，党组织及时宣布罢工，短短几天就有将近 5 万人参与罢工。这次罢工斗争坚持了 30 天，最后迫使浮梁国民党当局和总商会不得不答应工人提出的条件，同时通过这次斗争增加了三节的待遇——端午节、中元节和中秋节的待遇。"

在党的领导下，不仅工人运动开展得轰轰烈烈，景德镇的农民运动也进行得有声有色。1926 年，吴严鐩在自己的家乡鹅湖创办平民夜校，组织农民群众成立农民协会，开展农民运动。

浮梁县史志档案馆史志办主任金寿进专门寻访调研过吴严鐩的故事，印象很深："吴严鐩就是我们浮梁鹅湖人，他从小立志以农业报国，考上了江西省育种农业专科学校，在声援五四爱国运动的一次活动中，他身上带了把尖刀准备自杀来声援五四爱国运动，后来被他班上的学生拦下，最后他拿刀断指写下一封血书。"

1929 年，吴严鐩在家乡鹅湖东山书院创建了东乡区委，担任书记，秘密发展了 60 多名党员；同年 12 月，因叛徒出卖被捕。1930 年 2 月，在受尽酷刑折磨之后，与其他 20 名共产党员一道在南昌被杀害。曾经断指血书 9 字，并以自杀行动表示要以身报国的热血青年吴严鐩，最终还是为了他心中救国图存的伟大革命理想献出了自己年轻的生命，年仅 34 岁。东山书院同时也被国民党烧毁。

我们特意驱车前往浮梁县鹅湖镇鹅湖村，想去实地再看看东山书院是否还留存有什么遗迹。

鹅湖村的名字很美，地方也很美，间雨间歇中漫山绿竹滴翠，田野里紫云英怒放，空气中是湿润的江南春的气息。我们去书院遗址的路上并没有见到湖，只见到村中蜿蜒的小河欢声流淌；也没有碰到鹅，但小河边石桥下，两只当地人称作"豚"的番鸭在自在地拍翅寻食。雨后的田间小路有些泥泞，穿过田埂，攀上山坡，放眼望去，我们根本找不到任何跟头脑中的"书院"有联系的建筑物。带领我们过来的金寿进对这里很熟悉，进入竹林深处，忽然听他招呼我们一声，指着脚下的几块长满青苔的大石头告诉我们，这就是东山书院的遗址了，除了这几块大石，其余已经尽毁。

"吴严邃他就是以教员的身份，白天教学生，晚上就教这些农民，宣讲革命道理。他在这里发展了60多名党员。"

很难想象94年前，这里识字学文的课堂上传出过《平民千字课》的琅琅读书声，教唱过激情澎湃的《打土豪》等革命歌曲。而92年前中共东乡区委在这里成立的时候又是什么样的场景呢？吴严邃和其他战友们当时对革命未来有什么样的规划呢？这些我们都无从知道了。

离开东山书院的路上，我们迎面碰上一位当地的村民，问他是否知道这里的书院从前建立过党组织，他笑着回答我们说知道的。当地语言我们并不是很熟悉，简单聊了几句他便轻快地荷锄而去，走进一片生机的春耕稻田里。远处，昌景黄高铁正在修建中，望着不由让人对高铁开通后小村的日子有了更多的期待。

其实，无论是东山书院还是模范小学，我们都觉得抱有遗憾。我们总觉得即使遗址不复存在，或许我们也可以在原址上立个字碑或挂个字牌，提示后人这里发生过什么，让这段往事不至于被历史所湮灭。但此次寻访到这里已经让我们释然——也许，是否立碑，是否让人们知晓从前艰苦斗争岁月的故事也没有那么重要了。中国共产党人在烽火路上抛头颅洒热血，所奋斗的不就是拼出今天的岁月静好、国泰民安吗？

"繁霜尽是心头血，洒向千峰秋叶丹。"穿过历史的风烟，那一群伟大的身影在我们心中越发清晰、伟岸……

（执笔：王霖）

在乐平鸣山煤矿寻访第一个党支部时，我们听到了一个令人大吃一惊的"党史新说"。据当地矿史记载：1921年9月，中共武汉支部派张浩化名李福生来到鸣山煤矿，发展了3名党员，并秘密成立了鸣山煤矿党小组。而张浩很可能就是大名鼎鼎的林育英。

寻访第 41 站：江西乐平市

寻访人：何　灵　王　霖

寻访时间：2021 年 4 月 20 日

◆ 采访组在鸣山党支部旧址合影

鸣山煤矿的大秘密

"豺狼上了山，矿工遭了殃。身穿蓑衣麻布袋，漏洞藏身蹲茅棚，半年糠菜来充饥，未死先埋惨凄凄。"这首歌谣是 20 世纪 20 年代乐平鸣山煤矿矿工生活的真实写照。带着这样一种印象，我们开始了对乐平市第一个党支部的寻访。

鸣山煤矿位于乐港镇，这里有著名的万亩无公害蔬菜生产基地，常年生产各类反季节蔬菜销往全国各地，被誉为"江南菜乡"。从乐平市区到乐港鸣山煤矿大概只有半小时的车程，车子一路开过，从城市的宽街大路、楼宇广场转换成小镇的小街小道、田野乡居，宁静悠闲的氛围油然而生，但有关"煤"的元素却并不容易发现，乐港已经慢慢褪去了从前最为有名的"煤"的标签。

其实乐平的煤曾经十分辉煌，地质学上专门有一个名词就叫"乐平煤"，是一种世界上罕见的煤种。鸣山煤矿的开采最早可以追溯到清朝道光年间，到 1919 年开始使用近代技术开采。我们所要寻访的乐平第一个党支部就在鸣山煤矿建立。这座具有近百年挖掘开采历史的煤矿，见证和参与了我们党在乐平建立组织、领导革命运动的过程。

我们的车很快到达鸣山矿区。穿过一片低矮的房屋，一座民国时期风格的建筑赫然出现在眼前。房屋四角高高耸立，显得高大气派，与周边低矮破旧的房屋风格完全不同。

陪同我们采访的乐港镇工人社区主任张春鑫说："像这种款式，我们当地是不可能有这种房子的。当时鸣山煤矿属于宋子文的，原来这里是办公室。"

之前看相关资料，我们已经见到了这栋房子的照片，标示这栋房子就是乐平第一个党支部成立之处。没想到在现场，张春鑫给了我们另一个答案，他说其实第一个党支部成立应该是在老矿井的一间房子里，只是那房子现在已经和老矿井一起毁了。

"当时有个老矿工，很早的时候，他讲就是在这个房子里面成立的，这个房子现在也没有了。"

"这个房子在哪个地方？"

"大概可能在老矿井那边……"

"老矿井在哪里啊？要不我们过去看一下。"

"那现在我们看到的这栋房子是干什么用的？"

"这是当时他们资本家办公的地方。"

张春鑫嘴里这栋"资本家办公的地方"是鸣山矿区现存最早的房子，正门上方写有 1937 的字样，2018 年经过了维修和保护。1918 年，由汉冶萍公司和上海裕丰商行发起在鸣山成立鄱乐煤矿公司，当时有一千多名工人，据说背后是宋子文的产业，他的弟弟宋子良还来过几次鸣山。

张春鑫所说的老矿井房子的位置，和办公楼有大概两三百米的直线距离。我们想沿着小路走到近前去看看，却发现根本没有能过去的路。这些天常常下雨，地上的淤泥和一人多高的杂草把我们拦在了几十米外。远远望去，那里除了荒草一片，其余什么也看不到了。

根据《中国共产党江西省乐平历史》第一卷（1926—1949）的记载，1925 年 10 月，共产党员何一平根据中共湖南区委有关精神到鸣山煤矿开展工人运动，创办工人夜校，宣传马克思主义。1926 年 6 月，中共江西地委选派共产党员黄振华来乐平鸣山煤矿发展党组织和开展工人运动，他和何一平先后发展了肖汉卿、叶从云、王乃太等 8 人加入中国共产党，并于 10 月正式成立了中共鸣山煤矿支部，黄振华任书记。从此，乐平有了第一个党组织。

不过，在鸣山煤矿办公楼前的介绍展板上，我们却有了一个新的发现。展板上赫然写着：1921年9月，武汉共产党支部派张浩（即林育英）化名李福生来大冶工矿区调查了解工人的政治、经济生活状况，于1922年4月到达鸣山煤矿，宣传马列主义思想。张浩先后发展了柴少川、谢老四等人入党，秘密成立了3人组成的鸣山煤矿党小组，柴少川任党小组组长。

从1922年到1925年，如果展板上的内容确实属实的话，那就意味着我们党在鸣山以及乐平最早的活动时间整整提前了4年！这是真的吗？乐平市委党史办副主任汪小龙对此有不同的看法："讲张浩就是林育英，这个我们没有考证啊！"

"这个说法出处是在哪里？"

"在矿史里面。"

"矿史照理说应该也有一定的可信度。"

林育英又是谁呢？

"林育英是林育南的堂弟，林彪的堂兄。但林育英是否到过鸣山煤矿，我们党史部门至今没有考证。据我估计，因为年代久远也是没法考证。"

于是，围绕着这个问题，乐平市党史办副主任汪小龙、乐港镇工人社区主任张春鑫、工人社区委员张瑜琴和我们凑在一起七嘴八舌地讨论起来。

"张浩是不是林育英？那个时候张浩又化名李福生，好几个名字，所以好难考证。"

"我们这边自己研究得太晚了，越晚越麻烦。"

"老一辈人都不在了，考证不了。"

"其实早点去还是能够证实的。"

林育英是我们党早期的领导人之一，著名工人运动领袖。他与其堂弟林育南、林育蓉并称"林氏三兄弟"。由于当时革命需要，林育英的化名很多，他是否来过乐平鸣山目前没有一个特别确信的说法。因为未经考证，党史上自然是不能记载的。乐平最早的党的活动究竟是 1922 年还是 1925 年，恐怕还要期待党史专家们进一步认定。但 1926 年 10 月，鸣山煤矿成立了乐平第一个党支部，这是毫无疑义的。

当时党支部最早发展的 8 名党员肖汉卿、叶从云、王乃太等全部都是矿工，鸣山煤矿办公楼旧址就留存有一张其中一名矿工党员肖汉卿的照片。

照片里的肖汉卿气宇轩昂，眼神中透着坚定和正气。在离煤矿不远的生活区里，我们幸运地找到了肖汉卿的小儿子肖福生，他和共和国同龄，与父亲长相神似，样子很精干。

◆ 肖汉卿

肖福生的家在工人社区一栋普通的居民楼里，面积不是很大，厨房的门对着街边，邻居们从门口经过不时跟他们笑着打个招呼。他和妻子热情地欢迎我们，大家就在他家门口的空地上围坐着聊了起来。

其实有关父亲的往事，肖福生能记得的并不多。兄弟姊妹三人中他排行最小，父亲去世时他只有 6 岁，很多事都是听母亲跟他讲的。

"家里一般不提这个事，我母亲都不知道他在干什么。但是知道他朋友来了，当时开党小组会都是在我家里。"

肖福生还提到了当时乐平早期党组织活动中的重要人物何一平。1925 年 10 月，何一平来到鸣山煤矿开展工人运动，宣传马克思主义，跟他的父亲肖汉卿有过密切的接触。

"何一平到底是哪个人？我母亲跟我讲，高个子，白白皮肤，着长袍马褂，喜欢带把伞，不是跟我们毛主席去安源的那个样子很像？我想是

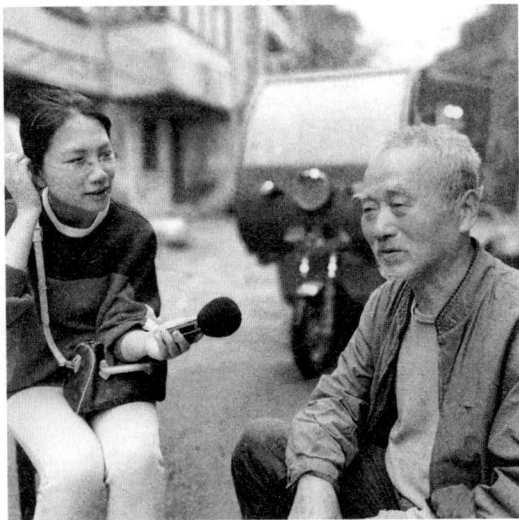
◆采访肖汉卿的儿子肖福生

不是毛主席啊？我母亲对他印象很深，经常在我家，来了就到我家。"

鸣山煤矿支部建立以后，肖汉卿一直在煤矿工会组织和发动工人运动，因大革命失败，他于1928年离开乐平，1930年到上海，在海员工会继续工作，1936年又回到鸣山组织工人罢工运动。新中国成立后，他先是在乐华锰矿从事工会工作，最后又回到鸣山煤矿保管处守护煤矿的资产。他口才好，不时到各地做报告，宣讲党的革命故事。可以说，肖汉卿最早在乐平从事党的工作，参加革命后就一直战斗在工会战线，将全部的青春都奉献给了鸣山党的革命事业。但他为人低调，不争名利，不仅他个人没有身居要职，儿女们也统统没有沾他的光。

"你们会怨他吗？"

"不会，世界要靠自己奋斗。我父亲临死的时候还讲了一句话，'我死了以后你不要增加国家的困难，靠自己'。他们那辈人思想单纯，只想着全国人民能过上好日子，不是我干了革命我就要享受。要是有这种想法就搞不起来了。"

在肖福生的心里，还有一件骄傲的事必须要讲："我家里都是党员呐，我兄妹都是。"

"你孩子肯定也是党员咯？"

"我大女儿是党员，她在学校里就入了党。"

肖福生在学校里就入了党的大女儿叫肖琦，现在是江西省红十字会的一名干部。肖琦一直说自己来自一个普通却又不平凡的家庭，普通是因为和千千万万个家庭一样朴实无华，不平凡是因为共产党员这个光荣的称号已经在她们家传承了95年。95年的传承给了新一辈人什么样的影响呢？也许，我们可以从肖琦的一次"讲家风故事"的讲述中寻找到答案。

　　"随着岁月的流逝，爷爷仿佛离我们越来越远了，可是当我有一天打开衣柜，看到一块破旧的尿垫时，忽然热泪盈眶。那是用爷爷的棉裤改制的，我小时候用过，我孩子小时候也用过，原来爷爷一直都在我们身边，他还在默默地教导我们下一代'发扬革命传统，争取更大光荣'。我们缅怀他，不是要往自己的脸上贴金，而是要永远铭记老一辈革命家的初心，不忘昨日的来路，方能看清明天的方向。"

（执笔：王霖）

◆ 与肖汉卿的儿子儿媳合影

1927年1月，3名年轻的共产党员在锦江镇火神庙附近的王家山王济才家秘密举行宣誓仪式，成立了余江县第一个党组织——中共余江支部。1个月后，余江的党员人数增加到12人。

寻访第 42 站：江西余江区

寻访人：何　灵　王　霖　吴茂兴

寻访时间：2021 年 4 月 21 日

◆ 采访组在余江第一个党支部旧址合影

余
江
篇

大雨后的寻访

驱车前往余江的路上，我们恰巧赶上春日里一阵瓢泼大雨。车窗外，余江县城的街道、房屋被雨水重新洗礼，仿佛铆足劲要展示出一个沐浴后鲜亮活泼的新余江给我们好好看一看。车子行驶到余江区融媒体中心的大楼，雨也停了，有微微的阳光从云里射下来。树叶还在风中轻轻摇动，马路上的积水闪着亮亮的光。

当地党史专家、余江区革命斗争史暨新四军研究会会长官西棉在这里等候我们。老人家今年80岁了，听说我们想要了解余江第一个党支部的情况，他毅然冒着雨赶了过来。

"我们余江区第一个党支部是1927年1月成立的，早期共产党员12个，'四一二'反革命政变后，好几个都牺牲了……"

说实话，官老年纪大了，口音也比较重，我们想要把他的每一句话都完全听懂并不容易。但官老谈起这段历史时滔滔不绝，如数家珍，余江早期党的活动和发展过程全部都藏在他的头脑中。从官老的讲述中，余江第一个党支部酝酿、成立和发展的过程在我们的头脑中搭建出了一个初步的脉络。

1927年1月下旬，中共江西区委派郭燕台以省农协特派员的身份到余江指导农民运动，发展党员，建立党组织。郭燕台到余江后，先在县党部驻地火神庙召开全体委员会，并从县党部遴选了徐文渊、李昂、李馥三名积极分子吸收为中国共产党党员。他们在火神庙附近的王家山李昂的姑父王济才家秘密举行了宣誓仪式，成立了余江区第一个党组织——

◆余江区锦江镇火神庙

中共余江支部，由徐文渊出任党支部书记，隶属中共江西区委。

也就是说，余江第一个党支部成立的地点非常确定，这让我们心里的石头落了下来；但同时另一个并没有让我们感到意外的消息是，王济才家的老房子已经被拆掉了。

尽管老房子不在了，我们还是决定去位于余江区锦江镇的王家山看一看。

"火神庙还有一个戏台，我们可以走过去，这个是王济才家，第一次开会就在这儿。他这个房子好像是八几年建的，现在已经被他女儿卖掉了，以前是平房……"说话的人是余江地方文化研究会会长，余江一中教师胡祖荣。胡老师是鹰潭文化名人，也是新四军研究会常务理事，对余江当地的相关文化有很深的研究。我们邀请他一起再做一次余江第一个党支部的寻访。

出现在我们眼前的这栋20世纪80年代拆旧建新的民房就是当地最

普通的民居样子，总共三层。胡老师介绍，当年支部成立大会在王济才家召开后，由于反动势力破坏，出于安全考虑，随后的会议和支部党员活动就转移到王济才家后面200米左右的私塾先生王旭初家。王旭初祖父当过知县，父亲是中医，他自己在家创办私塾，以教书为生，思想开明，支持革命。他家

◆ 王家大院

里有一个在当时颇有规模的大宅子，当地人称为"王家大院"。

王家大院坐西朝东，两进一天井，前有大庭院，天井两边有厢房与前后正屋相连，两边厢房都开有耳门通屋外。东门围墙外和北面是人行道，正屋后和厨房后有一片树林和苎麻地，向外可通往河边。胡祖荣介绍，这样的格局有利于当时的共产党人开展活动。

"他可以从这边耳门出去，那边有一些小树林，种了很多苎麻在那里，所以这里隐蔽，很方便。"

据说王家大院的后人手中至今还保留着一只皮箱，现在随其后人一起被带到了天津。关于这只皮箱的来历，有一种说法是，当时王家人救了一个革命者，那人被追逃后没能够回来取这只皮箱。至于这个革命者是谁，没有人说得清楚。另一种说法是，皮箱应该就是来余江筹建第一个党支部的郭燕台的物品。余江地方文化研究会会长胡祖荣支持后一种说法。

"他们的儿女回忆时也讲了这个事，说有一个人留了一只箱子在这里，那我想留了箱子，又是外地的，那就是郭燕台。"

其实我们很想亲眼看看这只皮箱，更想知道皮箱里还有没有什么物品，想听听王家后人们讲讲这只皮箱更多的故事。但是将近一个世纪过去，王家的后人们几乎散落在海内外各地，想要追寻这段尘封往事变得异常困难。

余江当地也意识到了这一点，他们也正在努力做一些相关的物料收集工作，并正在着手将王家大院打造成余江党史展览馆。包括这只珍贵的皮箱，也在联系看能不能送回余江。

1927年1月，余江成立第一个党支部时只有3名党员。1个月后，党员人数已增加到12人。支部组织成立了余江县总工会、农民协会等群众团体，积极开展工农运动，举行工农示威游行；同年3月，徐文渊等赴省会南昌为民请命，迫使国民党江西省政府撤换破坏工农运动、贪赃枉法的国民党县长艾宏洲。

1927年12月，中共余江党支部完全遭到破坏。桂文藻、范歧山被暗杀，吴万有进城联系工作时不幸落入警察之手，在县监狱里被折磨了3个多月，后被送到南昌省卫戍司令部受电刑而死，遗体被抛入赣江。

1959年春，时任中共江西省委第二书记、省长的邵式平来余江视察，回忆起1927年3月余江土豪劣绅霸占县农民协会时的情景，提笔赋词一首：

渔家傲·余江

一九二七花朝月，初到余江住农协。农协里面全土劣。面具揭，翌日枪声阵阵烈。警察子弹农民血，阴谋屠杀预先决。这场惨案今未雪，喊冤屈，愿为县史补一节。

距离王家大院十几公里的路程，我们来到了锦江镇乐泉村。乐泉村的乐氏宗祠是1930年红十军和游击队攻打余江县城的临时指挥部旧址，为攻克余江县城、取得黄金埠战斗的胜利做出过贡献。如今的乐氏宗祠被开辟为乐泉红十军指挥部旧址纪念馆，里面有实物和画板的展陈，作为余江红色历史的见证和回顾，也是余江革命传统教育和党史教育的基地。

◆ 乐泉红十军指挥部旧址

乐泉村环境优美，村庄处处整洁干净，在村里走走，让人的心情也变得格外的好。乐泉村委会书记李初生骄傲地告诉我们，乐泉有光荣的革命传统，村里现有49名党员，都能积极主动发挥模范带头作用，村里的各项工作无论是宅基地改造还是乡村治理等，都开展得顺顺当当。村里还有巾帼英雄女子志愿服务队，每周六会开展志愿服务，不计报酬，打扫全村的村居环境卫生。

"我们有巾帼英雄女子志愿服务队，其中有一名最高年龄的刘雪银，今年90岁了，从一开始成立女子志愿服务队的时候她就参加了。我说：'奶奶你这么大的年纪了，不要参加，注意身体。'她说：'我是一个党员，50多年的党龄，只要我身体能动，搞搞活动对我自己的身体还有益处。'"

离开乐泉村，春雨又开始淅淅沥沥地下起来。乐泉的田野和村庄在雨中静静伫立，中午时分的饭菜香不知从哪家飘出来的。一路远去，我们看到播插不久的秧苗嫩绿发亮，夏收的时候乐泉又能迎来大丰收了。

（执笔：王霖）

蒋介石发动"四一二"反革命政变后的第三个月，在三县交界、群山环抱的田心村成立了分宜县第一个党支部，也是新余市第一个党支部。会上，支部书记刘辉煌极其严肃地宣布了一条最严厉的保密纪律：上不能传父母，下不能传妻儿，只有你自己知道你是中国共产党党员。

寻访第 43 站：江西分宜县

寻访人：何 灵 李 昂 雷 晨

寻访时间：2021 年 4 月 23 日

◆ 在分宜第一个党支部旧址合影

田心红心　颗颗向党

高速公路四通八达的年代，去一趟田心村还是不容易。

从新余出发，短短 30 公里，曲曲折折的山路颠了我们将近两个小时。

田心村位于分宜县钤山镇，地处安福、吉安、分宜三县交界处。

1927 年，蒋介石发动"四一二"反革命政变，大肆捕杀共产党员，反动派残酷镇压人民的白色恐怖氛围在此时达到了高潮，党组织活动在当时处于半瘫痪状态。92 年前，受到组织派遣，分宜籍党员彭树德从吉安县延福长途跋涉，带着使命和任务，一路克服各种艰难险阻回到家乡开展革命活动，正如一颗革命的种子在分宜南部山区扎下了根。今年 60 岁的分宜县田心村退休老书记周年生介绍，彭树德回到分宜后，以探亲

◆ 田心村村貌

访友为掩护，立刻联系上时任上施农民协会主席刘辉煌，秘密筹建党组织。

"到了上施以后，他们白天以扛木头为名，晚上入户，搞秘密串联。到 1927 年 7 月，他们就在刘家祠堂里面开会，这个党支部就这样成立了。为我们下一步红色政权的建立、为我们下一步暴动提供了坚强的组织保证跟组织基础。"

跟随老书记周年生从村委出发，驱车向南 10 分钟，来到上施村刘氏宗祠，分宜县第一个党支部田心村党支部就在这里成立，首次党员大会上，作为书记的刘辉煌宣布了三条决定：一、建立武装；二、秘密发展组织；三、筹集经费。不仅如此，还宣布了极为严密的保密规定。

"他还宣布了一条最严密的保密纪律。他说我们这些党员千万要保密，上不能传父母，下不能传妻儿，只有你自己知道你是党员，否则会杀头的。"

第一个党支部成立后，有了主心骨，第二个、第三个党支部很快也相继成立，上施中国共产主义青年团支部及一批农民协会也陆续成立。从此，党组织遍及全县南北，有组织地开展革命活动。1928 年 10 月，彭树德、刘辉煌等人在上施召开田心、东坑等支部全体党员会议，决定划片包干，深入各山村，秘密串联，发动群众，组织了 100 多人参加的暴动队。暴动队手持鸟铳、

◆分宜第一个支部成立雕像

马刀、梭镖等武器，要求土豪劣绅开仓取粮，活捉张爱仁、刘松山、潘彦清、潘学清等土豪。这就是著名的上施暴动。

◆ 刘辉煌故居

　　然而暴露意味着风险，上施暴动不久后，刘辉煌被捕入狱。1929年2月，赣西游击队第一大队攻克分宜县城，刘辉煌获救出狱。1930年2月，刘辉煌被任命为中共分宜临时县委书记，后改任中共分宜县委秘书长。1931年，刘辉煌不幸牺牲。

　　走出上施村的刘氏宗祠，我们偶遇了村民刘金根，按辈分，他应该叫刘辉煌爷爷。当年田心党支部的所有党员均未留下子嗣，他们的革命故事在村子里也就并未流传开来。

　　"讲得很少，因为我们小，父亲也不跟我们讲这些东西，只能说是知道他在外面被杀害了，他死的时候也就30来岁，他去世以后，我弟弟就过继给他了。"

　　刘氏宗祠往北200米的山坡上，一棵700多年树龄的老樟树格外引人注目，恐怕要十多人才能环抱得住。树前，有一幢有上百年历史、占地百十来平方米的纯木质材料房屋，门槛上镰刀反复砍后留下的痕迹清晰可见。这是刘辉煌的故居，环境很好，当年他就是在这幢房屋内生活、

◆ 刘辉煌烈士墓

学习，考上了临江师范，在外任教后，又返回村子里闹革命。创建了分宜第一个党支部，开展土地革命，发动上施暴动，打土豪分田地，轰轰烈烈。

刘辉煌的墓地也在去年得到重新修缮，供后人瞻仰。

田心村不大，但山高林密，下辖的多个自然村都是历史悠久、文化底蕴深厚的古村落，有的甚至存在了上千年。历史的车轮碾过，向世人述说着革命年代的红色故事。

"田心就是新余的'井冈山'。田心为新余创造了三个第一：成立了新余市第一个党支部；发动了第一次暴动——上施暴动；还曾建立了我们第一个红色政权——苏维埃政府，了不起。"

周年生提到的新余市第一个红色政权苏维埃政府，就建立在他出生的村庄——田心村礼家陇自然村。1930年3月，彭德怀率红五军攻打分宜县城，在分宜打开了大好形势。赣西南特委北路行委遂派人前往分宜建立红色政权。由于田心村礼家陇自然村地势险要，易守难攻，村内建于明洪武十年（公元1377年）的四进祠堂宽敞且带有东西厢房，适合办公。当年4月，新余市的第一个红色政权——分宜县临时苏维埃政府正式在此建立，刘仁生任临时县苏维埃主席。可随着红军主力的撤离，这个临时苏维埃政府被敌军一把火烧光殆尽，仅留下了四样古迹。

"我们真正能够穿越时空、见证历史的就是留下的四个'古'——古砖、古墩、千年古树、百年古井，它孕育了我们一颗苏区人民永远跟党走的红心。"

随着周年生来到他口中的古井旁、古树下，井水清澈，井下可见水草，源源不断的井水滋养了这里一代又一代人。探访田心，见到了不少古树，每棵树下，都有一段故事，眼前的这两棵也不例外。周年生说，这里是当年红军战士在操练之余，休息、聊天的地方。

"这个树根的造型寓意着我们共产党的事业只有扎根群众，才能兴旺发达。你看，树干好像张开双臂拥抱着明天。"

周年生介绍，村庄是周瑜后人建起来的，山林密布，盘龙交错，风光旖旎，景色宜人。他感到很是骄傲。

"你看，真是一派好景啊！我们现在的苏区丛山峻岭一片绿，万绿丛中一点红，我们是红土地，天蓝、地红、山青、水绿、人和。绿中有红，红中带古。三色同在，所以说这里是龙盘虎踞，可以藏龙卧虎。"

如今，年过花甲的周年生依然活跃在推介家乡的前线。2020 年，田心村接待各类学习、考察团 200 多批次，大都由他亲自上阵，讲解红色故事，推介家乡美。田心的红色故事他都倒背如流，田心的革命烈士名录他都滚瓜烂熟，田心的古迹美景他都了然于胸。为家乡老百姓谋福祉，带来更好的生活，这不正是刘辉煌、刘仁生这一批批老一辈革命烈士给村庄送来的希望吗？一根接力棒，正通过这片土地的红色基因一代代传承。

"现在我退休了，我就专门搞红色传承。所以我就在拉投资，把我们地方打造一下、包装一下，产生效益，为苏区人民带来福祉，享受我们国家的好政策。"

（执笔：李昂）

穿村而过的小河边，生长着胳膊粗细的藤蔓。藤蔓从河东蔓延到河西，一年四季盛开着绚丽的花朵。人们可以踩着花桥，闻香而过。花桥村因此得名。1927年的一个秋日，一个被当地人称作"莽子"的大高个——罗日光挺身而出，带领7个党员，在花桥村成立了新喻县（现新余市渝水区）第一个党支部。

寻访第 44 站：江西新余市渝水区

寻访人：何 灵 李 昂 雷 晨

寻访时间：2021 年 4 月 24 日

◆ 在中共花桥支部旧址合影

九龙山里英雄多

新余是江西省土地面积最小的地市，但旅游资源丰富。原花桥大队所在的九龙山乡就是当地与罗坊会议纪念馆齐名的红色旅游胜地。

九龙山乡花桥大队位于新余市区往南 40 公里处，随着党史学习教育的深入，每年都有上百支队伍前来学习考察。这里的公路也越修越好，曾经地势险要的九龙山，沿着美丽的仙女湖环湖路，驱车差不多一个小时便可到达。

曾经的九龙山依山傍水，土地肥沃，物产丰富，每逢春季，野花遍地。早些年，新余市史志办副主任李立峰对这里进行过深入研究，他说这里的好生态是出了名的，尤其是花桥，环境优美，犹如仙境，连地方志上都有记载。

"这个村前原来有一条小溪，上面长满了古藤，而且四季花开，人可以在长桥上过往，我们最后挖掘出花桥的名是这样来的，这个名字它就是很有诗意，当时的生态肯定是非常好的。"

可清朝末年以来，九龙山的土地 60% 被地主老财占有，10% 被各式封建迷信组织占有，剩下 30% 劣质瘦田为占人口 90% 以上的贫苦农民所有。农户辛勤劳作一年，到头来所剩无几。大革命失败后，这里成为国民

◆ 罗日光画像

党反革命"进剿"的重要地区，烧杀抢掠，百姓的生活更是苦不堪言。

哪里有压迫，哪里就有反抗。九龙山村民罗日光在这个时候站了出来。

"罗日光，他人比较高大威猛。当地人都叫他日光莽子，我们土话'莽子'就是人长得很高。"

罗日光小时候读过私塾，是当地的一名小商贩，经常往返于

◆ 中共花桥支部旧址

九龙、吉安一带卖耕牛、铁锅。1927年初，39岁的罗日光来到吉安县延福做生意，耳濡目染了那里的革命活动，深受教育和启发。在延福党组织的影响下，他积极参加革命活动，很快成为农民运动的骨干。

"共产党一眼就相中了他，把他发展成为党员，而且委派他开辟一个新天地。他属于有些文化的人，再一个他社会阅历非常丰富，交际能力也很强。"

比能力更重要的是罗日光坚定的信仰。他利用做生意的便利，走村串户，秘密串联，在贫苦农民和手工业者中秘密宣传共产党的主张，介绍延福人民开展革命斗争的情况，积极物色和培养革命对象。几个月下来，发展了包括邓正生、黄天才、刘生伦等在内的7名党员。

1927年10月的一天，秋高气爽，层林尽染，包括罗日光在内的8名党员，在刘生伦家中秘密召开党员会议，新喻县第一个党支部正式成立，罗日光任书记。

"从此以后革命斗争有了主心骨，就能有组织、有计划地开展革命斗争。两年之后就发动了花桥暴动，正式把我们的革命旗帜打出来了，公

开跟国民党斗争。"

花桥党支部旧址 200 米外的不远处，有一棵百年大樟树。罗日光的孙子罗军华叙述，1929 年 12 月 20 日，一百多个贫苦农民集结在这里。当时北风凛冽，寒气逼人，但大家的心里却热乎乎的，手举着松明火把，把天地照了个彻亮。受尽了土豪劣绅的盘剥和折磨的九龙山人民，长期积淀在他们心中的怒火，就如火山底下的熔浆，终于要爆发了。罗日光率领村民们举行了当地著名的花桥暴动。

"我爷爷带领当地一百多个贫苦农民，手里拿着梭镖、大刀、鸟铳，在这里举行革命暴动，他大声地对大家说，'我们把土豪打倒了，将来我们的日子就更好过'。"

他们先是就近绑了大土豪刘进寿，又在附近地主老财家的米缸里揪出了龟缩躲藏的张才德。历经一晚，几名地主老财一个不漏地被一网打尽。天微亮，一轮红日高照东方。村民们全都涌向村头，对地主老财的公审大会引得百姓们连连叫好，拍手称快。

罗日光带领花桥党支部开展的革命斗争成果有目共睹，他本人也在一次次的革命运动中飞速成长。此后，他还率领近 3000 人的农民赤卫军

◆九龙山革命烈士纪念碑

◆九龙山革命烈士名录

配合红军主力攻下吉安城，为赣西南农村革命根据地的建立立下了汗马功劳。在瑞金召开的中华苏维埃第一次全国代表大会，罗志光作为新喻县代表参加会议，并投下了庄严的一票，拥护毛泽东当选中华苏维埃临时中央政府主席。

1931年12月，罗日光、刘生伦等先后牺牲。

"九龙山这一块地方成为我们整个新余革命斗争的核心区域，这跟罗日光的贡献是分不开的，如果说他能走得更远、更久的话，我相信罗日光一定会有一个更灿烂的、更辉煌的人生。"

在北京师范大学新余附属学校，我们见到了学校的党总支书记刘峰。他是刘生伦烈士的曾孙。花桥党支部旧址正是他家的祖屋。刘生伦牺牲后，他的后人三代坚守教师岗位，代代宣讲红色故事，教书育人，默默承担起传承责任。如今，花桥党支部旧址已被评为江西省文物保护单位。一有时间，刘峰老师就会回来看看老房子，听听曾祖父和老一辈先烈动人的故事。

"这段故事不能忘，要世世代代传下去。"

1957年12月，当地为罗日光及九龙山乡英勇牺牲的185名革命先烈兴建了一座烈士纪念碑；1975年，迁建于九龙山乡黄田村委幕下村背山上；1984年10月重建。在离纪念碑50米处，建有一座革命烈士陵墓。旁边立起一块石碑，上面刻着罗日光、刘生伦等185名革命烈士的姓名。

（执笔：李昂）

1926年7月下旬，中共永新支部成立，一群20岁出头的永新籍青年学生成为中共永新地方组织的创始人。担任书记的欧阳洛，是永新县第一个共产党员，也是贺氏三兄妹的革命领路人，后担任中共湖北省委书记。1930年，他带头唱着《国际歌》走向刑场，牺牲时年仅30岁。

寻访第 45 站：江西永新县

寻访人：陈月珍　康美权　李　平

寻访时间：2021 年 4 月 24 日

◆ 采访组在永新县第一个党支部书记欧阳洛烈士雕像前合影（右二为欧阳洛烈士的侄孙欧阳少华）

红土地上的革命引路人

永新，位于江西省西部，处罗霄山脉中段，系湘赣两省边陲区域，素有"楚尾吴头"之称。郭沫若曾题诗赞颂永新"长征逾万参加者，烈士八千磊落才"。

永新因红色而闻名天下，给世人留下了丰厚的红色记忆。在土地革命时期，永新是井冈山革命根据地的重要组成部分，是中央苏区创建时期的重要区域，毛泽东曾在《井冈山的斗争》中写道："看永新一县，要比一国还重要"，并确定了"用大力经营永新，创造群众的割据，布置长期的斗争"的战略方针。

◆ 欧阳洛

翻开 2017 年出版的《中国共产党永新历史》第一卷（1921—1949），书中第一张照片就是欧阳洛。照片里的欧阳洛，文质彬彬、清隽潇洒。很难想象，就是这样一位儒雅书生，在家乡播下了革命火种，为日后井冈山革命根据地的创建培养了大批优秀骨干。

永新县党史研究员左招祥："欧阳洛是永新县芦溪乡阳家村人，家里不是很富裕，但也不是很穷，还过得去。后来，他在南昌省立第一师范学校读书，受到方志敏等这些老前辈的熏陶，先加入了共青团，后来加入了共产党。"

1926 年初，26 岁的欧阳洛受党组织委派，离开南昌到吉安开展革命活动。在吉安省立第七师范学校和阳明中学，他先后秘密发展了永新籍学生刘真、刘作述、刘家贤、王怀、刘伯藩等为共产党员，当时他们都20岁出头。随着革命形势的高涨，这批在吉安的永新籍先进青年知识分子一道回永新开展革命活动，他们以开办平民夜校和农民夜校为名，传播马克思主义。

1926 年 7 月上旬，中共永新小组在永新县城成立，7 月下旬成立永新党支部，欧阳洛、萧炽慧、刘真、王怀、刘作述、曾静持等为支部委员，欧阳洛任书记。

永新县城左家祠是永新第一个党支部成立所在地，这里如今是永新县城厢小学二部学校。当年，左家祠的附近也有一所学校。

永新县委党史和地方志研究中心主任邓智飞："当年有一个福音堂学校在这里，左家祠、南街是商户最多的地方，也是工商业比较发达的地方，人员集中、号召起来更有影响力，而且能够推动工作。"

从永新县城厢小学二部学校的后门出来，这里正在进行"重见永新"老街改造，几步之遥就是贺子珍故居——海天春茶馆。

永新党组织建立后，到 1927 年初，先后发展了贺子珍、贺灿珠、朱昌偕、贺敏学、贺怡、刘天干等 20 多人为共产党员。到 1927 年 5 月，永新县有 500 多名党员，工农运动进入空前高涨的时期。

"欧阳洛就是贺氏三兄妹的革命领路人。还有我们永新的木工朱昌偕，后来也做了永新县委书记。他发展的党员覆盖的阶层比较广泛，各行各业都有，这是永新革命一个最大的特点。"

"四一二"反革命政变后，永新国民党右派分子、地主豪绅制造了"六一〇"反革命事件，永新的革命同志大部分撤到吉安。欧阳洛、刘真、刘作述等人商讨，做出三项决定：一是派欧阳洛、刘真、彭大燮三人赴南昌；二是由刘作述等人迅速潜回永新，举行武装暴动；三是派人前往宁冈、安福、莲花三县，与当地党组织联系，请求他们派武装克复永新县城。

◆欧阳洛故居

1927年7月，刘作述等人领导的永新枧田农民暴动一举成功，在刘作述等人的策应下，宁冈、安福、莲花三县农民自卫军武装克复永新县城，救出贺敏学等共产党员和革命群众。随后，四县农民自卫军组成了赣西农民自卫军总指挥部。

永新县委党史和地方志研究中心主任邓智飞："正是由于有了第一批共产党人，他们敢为人先，敢于联合发展斗争，才使永新红色革命斗争一直走在湘赣边界的前列，一直是湘赣边界的中心地域，开展革命斗争。"

参加了南昌八一起义的欧阳洛，后来历尽艰险赴上海寻找党组织，参加了上海工人运动，历任中共上海沪东区委书记、沪西区委书记、江苏省委常委。在上海工作期间，与湖南著名烈士沈春农（沈春农是毛泽东于1925年回家乡考察农民运动时亲自发展的党员）的女儿——沈谷南（又名沈凤英）结为夫妇，沈谷南是中共元老徐特立的学生。1930年2月，欧阳洛担任湖北省委书记兼组织部部长;同年4月5日，由于被叛徒出卖，欧阳洛被捕，在武昌阅马场英勇就义，年仅30岁。

永新县党史研究员左招祥："临上刑场的时候，一共4个人，他带头唱《国际歌》，走向刑场。敌人用枪托打他，他还要唱;把他的棉衣撕破了，堵住他的嘴，他还是要唱。他的牺牲很英勇。"

中共永新地方组织的其他创始人中，刘真于1928年2月任中共永新县委书记，1929年9月在南昌市下沙窝英勇就义，时年23岁。

王怀于 1929 年底任中共永新县委书记。1930 年 3 月，被选为赣西南特委常委兼组织部部长。1932 年 5 月牺牲，时年 26 岁。

刘作述于 1927 年 5 月任中共永新临时县委副书记。1930 年 1 月，任红六军第三纵队政治委员；同年 8 月，在攻打长沙战斗中牺牲，时年 25 岁。

在永新县芦溪乡南阜村的村口，三棵百年古樟树静静伫立，年少时的欧阳洛曾在这三棵樟树下学习和阅读进步书籍。在他的启发教育下，弟弟欧阳帮、欧阳济都先后加入中国共产党，分别担任当地暴动队队长、队员等，后被反动派杀害，牺牲时分别为 27 岁和 29 岁。永新县芦溪乡南阜村支部书记左太清告诉我们，欧阳洛一门三烈士，当年他们家的房子被国民党完全烧毁，如今我们寻访时只能见到一些当年的砖头了：

"这就是原始的砖，因为现在没有这么大的砖。"

寻访中，我的心情比较沉重压抑。不仅是因为欧阳洛一门三烈士，还因为他们兄弟三人中只留下两个后代，而且都是遗腹子。更令人悲伤的是，这一对堂兄弟在父辈牺牲后三四十年后，才彼此知道对方的存在。

"常言道，幼年失怙，人生大悲。我出生前两个月父亲欧阳洛就牺牲了，4 岁被寄养到远房亲戚家，从此与母亲沈谷南天各一方，14 岁才知道自己的身世。"

欧阳洛烈士牺牲后两个月，他的儿子——中央宣传部原秘书长沈一之（又名欧阳申华）出生。4 年后，他的堂弟欧阳定厚、欧阳济烈士的儿子也出生了，同样没有见过自己的父亲。

革命岁月中，烈士后代成长不易。沈一之的成长离不开外婆、舅舅的全心爱护，舅舅甚至将自己孩子的名字也取名为"沈一之"。欧阳洛的侄孙欧阳少华给我们讲述了伯父沈一之的这段故事：

"为什么出现两个沈一之？当时国民党还是非常猖獗的，如果人家告密，舅舅随时准备叫他弟弟（沈一之的表弟，也名'沈一之'）去顶他，要保留革命的后代。"

欧阳少华说，相比之下，他的父亲——欧阳定厚的成长之路就更加艰辛坎坷。房子被烧，母子俩只好躲到外婆所在的村子，6岁时母亲也不幸去世，家中再无他人。

"不知道后面他是怎么长大的，我爸爸说到这段就流泪，这家吃一点，那家吃一点，才长大的。"

成长尽管艰难，但烈士后代仍然继承先辈遗志。欧阳洛烈士的儿子沈一之15年后与母亲重逢时，已成为领导当地游击战争的青年干部；新中国成立后，欧阳济烈士的儿子欧阳定厚在村里第一个加入共产党，并且谢绝了当地安排他去宣传部工作的决定，如今他的儿子欧阳少华也是共产党员：

"我们一家是革命的后代，在我爸爸的教育下，我一定要入党。他天天要求我们有理想、有信念，他教育我们说，作为烈士的后代，要继承他们的遗志，包括我们参加工作后也要求我们为公为民。"

如今，在永新县革命烈士纪念馆的门口，矗立着欧阳洛烈士的铜像，馆内陈列着他的部分遗物和生平事迹的介绍资料。每当清明节、烈士纪念日，当地中小学生都会在这里举行追思和纪念活动，向欧阳洛烈士的铜像敬献花篮，缅怀这位为国捐躯的革命先烈。欧阳洛烈士儿子沈一之曾在自述中充满深情地寄语：

"我真心希望能够加强革命传统教育，让现在年轻人真实了解革命的艰辛，学习党史国史，能够对党、对革命树立一种真诚情感，继承党的优良传统，这样烈士的鲜血才不会白流，党和国家才会大有希望。"

（执笔：陈月珍）

1926年11月的一天，在信丰县立高等小学，13位年轻的共产党员们做出了一个历史性的庄严决定，正式建立中国共产党在信丰的第一个基层组织——中共信丰支部干事会，黄维汉任支部书记。

▼

寻访第 46 站：江西信丰县

寻访人：何 灵 王 霖 沈汉华
钱文龙 刘 斌

寻访时间：2021 年 4 月 26 日

◆ 在信丰第一个党支部旧址合影（原县立高等小学）

长夜总有破晓时

在江西赣州的南部，有一个东、西、北三面临水，南面靠山的县城，唐永淳元年（公元682年）建县，自古以"饶谷多粟、人信物丰"著称，这就是信丰。

1921年7月，中国共产党成立后，一批在外地求学的信丰先进知识青年，逐步认识和接受了马克思主义。

1926年11月，中共赣州特支创办了赣南农工运动训练班，当时信丰县参加训练班学习的有郭同薪、钟公哉等8人。训练结束后，他们全部加入了中国共产党。

这些信丰的先进知识青年在外地加入共产党后，大多数受党组织派遣，陆续回到家乡开展革命活动。他们深入群众当中，走与工农相结合的道路，广泛传播马克思主义，大力宣传革命真理。在城镇，开展工人运动，组织工会；在农村，开展农民运动，成立农民协会，发动农民开展革命的斗争；他们秘密发展共产党员，壮大革命力量，带领人民投入革命运动中。

信丰县委党史办主任庄春贤介绍："他们这些人回来发展党员，中共赣州特支成立以后，就派舒国蕃、谢汉昌他们到信丰发展党的基层组织，所以在1926年11月成立了中共信丰支部干事会。"

经历了漫长的等待和滋养，革命的种子终于冲破了土壤。1926年11月的一天，在县立高等小学里，血气方刚的黄维汉、邱泽泔、吴绍春、郭同薪、曾人超、谢为都等13位年轻的共产党员做出了一个历史性的庄严决定，正式建立中国共产党在信丰的第一个基层组织——中共信丰支部干事会，隶属于中共赣州特支，黄维汉任支部书记。

"黄维汉积极建立工会，到群众中去宣讲：我们工人为什么穷？我们为什么要受尽压迫剥削？我们要起来斗争，在共产党的领导下革命。所以，信丰的工农运动很快便风起云涌。"

当年成立中共信丰支部的信丰县立高等小学早已经在历史的长河中无影无踪，但是在庄春贤主任的带领下，我们还是找到了县立高等小学当年的旧址。如今，这里已经变成一个机关住宅大院，进进出出的人们很少有人记得当年发生的那段开天辟地的历史。

作为信丰县第一个党支部的成员之一，谢为都到小江召集农会骨干和积极分子开会。1928年初，40多名工农红军赤卫队员聚集在水阁下，发动小江暴动。由谢为都率领赤卫队，奔赴信丰县城郊区，与肖凤鸣、郭一清领导的队伍汇合，攻打信丰县城。

今年64岁的谢用万是谢为都的孙子，当了一辈子的乡村教师。说起连一张画像都没有留下的爷爷，性格开朗的谢用万有点难过，但还是很骄傲和自豪。

"我爷爷以前是嘉定镇小学的校长，参加革命以后，什么都没有了，都献给了革命。他们是为革命牺牲的，为了我们这一代的幸福生活。"

谢用万说，爷爷有6个儿子，5个都参加了革命，都牺牲了。他只知道爷爷谢为都是在于都牺牲的，其他那些大伯的故事他几乎一无所知。

"只有一个名字在这里，没有记录了。不但是我家的烈士没有记录，信丰还有好多成千上万的烈士都没有简历，好多连姓名都不知道。"

1927年10月，中共信丰特支改称中共信丰特区委，黄维汉任特区委书记。同年，朱德、陈毅率南昌起义军余部在信丰进行纪律整顿。随后，按照朱德、陈毅途经信丰时提出的意见和上级党组织的指示，信丰特区委发动和领导农民进行年关斗争，筹划武装暴动。

◆ 与谢为都的孙子谢用万合影

　　庄春贤介绍："到 1928 年 2 月举行了声势浩大的农民运动，信丰第一支部的这些主要成员都成为暴动的骨干，比如邱泽泔，还有郭同薪、曾人超，也是暴动的主要成员，领导大阿这一片。第一任支部书记担任农民暴动的信丰县工农革命委员会主席，总指挥是郭一清，党代表为肖凤鸣。当时信丰共产党的活动给反动势力造成了恐慌，惊动了全国反动势力最顽固的上海。他们在报纸上登出'信丰告急'的消息，所以敌人看到我们这些农民暴动得厉害，他们就派人到赣州镇压。"

　　暴动攻城战失败后，国民党反动派调集了南康、大余、赣县等地方武装，配合信丰地主武装及国民党军独立七师一个营，疯狂镇压信丰暴动赤卫队。在信丰西区、北区、城郊、崇仙、古陂和新田等地大肆烧杀抢掠。肖凤鸣、郭一清、李官濂、谢为都等领导人和革命者以及暴动骨干家的房屋全部被烧毁，财产被洗劫一空。许多共产党员和革命群众惨遭杀害，白色恐怖笼罩信丰大地。

　　这次信丰农民武装暴动持续了十多天，沉重地打击了国民党反动势力的嚣张气焰。但攻城斗争终因敌强我弱而遭受挫折。

"暴动失利以后，黄维汉就到安远参加革命活动，其他的支部成员则在农村隐藏下来继续发展组织。这就为我们在 1930 年毛泽东率领工农红军第四军攻占信丰县城奠定了坚实的基础，为整个苏区的建立奠定了坚实的基础。"

暴动受挫后，作为中共信丰支部主要成员的邱泽沺，开始转入地下继续发展党员，组织开展革命活动。

"当时 16 岁的曾保堂跟着他，他们本来准备去井冈山寻找党组织的。因为敌人设置了重重关卡，他们到达王母渡的时候就被抓住了，邱泽沺和几位暴动队员被杀害了，曾保堂年纪小，邱泽沺他们就骗敌人说是曾保堂是他们找来带路的小孩子。所以曾保堂就没被杀害，后来被家里人筹款保释出来了。"

就是这个曾保堂，在长征途中，智取遵义城，1955 年被授予少将军衔。

经过这次农民暴动的革命风暴洗礼，党组织和暴动领导人经受住了严峻的考验，总结了经验和教训，为建立革命武装、开展游击斗争奠定了基础。

庄春贤介绍，当时，国民党反动派的烧杀抢掠让信丰笼罩着血雨腥风，但信丰的共产党人和工农群众并没有被黑云压城的白色恐怖所吓倒，他们掩埋好同伴的尸首，揩干身上的血污，继续坚持不懈地战斗。他们坚信：终有一天，乌云会散去，天空会亮起来，信丰将笼罩在朝霞之下，沐浴在曙光之中……

"透过历史的长河来看，我们信丰县第一个党支部的这些党员，包括支部书记黄维汉、组织干事邱泽沺、宣传干事郭同新，总共 13 位党员，他们的革命历程非常光荣，他们的英雄事迹荡气回肠，他们的精神让人热血沸腾。我们要缅怀他们这种精神，为实现中华民族伟大复兴的中国梦贡献智慧和力量。"

（执笔：沈汉华）

中共泰和支部成立于1926年7月，康纯担任支部书记。大革命失败后，康纯发动领导了三十都暴动，率领泰和农民自卫军会同万安农军，两攻泰和城，四打万安城，这是江西最大最早的武装起义，也是土地革命战争初期全国最早的农民武装起义之一。

找到家乡第一个党支部

寻访第 47 站：江西泰和县

寻访人：陈月珍　康美权　李文智

寻访时间：2021 年 4 月 27 日

◆采访组在泰和县革命烈士纪念馆合影（背景是三十都暴动浮雕）

千年古郡　红色记忆

　　康纯是泰和县党组织的创始人。这个名字，我在之前对吉安地区党组织创始人罗石冰的采访中，就已经了解过。

　　在罗石冰故居中，有一张"经罗石冰介绍加入中国共产党党员名单"，里面就有康纯的名字，入党时间为 1926 年 2 月到 3 月。

　　从泰和县城出发，20 分钟左右，到达澄江镇桔园村鲁溪村小组，这里是康纯的老家。桔园村交通便利，村前就是连接北京、珠海的 105 国道，明代名臣杨士奇墓坐落在桔园村委附近杏岭村北山上。

　　车过泰和境，回龙溪水清。

　　山头林木茂，路旁禾稻平。

　　乌骨鸡多产，钨钞矿著名。

　　泰和自古就是南北通衢、东西贯通的咽喉要地。1965 年，郭沫若从赣州兴国路过泰和上井冈山，沿途被泰和 319 国道两旁山清水秀的自然风光深深吸引，写下了这首《宿泰和》。

　　在澄江镇桔园村干部康定洲的带领下，我们下车步行不到 5 分钟，沿着一个小山坡，来到了康

◆ 康纯故居

纯故居。这是一栋有着四百年历史的明朝祖宅，房屋基本坍塌，但门楣上"凤翥龙翔"四个大字依然清晰可见，这让一同前来的泰和县委史志中心二级主任科员童舜柱很是惊讶：

"我以前看他的资料，一直以为他是个穷苦的孩子，不知道他是个富有的家庭。你看这个门楣，上面雕龙画凤，'凤翥龙翔'，从这个角度来看，他家的经济条件很好，有一定的文化底蕴。"

"凤翥龙翔"最早出自明·张居正《陵寝纪》，形容气势非凡。

遗憾的是，不管是当地党史部门，还是老家的干部，对康纯祖辈乃至其本人，都不太了解，但可以确定的是，康纯饱读诗书，在1924年考入江西省立吉安第七师范读书。

1926年6月，江西地委为了迎接北伐，决定派出在南昌、九江、吉安等地的党员，回本县开展建党工作；同年7月，康纯回泰和发展党员，成立了中共泰和小组、泰和支部，担任党小组组长、支部书记。

寻访中，我们已无法确认当年中共泰和支部成立的具体地址。但可以知道的是，康纯回到泰和后，发展的第一个党员就是他在吉安第七师范的同学——当时在泰和县冠朝云亭小学任教员的翁德阶。有一种说法是中共泰和党小组在云亭小学成立，康纯也曾在此任教。

"他们一起在云亭书院教书，有一些是老师，有一些可能就是学生，有些是农民、工人，在这里比较方便，可能

◆疑似中共泰和党小组成立所在地旧址（云亭书院，现为泰和县冠朝中学）

主要的党员在冠朝和上模这两个地方。"

当时的云亭乡包括现在的老营盘、上圯乡、水槎乡、沙村镇、冠朝镇和上模乡。在现在的冠朝中学院内，有村里人创办的云亭书院。康纯、翁德阶以及他们在云亭书院的学生肖拔群，都为后来的三十都暴动献出了生命。

1926年9月，北伐军进入泰和后，康纯、翁德阶等人根据上级指示，与泰和的国民党周魏、彭养泉筹备国民党泰和县党部，康纯任县党部农民部长和县农民协会筹备委员会主任委员。此后半年内，共产党员和国民党左派力量逐渐站在中心地位，粉碎了国民党省党部右派分子企图改组泰和县农协的阴谋。1927年3月，国民党反动派杀害赣州总工会委员长陈赞贤后，康纯等人召开全县工人大会，驱逐国民党右派分子，向省党部控告县长周魏和国民党县党部负责人彭养泉。不久，县长周魏被撤职，彭养泉也闻讯逃跑了。

"康纯领导的泰和共产党组织，这个时候达到了一个巅峰。把县党部的国民党都赶走了，基本上就是共产党在那里指导工作。"

大革命失败后，泰和党组织转移到农村，在当年中共泰和党小组成立所在地的冠朝、上模一带坚持斗争。康纯为了取得同上级党组织的联系，曾奔赴福建、广东，寻找八一起义部队，后去广州受到张太雷的接见，并听取了"八七会议"精神的传达。1927年10月，在赣西特委的领导下，泰和党组织经过整顿和发展，在三口塘成立中共泰和特别区委，康纯担任书记。

"可以用这么两句话、16个字概括康纯。第一句话就是'坚定理想发展组织'，他这个理想是很坚定的。第二句话应该说是他经历了挫折，'越挫越勇、宁死不屈'。革命陷入低潮，他还是去寻找上级组织，回来了又组织党员，发展的党员更多，共40多个党员、11个支部，由原来一个支部到一个特别区委，而且还发动了三十都暴动。"

◆ 中共泰和特别区委成立地点——三口塘村

地处泰和县上模乡油洲村三口塘村小组，当年有四五十户人家，村庄规模较大。以三十都为中心的冠朝、上模一带，方圆七八十公里，与万安县交界，山峦丘陵连绵，道路纵横曲折。大革命时建立过农会，党和群众的基础都比较好。

1927年11月26日，康纯、肖拔群等指挥三十都农民自卫军，并得到万安曾天宇、肖玉成领导的赣西农军和万安自卫军的援助，一举攻下了泰和县城，占领一天后退出。三十都暴动与万安暴动紧密结合，前后历时五个月，两县农军和群众几次攻打泰和、万安县城，攻下万安后成立了全省第一个县苏维埃政权，是江西最大最早的武装起义。

"第一，它暴动的时间比较早，在全国来说应该还是比较早的，这是它的重要意义；第二，它暴动的力度比较大，万安有一个农民军，还有一个自卫军，来协助我们这里搞三十都暴动。"

如今的三口塘村小组，户数由当年的四五十户变为二三十户，村前的三口池塘仍然存在。2016年，进行新农村建设时，村里筹集了1万多元，在村口立下一块大碑，书写下当年的历史，让后人铭记。60岁的钟富盛老人说，当年，包括自己的外婆在内，有8000多名农民参加了三十都暴动。

"这段红色记忆我们肯定要传承下去，让我们的子子孙孙知道这里有一个红色斗争历史，可以教育他们不忘传统、不忘党的革命历史。"

三十都暴动赶走敌县长，捣毁敌县府，使国民党政府十分吃惊，在围攻、封锁井冈山革命根据地的同时，派了国民党军周隶麟一个团进驻泰和，对三十都一带的红色区域进行严密封锁和围攻。同时，在地方上以反动地主武装为主，纠集流氓打手，胁迫群众组织"守望队"，叫嚷捉不到康纯、肖拔群，鹅卵石也要过刀。1928 年 2 月 14 日，康纯在枫树坑突出重围，转入万安的罗元洞九陇坑继续坚持斗争；2 月 19 日，康纯不幸被捕；3 月 5 日，敌人将他枪杀于万安泰和边境的松林头河边，并随后将康纯全家杀害。

康纯牺牲之前，三十都暴动的领导人——翁德阶因掩护康纯突围，在枫树坑被敌人杀害，头颅悬挂在泰和县城南门城头上。

肖拔群在冠朝文塘老家被敌人逮捕，牺牲前慷慨陈词："杀了我一个肖拔群，还有千千万万个肖拔群！革命者是杀不尽的，中国革命一定会胜利。"

如今，烈士们当年战斗的地方，冠朝、上模一带红色遗址多数仍被保留，当地党员干部也积极发挥带头示范作用，带领群众脱贫实现了小康。

泰和县上模乡党委副书记罗爱群："这里有不少致富产业，你看有2000 多亩黄栀子，还有 2000 多亩脐橙。有一个移民村就是在村委会那边，全部是从偏远的山区搬过来的贫困户，附近有产业，搬了之后还留得住。"

寻访的最后，康纯家乡的村干部、62 岁的康定洲带着我们前往康纯父母和妻子的墓前祭奠。他说，自己当年读小学时，每年学校都会组织学生前往扫墓。遗憾的是，这次当我们踏着田埂小路走到村口时，发现墓前已长满杂草，应该是多年无人管理了。幸好，童舜柱走前与康定洲约定，村里负责把荆棘清除，把道路修好，史志中心会将向县里提出建议，对康纯故居等地进行恢复修缮。

（执笔：陈月珍）

1929年底，在靠近县城的塘墀村，秘密成立了广丰县第一个党支部，书记叫大老潘。这显然只是一个人的代号，大老潘的真实姓名叫什么？我们翻史料，访后人，始终没有答案。最后，在区委党史办的档案室里，意外找到了两盒31年前的卡式录音带，这是当年一位77岁的老人口述回忆的"塘墀革命往事"，它能揭开大老潘的秘密吗？

寻访第 48 站：江西广丰区

寻访人： 何　灵　童毛生　周青松

寻访时间： 2021 年 4 月 28 日

◆采访组在广丰第一个党支部旧址大头碓村采访

谁是书记大老潘？

"我今年 77 岁，家住下塘墀桥头屋。当时在城里王鼎记布店当店员。"

1985 年 8 月 29 日，在广丰县委招待所一楼的一间小客房里，77 岁的王老真眯着眼睛，操着浓重的乡音，向党史调查人员讲述着 50 多年前他经历的革命往事。

老式的录音卡带在 31 年后播放出来的声音已经非常模糊，加上老人口音很重，我们已经基本听不清他当年讲了些什么。幸亏广丰区委党史办副主任郑招明又帮我们找到了一份当年的调查记录。

"我大约20岁的那年七八月间，由吴松仔带来大老潘、小老潘、老肖（肖接成）三个共产党派来的同志到塘墀开始秘密活动。"

《中共广丰县地方史》记载：1929 年 12 月，中共信江特委派肖接成等人在塘墀大头碓建立广丰县第一个秘密党支部，书记为大老潘，隶属中共信江特委。

◆1985年党史调查录音带

在区委宣传部和党史办的帮助下，我们很快在县城附近找到了第一个党支部成立的地点——广丰区丰溪街道金墀社区大头碓。当年的塘墀乡已经更名为丰溪街道。

我们还幸运地找到了秘密

◆广丰第一个党支部成立旧址水碓屋

党支部成立并经常开会的水碓屋（也就是舂米的地方）。只是房子已经差不多倒塌，到处是残垣断壁。

村里人回忆，以前水碓屋后面有条小溪，与汇入丰溪河的后溪相连。支部开会时，如果有敌人来搜查，党员们就可以迅速转移到停在屋后小溪上的一只小船上，撑船经过虎头桥就到了后溪，朝着与水碓屋相向的太阳山转移。太阳山上有一个非常隐蔽的山洞，那里也是党支部经常开会的地方。

我们还幸运地见到了第一任党支部书记大老潘的侄子潘礼兴。老人家今年90岁了，看上去身体硬朗，但记性已经很差了。我们很想从他的那里问一些关于大老潘故事，但老人始终一脸茫然地望着我们。

"您知道您叔叔大老潘的名字吗？"

"不记得了。"

"那您爸爸叫什么？"

"潘贵良。"

"您爸爸几兄弟？"

◆ 支部书记"大老潘"的侄子潘礼兴

"两兄弟。"

"您爸爸叫潘贵良，那您叔叔叫潘什么？"

"记不得了。去年我好像还记得的。"

一旁的郑招明长长地叹了口气："做革命历史调研，时间最早越好，越晚越被动。好多老党员都牺牲得很早。广丰本身是个老区，又经过大革命的洗礼、反革命的清洗，经过长征、南方游击战等，所以好多人很年轻就牺牲了，留下后代的非常少。"

在 1985 年的党史大调查中，王老真老人的口述回忆录中多次提到了大头碓党支部的活动和大老潘。

"大老潘是以算命打卦为掩护的，身上一个褡裢不脱，小老潘和老肖是以做生意为名的。"

"开会常常是在大头碓大却仔家里，个别谈话有时在野外山边。有一次在虎头桥沿的山边，大老潘跟我谈了一次，内容是了解情况，逐人摸底、布置工作等。"

"大头碓离开村庄中心，是偏僻的地方。过了小河，沿山边可去虎头桥吴松仔的舅父家里活动。我们那里开始是成立临时党支部，大老潘是支部书记，党员 4—5 人。"

"我姐夫吴志道是在沙帽山区委工作时，在石家梯被敌人捉去的。杀害他的是个财主，不知道名字。后来被处决了，报了仇。吴松仔是随红军武装去打七都时牺牲的。"

◆ 吴松仔烈士证

第一个党支部成员之一的吴松仔是金墈社区党支部书记吴云海的爷爷。

"我爷爷牺牲的时候,我爸爸刚好一周岁。"

在吴云海的家里,爷爷吴松仔的烈士证书被高高地挂在厅堂最显眼的位置。如今他们家里有 3 名中共党员。

1930 年 6 月,因塘墀乡大头碓离县城太近,经常遭到敌人的搜查,支部无法进行正常的革命工作,于是大家分别转移到廿四都、杉溪、前山等地,继续进行革命活动,支部因此终止。

"第一,它跟县城太近;第二,农民的发动工作并不是很顺利,所以后来党组织的重心渐渐地往山区拓展,往农村拓展。"

至于广丰第一个党支部书记大老潘究竟叫什么?我们始终不得而知。

对此,郑招明也很是感叹:"有时候大家叫惯了,对于他的真名反而不记得了,特别是口述史,都是这样子。你问这个人叫什么名字,他叫周老十,但是你问具体是什么名字,可能他就回忆不起来。如果再细致一点,再去追寻,那个时候问这个名字肯定还是问得到的。"

无名亦英雄,唯有铭记!

(执笔:何灵)

党史资料上，关于铅山县第一个党支部只有简单的一句话："1928年铅山的第一个党支部在西畈成立。"寻访路上，我们却听到了好多个感人的故事。

寻访第 49 站：江西铅山县

寻访人：何　灵　孙志红　黄一川

寻访时间：2021 年 4 月 28 日

铅
山
篇

◆采访组在铅山县第一个党支部成立旧址采访

重重迷雾中的感动

关于铅山县第一个党支部，我们找遍所有的党史资料，始终只看到简简单单的一句话：

"1928 年铅山的第一个党支部在西畈成立。"

党支部成立于几月几日？具体地点？如何成立的？支部书记又是谁？没有任何记载。

硬着头皮，我们踏上了前往铅山西畈的寻访之路。

进入新滩乡，沿途可以看见醒目的宣传标语牌——"铅山建党从新滩开始"。

同行的铅山县党史办主任李有新介绍：西畈现在是新滩乡所辖的一个行政村。

"铅山县第一个党支部在 1928 年成立，当时有新滩和西畈之分，后来将新滩和西畈合并，我们现在都叫新滩。"

新滩乡紧挨着横峰县，距离闽浙赣革命根据地"红色省会"葛源不到 10 公里。

1927 年，党的"八七会议"后，方志敏、邵式平、黄道等纷纷回到家乡，在农村建立党支部和组织农民革命团。1927 年 10 月底，中共弋阳区委首先发起弋阳九区暴动。25 天后，中共横峰区委领导了横峰年关暴动。1928 年 1 月，方志敏在弋阳九区的窖头村主持召开弋阳、横峰、贵溪、上饶、铅山五县党员会议，紧接着，窖头会议成立的中共五县工作委员会又领导了弋横农民武装联合大暴动，初创了以磨盘山为中心的弋横革命根据地。

弋阳、横峰蓬勃发展的革命形势很快影响到了铅山。1928年春，汪二的寨上、彭家桥一带开展了轰轰烈烈的"上名字"运动。所谓的"上名字"运动，就是农民秘密登记，参加农民革命团。随着"上名字"运动的不断发展，很快便延伸到新滩的罗石、西畈等邻近的村庄。同时，横峰苏区党组织也派出干部到新滩地区开展活动，秘密发展党员。西畈村的叶炳仔等一批年轻人就在这时加入了党的组织。而且这个被村民们叫作"炳炳仔"的人很有可能就是铅山县第一任党支部书记。

　　"1928年，铅山第一个党支部在西畈成立。"

　　"哪个月？"

　　"不知道，月份都找不到。"

　　"只有年份，1928年，大概应该是在下半年。"

　　"那个时候可能这个档案保存也是不够完整，所以我们只知道这个时候成立了党支部，至于书记是谁，支部委员是谁，都没有记载，党史部门也没有找到确切的史证资料。"

　　"其实你们一直都是在找的？"

◆ 疑似铅山第一个党支部成立旧址

"一直在找，但找不到了。"

李有新介绍道，前些年，铅山县党史办的干部也曾多次到西畈村，想进一步挖掘有关党史的口述资料，但由于年代过于久远，当时亲历的老一辈人基本上已不在人世。只是有一次在湖塘村偶然遇到一位名叫张光贵的71岁老人，从他只言片语的讲述中触摸到了一点尘封九十多年的西畈革命往事。

据张光贵老人回忆，新中国成立前，他们村的老支书张顺旺曾经说，西畈村有个名叫叶炳仔的人，黑白两道都吃得开，是个了不起的人物。他表面上同国民党地方当局交好，其实是中共地下党员。叶炳仔加入共产党不久，便组织了六七个党员在西畈村秘密成立了党支部。叶炳仔任支部书记。

张光贵说："当时党员大会准备在新滩乡西畈村召开，但没开成，后改在新滩乡西畈村北源自然村成功召开了。支部成立的时间为3月1日到5月20日之间的某一天。"

开会的地点选在一栋地主的大宅院里。

在新滩乡乡长王辉的带领下，我们来到了西畈北源村。在村干部的帮助下，我们在村子的最里头、靠近河边的地方找到了一栋"像极了张光贵老人描述的叶炳仔开会成立党支部的地主老宅"。宅子已经很久无人居住，天井里长满了荒草。但气派讲究的大门、无处不在的雕梁画栋时刻提醒我们这里曾经有过的富贵景象。

关于叶炳仔其人，西畈村还流传着他的传说。

"我们了解这个事情时实在是太晚了，如果是早一点，那个时候我父亲也在的话，很多事情他都知道。有个事情我爸爸说过，我们村里以前有几个人比较有名的，一个炳仔，一个山仔，还有一个蛾仔。听我爸爸讲，炳仔是一个很有正义感的人。他的后代现在也没有了。但也可能还有一个女儿。我母亲应该叫他炳仔叔叔。他被杀的时候，头落在地上跳了好几下，很惨的。"

据说，中共西坂支部成立还不到一个月，因为有人向国民党地方当局告密，叶炳仔被迫到离西坂不远的湖塘村舅舅家藏了起来。

湖塘村有一个甲长，多年来一直追求叶炳仔舅舅的女儿，想娶她。但叶炳仔的表妹不同意，他始终没能如愿。不知怎的，叶炳仔躲在舅舅家的消息传到了这位甲长的耳朵里，他主动向国民党地方当局举报。

那天夜里，天很黑，一颗星星也看不见，村里的狗叫得很厉害，把湖塘村的老百姓都吵醒了。一些大胆的村民偷偷地透过自家的窗户往外望，看见大约有几十个国民党兵包围了叶炳仔的舅舅家。叶炳仔想往附近的树林里跑，无奈敌人实在太多，当跑到湖塘村朱家对面时，终因寡不敌众被敌人捉住。叶炳仔被敌人五花大绑地押到湖塘村徐家自然村的一块大禾基坪上，团丁们挨家挨户通知村民到禾基坪上集中。叶炳仔被敌人当场杀害。

寻访中，我们还遇到了一位老共产党员的后代，给我们讲述了他爷爷夏应德在铅山河口镇被国民党残忍杀害的事情。这位名叫夏金山的罗石村村民尽管从没有见过爷爷，但讲起那段历史依然禁不住身体有些微微颤抖：

"小的时候，我奶奶经常跟我讲，我的爷爷出生在 1896 年，1931 年任中共横峰县苏维埃书记。1933 年在铅山县河口被杀害，那年他 37 岁。"

那个年代的革命总是伴随着腥风血雨，但共产党人仍然一往无前。

叶炳仔牺牲后，刚成立不久的中共西畈支部活动被迫中断，"上名字"运动也暂时沉寂下来，新滩的革命斗争形势转入低潮。

1928 年 8 月，高阶杨村的陈云生等几名农民前往横峰苏区寻找红军。他们在一个叫猫咪亭的地方与外号叫"矮子"的共产党员取得联系后，横峰苏区第四区党组织开始在高阶杨村发展党员。1929 年春，横峰苏区党组织先后在高阶杨、詹村、罗石、西畈的北源等地建立了党支部。

◆疑似铅山第一个党支部成立旧址

新滩乡湖塘村因村子里有一个似湖的水塘而得名。土地革命战争时期，方志敏、黄道、邵式平等老一辈革命家在这里战斗过，留下了许多改天换地的红色记忆。

湖塘，曾是铅山第一个县级苏维埃政府所在地。1930 年 8 月，铅山工农兵代表大会在湖塘村召开，成立了铅山县临时苏维埃政府。

前几年，新滩乡党委政府将保存下来的苏维埃老房屋进行维修和布展，建成了"湖塘村革命历史陈列馆"，向人们展示土地革命时期湖塘村—新滩乡—铅山县的革命历史。

如今，走进湖塘村，到处都可以看到飘扬的红旗和镰刀斧头的标志，鲜红的标语上写着——铅山建党从新滩开始！

经过马不停蹄地紧张寻访，我们依然无法确定铅山第一个党支部到底在新滩西畈的哪个地点成立，但今天我们看到的、听到的，会让我们永远记住那段血雨腥风、激情燃烧的烽火岁月，记住那些为了今天的幸福生活不怕牺牲、前赴后继的革命先辈们。

（执笔：何灵）

在上饶信州区寻访第一个党支部，我们跑了两天，最后也没有找到一个明确的答案，但我们听到了一个个不屈不挠的故事。

寻访第 50 站：江西上饶信州区

寻访人：何　灵　方丁丰　周青松

寻访时间：2021 年 4 月 29 日—30 日

◆ 记者在信州区祝家巷寻访建在秘密联络站里的党支部

建立党支部　我们一直很努力

上饶信州区第一个党支部，让我们找得好辛苦！

"1949年5月3日之前没有上饶市，也没有信州区。到1949年5月3日以后，我们才在党史上有记录。"

兴冲冲地推开信州区党史办的大门，徐炜主任的回答让我们大吃一惊，甚至有点失望。

杰出的共产党人方志敏、黄道的家乡，上饶市区在新中国成立之前怎么可能没有建立起党的组织？

徐炜主任耐心地给我们分析原因："上饶这个地方，无论是在1919年五四运动之前，还是在1921年建党之后，历来是北洋军阀、国民党最为看重的一个点，曾经也是第三战区长官部所在地。交通很发达，经济文化也很发达。我党也很重视这块地方的争夺权，但是党组织为什么一直就建不起来？这一片是国民党的据点，只要你有一个共产党员冒头，马上就是必杀之、必抓之。"

上饶自唐代建州以来，历来为赣东北的政治经济中心。1914年府制撤销，上饶城成为军阀盘踞之地，设有"赣东镇守处"。

1926年11月，北伐军攻克上饶，驱逐上饶军阀统治者，改组国民党县党部。1927年1月，中国共产党派黄道、邵式平、胡德兰到上饶城的上饶中学开展党的活动，建立社会科学研究会，宣传马克思主义思想；同年4月，李烈钧到上饶城成立赣东省政府，黄道等在李烈钧抵达上饶前撤离，上饶中学的党组织建设工作尚未来得及开展，上饶的革命工作就转入低潮。

"我们上饶信州城区里红色党组织的发展脉络，其实一直是围绕着上饶中学这个点展开的。"

1927年11月，南昌派八十二团攻下上饶城，李烈钧临时省政府垮台，上饶城成为国统区。1930年1月至12月，方志敏领导的红军独立团三次成功攻打上饶城，其中7月25日第二次攻入城中后，在城中驻扎了一周，方志敏、邵式平会见了上饶中学校长方孝宽。

"方孝宽早期追随孙中山，是南京同盟会的第一批元老，也是我们上饶最早的一个思想觉悟者。黄道、徐明高都是他的学生。"

在《中共上饶县地方史》上提到：这次红军在城中建立了秘密联络点和秘密党支部，但可惜没有确凿的史料记载和凭证可考。

1937年，抗战全面爆发，开启了第二次国共合作；同年10月，无锡流亡团等抗日救亡团体来到上饶城，在信江书院、上饶铁路机车修理厂、国民党上饶五宣队等发展了30多名中华民族解放先锋队员，后相继成立了同乐会、抗宣二队等一系列的抗敌救援团体，虽然有中共党员和进步青年领导活动的身影，但依然没能建立起党的组织。

1938年，在上饶县北乡，13名党员代表成立了中共上饶临时县委，临时县委下设5个区，上饶城区委书记为陈绍平，但仍无史料佐证明确上饶城内建立有党支部。

1939年4月，第三战区长官部迁驻上饶城；同年6月，新四军驻赣办事处移址上饶城。驻赣办事处在国民党敌特的紧密监视下暗中指导上饶的抗日革命工作。1941年1月4日，皖南事变前夕，驻赣办事处奉令撤走。皖南事变中被俘的新四军战士、爱国人士以及国民党的党政军机关中的思想犯被关入上饶集中营；同年5月，因于七峰岩监狱和周田村各中队的共产党员相继建立起秘密党组织，先后组织了中秋暴动、茅家岭暴动、赤石暴动等三次暴动。

◆上饶集中营"狱中庆七一"展图

"在我们的左前方有一座革命烈士纪念亭——子芳亭，他是为了纪念新四军政治部组织部部长李子芳同志所建立的。当时在狱中组建了秘密党支部，李子芳同志被推选为党支部书记。有了党的领导之后，狱中的斗争就更加坚强有力。"

从信州区党史办出来，我们专程前往茅家岭寻访上饶集中营秘密党支部。在上饶集中营革命烈士纪念馆展厅里，我们看到了一幅版画，记录了关押在暗无天日的集中营里，革命志士庆祝七一党的生日的故事。

"1941年7月1日，是中国共产党成立20周年纪念日。当时他们在秘密党支部的安排之下，出钱请伙夫出去买来红豆腐乳跟白花生米，用红豆腐乳浇盖在白花生米上，寓意着红色包围白色、消灭白色，象征全国很快解放、国民党即将灭亡。"

1949年，为迎接解放，中国共产党在饶城建立了三个秘密党支部和地下联络站，开展秘密工作。其中，中共江西工委京沪杭办事处在饶城祝家巷成立了中共上饶联络站支部，是饶城内的第一个秘密党支部。杨萍的父亲杨时民、母亲徐静就是当时祝家巷秘密联络站的共产党员。

杨萍：“我父亲是上饶人，我爸妈在上海图书馆加入了地下党。另外还有一个金陵广播电视台的播音员。他们这三个人都是党员，应该讲这就是一个支部。”

上饶联络站存在的时间并不长，只有短短的一个多月，但一批又一批地下工作者经上饶联络站，被党组织转移、输送去了闽北、赣南、南昌、抚州，最远的去了湘西。联络站还秘密配合解放军进行了敌后战前策反，做好城市解放接管准备工作。

上饶解放后，杨时民和徐静留在当地参加了革命工作。“文革”时期他们遭受了不公正对待，四个孩子不能上大学，也不能入党。改革开放后，当家里最小的孩子杨萍终于也加入了中国共产党，那天，82岁的老父亲热泪盈眶。

杨萍：“我父亲、母亲很高兴，我们全家都是共产党员，他们很自豪。”

◆ 杨时民全家福

谈及这段往事，想起已经过世的老父亲，62岁的杨萍禁不住潸然泪下："我们问过他们，为什么你受了那么多委屈，还要求我们加入共产党？他们始终跟我们说，要相信共产党、相信组织，共产党是中国人民优秀的先进代表。"

1949年5月3日，上饶解放，成立中共赣东北区委；5月5日，在原上饶县广平镇（即上饶中心城区）的基础上建立上饶市（信州区前身），实行军管制。1950年，在上饶市委机关建立了第一个党支部。

徐炜主任总结道："建立党组织，我们信州区一直很重视，一直很努力。"

在上饶市信州区寻访第一个党支部，我们整整跑了两天，虽然最后也没有一个明确的答案，但我们听到了一个个不屈不挠、红心向党的奋斗故事。

（执笔：何灵）

曾丰庭是上犹县最早一批发展的中国共产党党员。1926年11月，中共上犹支部干事会成立时，他是干事会成员。当时全县党员只有20人。如今，曾丰庭的后代总共有16人加入了中国共产党。大儿子曾福庆说，只有跟着共产党才有我们的美好生活，只有在共产党的领导下人民才能安居乐业。

寻访第51站：江西上犹县

寻访人：何　灵　沈汉华　陈源洪　王　健

寻访时间：2021年5月6日

◆在上犹第一个党支部旧址合影

没有共产党，就没有我们这个家

"寻访家乡第一个党支部"采访组来到上犹县，当地党史办工作人员驱车带领着我们进了县城，穿过正在改造的一条街道后，进了上犹县人民武装部的大院。

上犹县史志办主任科员田文卿告诉大家："原来这里叫学宫，也就是早期的孔子庙，当年在这里办了一所小学，我们县最早的一批党员中就有四名是这里的小学老师。1926年11月的一天，第一个中共上犹地方组织——中国共产党上犹支部干事会就在这里成立。"

田文卿介绍，中共上犹地方组织建立之前，张艻莆、尹孝林、何仿文等一些在外地从军、求学的进步青年较早接受了马克思主义思想的熏陶，相继加入了中国共产党，然后受党组织的安排回到上犹从事工农运动。

"1926年9月，张艻莆随北伐军来到上犹，随后中共赣州特支和赣州总工会也派了两个共产党员——尹孝林、廖祥到上犹开展工人运动。当时，他们积极主动开展工作，很快在各行各业发展党员，11月成立中共上犹支部干事会的时候，就有20名党员了。"

在张艻莆、尹孝林、廖祥等人的发动和领导下，上犹工农运动逐步展开。一些革命热情高、反帝反封建斗争坚决、思想进步的积极分子加入中国共产党，主要有小学教师黎亮明、黎旦明、尹迪珠、黄学余，店员工人田金山、曾丰庭、巫大然等人。

随着党员人数的增加和斗争形势的需要，1926年11月，在上犹县城召开会议，正式成立中国共产党上犹支部干事会，通过选举，张艻莆任支部干事会书记，这是中国共产党在上犹建立的第一个支部，属中共赣州特支领导。

从此，上犹的工农运动在支部干事会的领导下蓬勃开展，全县掀起了革命热潮。

"这是劳苦大众的党。党的'八七会议'后，特别是 1927 年秋，革命火种在井冈山点燃后，上犹的党组织发展得很快，在离这里不远的地方，月仔凹成立了党支部，县城也成立了党支部，接着在营前、社溪、上寨等地又成立了党支部，在那个时候上犹迅速成立了 8 个党支部，党员有 400 多人。"

在党的正确领导下，革命之火熊熊燃烧。

在上犹清湖红色教育基地——清湖暴动旧址群，展厅里陈列着一份周德的家书。

"我们现在所处的位置就是周德当时被捕入狱的场景，周德也是参加清湖暴动的领导人之一。1930 年 11 月 17 日，周德在去崇义参加会议的途中，被敌人暗探发现而被捕；11 月 22 日，敌人在上犹县城西郊校场将

◆ 在清湖暴动纪念馆采访（左一为周德曾孙周召国）

他枪杀，牺牲之前，他留下了一封家书。"

1984 年出生的周召国是周德的曾孙，如今在上犹县博物馆工作。每次到清湖教育基地，空闲时他总要到太爷爷周德的蜡像前静静地站一会儿，读一读太爷爷留下的那份家书。

"他在狱中被严刑拷打，国民党要他供出共产党的名单，他誓死不从。国民党觉得从他口中得不到什么信息，就决定把他枪决。在押往刑场的路上，他看见了赶来为其收尸的堂兄周纪昌。于是问路边的店家借了纸和笔，写下了这封家书。信是留给他父亲的，内容是说，父亲，今天下午枪毙我。自作事，自担当，死何足惜！为穷人事业奋斗而死，无上光荣。后嗣的延接，全由兄弟之意，妻子之去留，也概由其自择。高堂无需记挂，兄弟也无需悲怀，为革命为人民牺牲流血，九泉之下亦瞑目矣。不孝儿：寿昌绝笔。民国十九年十月初三。"

刑场上，二十岁的周德昂首挺胸，毫无畏惧，他高喊："打倒国民党反动派！中国共产党万岁！"而后含笑赴死。

田文卿说："周德烈士的革命意志非常坚定，宁死不屈，为革命勇于牺牲，永不叛党。"

周召国也认同："他 20 岁能有这种觉悟，为了革命，为了人民，为了穷人事业，甘愿奉献自己的生命，绝对是非常高尚的情怀。"

上犹县离休老干部曾福庆的父亲曾丰庭是上犹县最早一批加入中国共产党的党员。中共上犹支部干事会成立时，曾丰庭是其中的成员之一，曾任上犹县革命委员会执行委员。

今年 88 岁的曾福庆至今仍居住在上犹县城的一栋普通楼房里。老人家入党 67 年，采访时胸前端端正正地佩戴着一枚中国共产党党徽。回忆起父亲曾丰庭，曾福庆的脸上时不时洋溢起孩子般的微笑："我的父亲是 1926 年参加中国共产党的，他原来是上犹县城的打银匠，我有时候给他踩炉、拉风箱。他很喜欢唱革命歌曲。"

"你长得跟他很像吗？"

"差不多。父亲临死前跟我说，他快死了，你要把这些弟弟妹妹找回来带大。我是老大，那时候我十四五岁了。1949年8月16日，上犹解放，8月18日我就参加了工作，在县政府给第一任县长做通讯员。"

在父亲曾丰庭的影响下，曾福庆一辈子对党绝对忠诚："年轻的时候我也有肺结核，是我父亲传染给我的，还有血吸虫病。我母亲就是得了血吸虫病死的。但这两个病都是共产党给我治好的，所以我才能一直健康地活到现在。这个我们永远都忘不了。我算了一下，我家里大概有16个人加入了共产党。只有跟着共产党才有我们的美好生活，只有在共产党的领导下人民才能安居乐业，如果没有共产党，也就没有我们这个家。"

（执笔：沈汉华）

◆记者与曾丰庭的儿子曾福庆（左三）合影

这些人　这些事　不能忘

好多人问我，为什么会想到要寻找家乡第一个党支部？其实，是偶然，也是必然。

毛泽东同志早就说过："如果不把党的历史搞清楚，不把党在历史上所走的路搞清楚，便不能把事情办得更好。"

习近平同志在庆祝中国共产党成立95周年大会上说："一切向前走，都不能忘记走过的路；走得再远，走到再光辉的未来，也不能忘记走的过去，不能忘记为什么出发。"

2020年底的某一天，当我又一次看到党的十九大后习近平总书记带领常委们参观中共上海一大会址、重温入党誓词的画面时，脑海中忽然一闪，江西的第一个党支部在哪儿呢？

我是一个学哲学专业出身的记者，"我是谁？从哪里来？要到哪里去？"是我的思考习惯。中国共产党成立100周年了，我们每一个共产党员都有必要回到最初的起点，去听一听、看一看、想一想。这样，我们才能走好下一个100年。

2021年是中国共产党成立100周年，江西正好有100个县（市、区）。双百辉映，很奇妙，也很有意义。

2020 年底，我去万安县做关于脱贫的报道。在采访的路上，我问当地的干部，万安县的第一个党支部在哪里成立？支部书记是谁？对方回答不知道。后来在采访中我了解到，万安县的第一个党支部书记张世熙非常有名，曾代表江西出席了在苏联莫斯科召开的中共六大，并在共产国际会议上发言，轰动世界。如此优秀的共产党人却被人遗忘，不应该。我坚定了寻访江西各地第一个党支部的决心。

转眼，再次"重启"寻找第一个党支部的"工程"时，已经到了2021 年 3 月中旬。

为建党百年献礼，在"七一"前出版本书，则 5 月中旬必须完稿。

只有两个月！60 天？一个人，光是跑完 100 个县都来不及！何况还要写稿子！

于是，我紧急组建团队，分组分片采访、出稿。

为此，我衷心感谢《爱问》团队的新老战友们：万芳、吴小俊、王霖、陈月珍、王莹；还有地市台多年的合作伙伴们：康美权、柳锡波、李兴满、沈汉华、李昂、陈石红、胡美丹等。大家一呼即应，明知道这是一次艰难的采访，但仍然硬着头皮跟我上。

"找到家乡第一个党支部"真的是一次非常艰难的采访。

时间紧，任务重。我们有时一天跑两个县，上午一个县，下午一个县，晚上还在赶往另一个县的路上。

采访地点多，分散且偏远。不少县的第一个党支部都成立在县域交界的偏远山区，至今交通也不是太方便。而且大部分的支部成员后代都分散在各个乡村，去一趟真的很不容易。尽管如此，记者们还是坚持每一个党支部旧址都亲临实地寻访，哪怕它今天已经变成了一栋倒塌的民房、一个拆了重建的住宅小区、一片长满绿油油果蔬的菜地；对于每一个找得到的党支部成员的后代，我们都坚持上门去看望，和他们坐在一条板凳上聊天，听他们回忆先辈的故事，确保采访到的第一手资料真实、有温度。

要采访专家学者也不容易。不少县区的党史办干部明确地告诉我们，关于第一个党支部的史料他们这些年都没有接触或调研过，所以讲不出什么新东西。后来在当地宣传部门的帮助下，一批已经退休多年的地方党史老专家欣然"出山"，为我们顺利完成采访提供了巨大的帮助。

采访难，但写稿更难。

每个地方差不多五六个小时的录音素材要整理；背回来的一摞摞党史资料要学习、梳理。加上各地第一个党支部的历史实在有些久远，权威的研究成果不多，好些地方资料相互"打架"，必须一个个去核实，理清楚方可下笔；而且每篇稿子的写法不能重复，要有特色、有新意……

好在，这一切的一切，我们都咬着牙、想办法扛过来了。

三个月，行程数万里、采访百余人，找到了江西一半以上县市区的第一个党支部。

有人说，这次你们记者辛苦奔波是在帮党史部门完成"江西百年支部史"，填补空白。其实，作为党的新闻工作者，走进历史深处，讲好党史故事，本来就是我们的工作，是职责所在。

本书除了图文并茂，还声声悦耳。江西广播电视台的五大"名播"——凌洁、彦磊、雪坤、冯雷、杨丽深情发声，配上支部后代、专家学者的真情讲述，扫码即可收听，带您轻松"阅读"，身临其境。

在《找到家乡第一个党支部》一书的编辑中，我们还用了不少"小心思"。您看，本书的每一偶数页上都有一幅共产党员面向党旗宣誓的小剪影，表示"生命不息、奋斗不止"；每一奇数页上都配了一朵小菊花，致敬所有为中国人民谋幸福、为中华民族谋复兴而献出宝贵生命的共产党员。

本书的每一篇报道我们都发给了相关党史专家审定，尽可能保证史料史实准确无误，但毕竟时间短，加上水平有限，肯定还隐藏着不少"漏网"瑕疵，敬请大家批评指正。

我们建了一个"《找到家乡第一个党支部》读者群"，您可以搜索QQ群号635844320加入，在群里您可以和作者交流阅读感受，也可以提供新的采访线索。

接下来，江西还有近50个县（市、区）的第一个党支部等着我们去寻找，今年之内我们一定圆满完成任务。因为这段令人荡气回肠的历史、这群可歌可泣的共产党人，不应该也不能被我们忘却！

2021年夏

后
记